Camille V.

CLASSIQUES & CIE
LYCÉE

Voltaire

Micromégas

Le Monde comme il va

La Princesse de Babylone

Le Taureau blanc

Collection dirigée par
Marc Robert

Notes et dossier
Carine Bouillot
agrégée de lettres modernes

Hatier

MICROMÉGAS ET AUTRES CONTES

7 Le Monde comme il va

29 Micromégas

57 La Princesse de Babylone

153 Le Taureau blanc

LIRE L'ŒUVRE

200 **Questionnaire de lecture**

L'ŒUVRE DANS L'HISTOIRE

202 **Le contexte historique : la France entre 1748 et 1772**

206 **Le contexte culturel : une longue fermentation intellectuelle**

211 **Le contexte biographique**

216 **La réception des textes : d'un auteur subversif à un auteur classique**

219 **Groupement de textes : la question du mal aux XVIIe et XVIIIe siècles**

TEXTE 1 B. Pascal, *Pensées*

TEXTE 2 G. Leibniz, *Essais de Théodicée sur la bonté de Dieu*

TEXTE 3 S. Faure, *C'est la faute à Voltaire-Rousseau !*

TEXTE 4 D. Diderot, *Pensées philosophiques*

Conception graphique de la maquette : c-album, Jean-Baptiste Taisne, Rachel Pfleger
Principe de couverture : Double
Mise en pages : Chesteroc Ltd
Iconographie : Hatier Illustration
Suivi éditional : Évelyne Brossier

ISBN 978-2-218-96313-1

L'ŒUVRE DANS UN GENRE

223 ***Le Monde comme il va***

228 ***Micromégas***

233 ***La Princesse de babylone***

237 ***Le Taureau blanc***

242 **Groupement de textes : les marques du conte voltairien**

TEXTE **5** *Le Monde comme il va :* la leçon du conte

TEXTE **6** *Micromégas :* Micromégas, représentant des Lumières

TEXTE **7** *Micromégas :* une satire de la guerre

TEXTE **8** *La Princesse de Babylone :* une leçon politique

TEXTE **9** *Le Taureau blanc* : des personnages de conte

TEXTE **10** *Le Taureau blanc :* le programme du conteur

VERS L'ÉPREUVE

ARGUMENTER, COMMENTER, RÉDIGER

244 **L'argumentation dans les contes**

248 **Groupement de textes : jugements critiques**

TEXTE **11** Mme de Staël, *De la littérature*

TEXTE **12** R. Barthes, « Le dernier des écrivains heureux »

TEXTE **13** G. Lanson, *Voltaire*

250 **Sujets**

Invention et argumentation

Commentaires

Dissertations

254 BIBLIOGRAPHIE

LE MONDE COMME IL VA

Vision de Babouc écrite par lui-même

Parmi les génies qui président aux empires du monde, Ituriel[1] tient un des premiers rangs, et il a le département de la haute Asie. Il descendit un matin dans la demeure du Scythe[2] Babouc, sur le rivage de l'Oxus[3], et lui dit : « Babouc[4], les folies et les excès des Perses ont attiré notre colère[5] ; il s'est tenu hier une assemblée des génies de la haute Asie pour savoir si on châtierait Persépolis[6] ou si on la détruirait. Va dans cette ville, examine tout ; tu reviendras m'en rendre un compte fidèle ; et je me déterminerai, sur ton rapport, à corriger la ville ou à l'exterminer. – Mais, Seigneur, dit humblement Babouc, je n'ai jamais été en Perse ; je n'y connais personne. – Tant mieux, dit l'ange, tu ne seras point partial[7] ; tu as reçu du ciel le discernement, et j'y ajoute le don d'inspirer la confiance ; marche, regarde, écoute, observe, et ne crains rien : tu seras partout bien reçu. »

Babouc monta sur son chameau et partit avec ses serviteurs[8]. Au bout de quelques journées, il rencontra vers les plaines de

1. *Ituriel :* Jean Van den Heuvel émet l'hypothèse d'un nom obtenu par fusion entre Ithiel, à qui s'adresse le discours d'Azur, fils de Jakeh dans les *Proverbes* (XXIX, 30) et la région d'Iturée, au nord-est de la Palestine, que l'on trouve souvent citée dans le texte biblique (exemple, Genèse, XXV, 15) (*Voltaire dans ses Contes*, Paris, Lambert). \ **2.** *Scythe :* habitant de la Scythie, terre qui s'étend au nord-ouest de l'Asie et au nord-est de l'Europe. \ **3.** *Oxus :* ancien nom du fleuve Amou-Daria qui se jetait dans la mer Caspienne. \ **4.** *Babouc :* dans les *Mille et Une Nuits*, « Histoire du premier frère du barbier », on rencontre un personnage du nom de Babouc, ce qui signifie « l'Innocent ». \ **5.** Voltaire reproduit ici le style biblique, notamment quand l'Éternel s'adresse à Jonas pour l'envoyer à Ninive : « Lève-toi, va à Ninive, la grande ville, et crie contre elle car leur méchanceté est montée jusqu'à moi » (Jonas, I, 2). \ **6.** *Persépolis :* ancienne capitale de la Perse fondée par Darius. Elle représente, en fait, Paris dans notre conte. \ **7.** *Partial :* qui prend parti pour ou contre quelqu'un ou quelque chose, sans souci de justice ni de vérité. \ **8.** On retrouve le parallèle avec Jonas évoqué plus haut : « Jonas se leva donc et alla à Ninive selon l'ordre de l'Éternel » (Jonas, I, 3).

Sennaar[1] l'armée persane qui allait combattre l'armée indienne. Il s'adressa d'abord à un soldat qu'il trouva écarté. Il lui parla, et lui demanda quel était le sujet de la guerre. « Par tous les dieux, dit le soldat, je n'en sais rien. Ce n'est pas mon affaire ; mon métier est de tuer et d'être tué pour gagner ma vie ; il n'importe qui je serve. Je pourrais bien même dès demain passer dans le camp des Indiens, car on dit qu'ils donnent près d'une demi-drachme[2] de cuivre par jour à leurs soldats de plus que nous n'en avons dans ce maudit service de Perse. Si vous voulez savoir pourquoi on se bat, parlez à mon capitaine. »

Babouc, ayant fait un petit présent au soldat, entra dans le camp. Il fit bientôt connaissance avec le capitaine, et lui demanda le sujet de la guerre. « Comment voulez-vous que je le sache ? dit le capitaine, et que m'importe ce beau sujet ? J'habite à deux cents lieues[3] de Persépolis ; j'entends dire que la guerre est déclarée ; j'abandonne aussitôt ma famille et je vais chercher, selon notre coutume, la fortune ou la mort, attendu que je n'ai rien à faire. – Mais vos camarades, dit Babouc, ne sont-ils pas un peu plus instruits que vous ? – Non, dit l'officier, il n'y a guère que nos principaux satrapes[4] qui savent bien précisément pourquoi on s'égorge. »

Babouc, étonné, s'introduisit chez les généraux ; il entra dans leur familiarité. L'un d'eux lui dit enfin : « La cause de cette guerre, qui désole depuis vingt ans l'Asie, vient originairement d'une querelle entre un eunuque[5] d'une femme du grand roi de Perse et un commis d'un bureau du grand roi des Indes. Il s'agissait d'un droit qui revenait à peu près à la trentième partie d'une darique[6]. Le premier maître des Indes et le nôtre

1. *Sennaar :* région située entre le Tigre et l'Euphrate. Citée par la Bible, elle fut le théâtre de nombreux combats. \ **2.** *Drachme :* monnaie grecque de faible valeur. \ **3.** *Lieue :* à peu près 4 km. \ **4.** *Satrape :* gouverneur d'une province dans l'ancienne Perse. Voltaire utilise le terme comme synonyme de « général ». \ **5.** *Eunuque :* homme castré qui gardait les femmes dans les harems. \ **6.** *Darique :* monnaie d'or des anciens Perses à l'effigie de Darius.

soutinrent dignement les droits de leurs maîtres. La querelle s'échauffa. On mit de part et d'autre en campagne une armée d'un million de soldats. Il faut recruter[1] cette armée tous les ans de plus de quatre cent mille hommes. Les meurtres, les incendies, les ruines, les dévastations se multiplient; l'univers souffre, et l'acharnement continue. Notre premier ministre et celui des Indes protestent souvent qu'ils n'agissent que pour le bonheur du genre humain, et à chaque protestation il y a toujours quelques villes détruites et quelques provinces ravagées. »

Le lendemain, sur un bruit qui se répandit que la paix allait être conclue, le général persan et le général indien s'empressèrent de donner bataille; elle fut sanglante. Babouc en vit toutes les fautes et toutes les abominations; il fut témoin de manœuvres des principaux satrapes, qui firent ce qu'ils purent pour faire battre leur chef. Il vit des officiers tués par leurs propres troupes; il vit des soldats qui achevaient d'égorger leurs camarades expirants[2] pour leur arracher quelques lambeaux sanglants, déchirés et couverts de fange[3]. Il entra dans les hôpitaux où l'on transportait les blessés, dont la plupart expiraient par la négligence inhumaine de ceux mêmes que le roi de Perse payait chèrement pour les secourir. « Sont-ce là des hommes, s'écria Babouc, ou des bêtes féroces ? Ah ! je vois bien que Persépolis sera détruite. »

Occupé de cette pensée[4], il passa dans le camp des Indiens. Il y fut aussi bien reçu que dans celui des Perses, selon ce qui lui avait été prédit[5]; mais il y vit tous les mêmes excès qui l'avaient saisi d'horreur. « Oh ! oh ! dit-il en lui-même, si l'ange Ituriel veut exterminer les Persans, il faut donc que

1. *Recruter:* enrôler des soldats pour fournir des renforts à l'armée. \ **2.** *Expirants:* au XVIIIe siècle, le participe présent actif s'accorde encore avec son sujet. \ **3.** *Fange:* boue presque liquide et souillée. \ **4.** *Occupé de cette pensée:* le tour est aujourd'hui vieilli, il signifiait « qui a l'esprit absorbé par cette pensée ». \ **5.** C'est une formule de style biblique.

l'ange des Indes détruise aussi les Indiens. » S'étant ensuite informé plus en détail de ce qui s'était passé dans l'une et l'autre armée, il apprit des actions de générosité, de grandeur d'âme, d'humanité, qui l'étonnèrent et le ravirent. « Inexplicables humains, s'écria-t-il, comment pouvez-vous réunir tant de bassesse et de grandeur, tant de vertus et de crimes ? »

Cependant la paix fut déclarée. Les chefs des deux armées, dont aucun n'avait remporté la victoire, mais qui pour leur seul intérêt avaient fait verser le sang de tant d'hommes, leurs semblables, allèrent briguer[1] dans leurs cours des récompenses. On célébra la paix dans des écrits publics qui n'annonçaient que le retour de la vertu et de la félicité[2] sur la terre. « Dieu soit loué ! dit Babouc ; Persépolis sera le séjour de l'innocence épurée ; elle ne sera point détruite, comme le voulaient ces vilains génies : courons sans tarder dans cette capitale de l'Asie. »

Il arriva dans cette ville immense par l'ancienne entrée[3], qui était toute barbare et dont la rusticité dégoûtante offensait les yeux. Toute cette partie de la ville se ressentait du temps où elle avait été bâtie ; car, malgré l'opiniâtreté[4] des hommes à louer l'antique aux dépens du moderne, il faut avouer qu'en tout genre les premiers essais sont toujours grossiers.

Babouc se mêla dans la foule d'un peuple composé de ce qu'il y avait de plus sale et de plus laid dans les deux sexes. Cette foule se précipitait d'un air hébété dans un enclos vaste et sombre. Au bourdonnement continuel, au mouvement

---

1. *Briguer des récompenses :* tenter d'obtenir une récompense imméritée par des manœuvres douteuses. \ **2.** *Félicité :* dans le style biblique, le mot désigne le bonheur. \ **3.** Voltaire décrit, en fait, la porte du faubourg Saint-Marceau qui ouvrait sur un faubourg misérable du sud de la capitale, l'actuel quartier des Gobelins. Le passage est très proche de la description que Rousseau dresse de ce quartier dans le livre IV des *Confessions* : « En entrant par le faubourg Saint-Marceau, je ne vis que de petites rues sales et puantes, de vilaines maisons noires, l'air de la malpropreté, de la pauvreté. » \ **4.** *Opiniâtreté :* entêtement, obstination prise ici dans un sens négatif.

qu'il y remarqua, à l'argent que quelques personnes donnaient à d'autres pour avoir droit à s'asseoir, il crut être dans un marché où l'on vendait des chaises de paille; mais bientôt, voyant que plusieurs femmes se mettaient à genoux, en faisant semblant de regarder fixement devant elles et en regardant les hommes de côté, il s'aperçut qu'il était dans un temple. Des voix aigres, rauques, sauvages, discordantes, faisaient retentir la voûte de sons mal articulés, qui faisaient le même effet que les voix des onagres[1] quand elles répondent, dans les plaines des Pictaves[2], au cornet à bouquin[3] qui les appelle. Il se bouchait les oreilles; mais il fut prêt de se boucher encore les yeux et le nez, quand il vit entrer dans ce temple des ouvriers avec des pinces et des pelles. Ils remuèrent une large pierre, et jetèrent à droite et à gauche une terre dont s'exhalait une odeur empestée; ensuite on vint poser un mort dans cette ouverture, et on remit la pierre par-dessus[4].

« Quoi ! s'écria Babouc, ces peuples enterrent leurs morts dans les mêmes lieux où ils adorent la Divinité ! Quoi ! leurs temples sont pavés de cadavres ! Je ne m'étonne plus de ces maladies pestilentielles qui désolent souvent Persépolis. La pourriture des morts, et celle de tant de vivants rassemblés et pressés dans le même lieu, est capable d'empoisonner le globe terrestre. Ah ! la vilaine ville que Persépolis ! Apparemment que les anges veulent la détruire pour en rebâtir une plus belle, et pour la peupler d'habitants moins malpropres et qui chantent mieux. La Providence peut avoir ses raisons; laissons-la faire. »

1. *Onagres :* ânes sauvages. \ **2.** *Pictaves :* du latin *Pictavi*, les Poitevins. \ **3.** *Cornet à bouquin :* trompe faite d'une corne de bœuf qui servait à appeler le bétail pour le rassembler. \ **4.** Les inhumations dans les églises, pratiquées dès les premiers temps du christianisme, étaient encore en usage au XVIIIe siècle même si l'Église la première, suivie par les magistrats et les chirurgiens, en condamnait la pratique pour des raisons de salubrité publique. Ce n'est qu'à la fin du siècle que les cimetières hors de la ville se généralisèrent.

Cependant le soleil approchait du haut de sa carrière. Babouc devait aller dîner[1] à l'autre bout de la ville, chez une dame pour laquelle son mari, officier de l'armée, lui avait donné des lettres. Il fit d'abord plusieurs tours dans Persépolis ; il vit d'autres temples mieux bâtis et mieux ornés, remplis d'un peuple poli, et retentissants d'une musique harmonieuse ; il remarqua des fontaines publiques, lesquelles, quoique mal placées, frappaient les yeux par leur beauté[2] ; des places où semblaient respirer en bronze les meilleurs rois[3] qui avaient gouverné la Perse ; d'autres places où il entendait le peuple s'écrier : « Quand verrons-nous ici le maître que nous chérissons[4] ? » Il admira les ponts magnifiques élevés sur le fleuve, les quais superbes et commodes[5], les palais bâtis à droite et à gauche, une maison immense où des milliers de vieux soldats blessés et vainqueurs rendaient chaque jour grâce au Dieu des armées[6]. Il entra enfin chez la dame qui l'attendait à dîner avec une compagnie d'honnêtes gens. la maison était propre[7] et ornée, le repas délicieux, la dame jeune, belle, spirituelle, engageante, la compagnie digne d'elle ; et Babouc disait en lui-même à tout moment : « L'ange Ituriel se moque du monde de vouloir détruire une ville si charmante. »

Cependant il s'aperçut que la dame, qui avait commencé par lui demander tendrement des nouvelles de son mari, parlait plus tendrement encore, sur la fin du repas, à un jeune

1. Dans la langue du XVIIIe siècle, le *dîner* désigne le repas de midi, comme l'indique la mention de la position du Soleil. Le repas du matin s'appelait *déjeuner* et le repas du soir, *souper*. \ **2.** Si l'on se réfère au *Siècle de Louis XIV* (1751), Voltaire évoque ici la fontaine des Innocents, au coin de la rue Saint-Denis et de la rue aux Fers, et la fontaine de la rue de Grenelle : « On reproche à la ville de Paris de n'avoir que deux fontaines dans le bon goût ; encore sont-elles toutes deux mal placées » (dans le « Catalogue des artistes célèbres »). \ **3.** Il s'agirait de Henri IV, Louis XIII et Louis XIV. \ **4.** Louis XV. \ **5.** *Commodes :* pratiques. \ **6.** Il s'agit de l'hôtel des Invalides. \ **7.** *Propre :* élégante.

mage[1]. Il vint un magistrat qui, en présence de sa femme, pressait avec vivacité une veuve, et cette veuve indulgente avait une main passée autour du cou du magistrat, tandis qu'elle tendait l'autre à un jeune citoyen très beau et très modeste. La femme du magistrat se leva de table la première, pour aller entretenir dans un cabinet voisin son directeur, qui arrivait trop tard, et qu'on avait attendu à dîner; et le directeur, homme éloquent, lui parla dans ce cabinet avec tant de véhémence et d'onction[2] que la dame avait, quand elle revint, les yeux humides, les joues enflammées, la démarche mal assurée, la parole tremblante.

Alors Babouc commença à craindre que le génie Ituriel n'eût raison. Le talent qu'il avait d'attirer la confiance le mit dès le jour même dans les secrets de la dame; elle lui confia son goût pour le jeune mage, et l'assura que dans toutes les maisons de Persépolis il trouverait l'équivalent de ce qu'il avait vu dans la sienne. Babouc conclut qu'une telle société ne pouvait subsister; que la jalousie, la discorde, la vengeance, devaient désoler toutes les maisons; que les larmes et le sang devaient couler tous les jours; que certainement les maris tueraient les galants de leurs femmes, ou en seraient tués; et qu'enfin Ituriel faisait fort bien de détruire tout d'un coup une ville abandonnée à de continuels désordres.

Il était plongé dans ces idées funestes, quand il se présenta à la porte un homme grave, en manteau noir, qui demanda humblement à parler au jeune magistrat. Celui-ci, sans se lever, sans le regarder, lui donna fièrement, et d'un air distrait,

1. *Un jeune mage:* Voltaire désigne ainsi un jeune abbé. Dans les *Lettres philosophiques* (1734), il avait déjà fustigé « ces jeunes gens connus pour leurs débauches et élevés à la prélature par des intrigues de femmes, [qui] font publiquement l'amour, s'égaient à composer des chansons tendres, donnent tous les jours des soupers délicats et longs » (V).

2. *Parla* [...] *avec onction:* parla avec une douceur persuasive qui touche le cœur.

quelques papiers, et le congédia. Babouc demanda quel était cet homme. La maîtresse de maison lui dit tout bas : « C'est un des meilleurs avocats de la ville ; il y a cinquante ans qu'il étudie les lois. Monsieur, qui n'a que vingt-cinq ans, et qui est satrape de loi[1] depuis deux jours, lui donne à faire l'extrait d'un procès[2] qu'il doit juger, qu'il n'a pas encore examiné. – Ce jeune étourdi fait sagement, dit Babouc, de demander conseil à un vieillard ; mais pourquoi n'est-ce pas ce vieillard qui est juge ? – Vous vous moquez, lui dit-on, jamais ceux qui ont vieilli dans les emplois laborieux et subalternes[3] ne parviennent aux dignités. Ce jeune homme a une grande charge, parce que son père est riche, et qu'ici le droit de rendre la justice s'achète comme une métairie[4]. – Ô mœurs ! ô malheureuse ville ! s'écria Babouc, voilà le comble du désordre ; sans doute, ceux qui ont ainsi acheté le droit de juger vendent leurs jugements ; je ne vois ici que des abîmes d'iniquité[5]. »

Comme il marquait ainsi sa douleur et sa surprise, un jeune guerrier, qui était venu ce jour même de l'armée, lui dit : « Pourquoi ne voulez-vous pas qu'on achète les emplois de la robe[6] ? J'ai bien acheté, moi, le droit d'affronter la mort à la tête de deux mille hommes que je commande ; il m'en a coûté quarante mille dariques d'or cette année pour coucher sur la terre trente nuits de suite en habit rouge, et pour recevoir ensuite deux bons coups de flèche dont je me sens encore. Si je me ruine pour servir l'empereur persan, que je n'ai jamais vu,

1. *Satrape de loi :* conseiller du parlement. \ **2.** *Extrait d'un procès :* copie conforme des pièces du dossier. \ **3.** *Emplois subalternes :* emplois où le rôle de ceux qui les occupent sont subordonnés. \ **4.** *Métairie :* domaine agricole exploité par métayage, c'est-à-dire où le preneur s'engage à cultiver les terres sous condition de partager fruits et récoltes avec le propriétaire (on parle alors de bail à partage de fruits). La comparaison est ici dévalorisante pour l'accès aux fonctions de juge. \ **5.** *Iniquité :* corruption, injustice. \ **6.** *Les emplois de la robe :* dans l'ancienne langue, on désignait ainsi les emplois de judicature tenus par les hommes de lois.

M. le satrape de robe peut bien payer quelque chose pour avoir le plaisir de donner audience à des plaideurs. » Babouc, indigné, ne put s'empêcher de condamner dans son cœur un pays où l'on mettait à l'encan[1] les dignités de la paix et de la guerre ; il conclut précipitamment que l'on y devait ignorer absolument la guerre et les lois, et que, quand même Ituriel n'exterminerait pas ces peuples, ils périraient par leur détestable administration.

Sa mauvaise opinion augmenta encore à l'arrivée d'un gros homme qui, ayant salué très familièrement toute la compagnie, s'approcha du jeune officier, et lui dit : « Je ne peux vous prêter que cinquante mille dariques d'or, car, en vérité, les douanes de l'empire ne m'en ont rapporté que trois cent mille cette année. » Babouc s'informa quel était cet homme qui se plaignait de gagner si peu ; il apprit qu'il y avait dans Persépolis quarante rois plébéiens[2] qui tenaient à bail l'empire de Perse, et qui en rendaient quelque chose au monarque.

Après dîner il alla dans un des plus superbes temples de la ville ; il s'assit au milieu d'une troupe de femmes et d'hommes qui étaient venus là pour passer le temps. Un mage[3] parut dans une machine élevée, qui parla longtemps du vice et de la vertu. Ce mage divisa en plusieurs parties ce qui n'avait pas besoin d'être divisé ; il prouva méthodiquement tout ce qui était clair, il enseigna tout ce qu'on savait. Il se passionna froidement, et sortit suant et hors d'haleine. Toute l'assemblée alors se réveilla et crut avoir assisté à une instruction. Babouc dit : « Voilà un homme qui a fait de son mieux pour ennuyer deux ou trois cents de ses concitoyens ; mais son intention était bonne, et il n'y a pas là de quoi détruire Persépolis. »

1. *Mettait à l'encan :* vendait publiquement aux enchères. \ **2.** *Rois plébéiens :* derrière cette expression, Voltaire désigne les fermiers généraux qui achetaient à l'enchère le droit de lever les impôts pour le roi. \ **3.** *Un mage :* il faut comprendre, ici, un prédicateur, la « *machine élevée* » désignant la chaire à prêcher.

Au sortir de cette assemblée, on le mena voir une fête publique qu'on donnait tous les jours de l'année ; c'était dans une espèce de basilique[1], au fond de laquelle on voyait un palais. Les plus belles citoyennes de Persépolis, les plus considérables satrapes, rangés avec ordre, formaient un spectacle si beau que Babouc crut d'abord que c'était là toute la fête. Deux ou trois personnes, qui paraissaient des rois et des reines, parurent bientôt dans le vestibule de ce palais ; leur langage était très différent de celui du peuple ; il était mesuré[2], harmonieux et sublime. Personne ne dormait, on écoutait dans un profond silence, qui n'était interrompu que par les témoignages de la sensibilité et de l'admiration publique. Le devoir des rois, l'amour de la vertu, les dangers des passions, étaient exprimés par des traits si vifs et si touchants que Babouc versa des larmes. Il ne douta pas que ces héros et ces héroïnes, ces rois et ces reines qu'il venait d'entendre, ne fussent les prédicateurs de l'empire ; il se proposa même d'engager Ituriel à les venir entendre, bien sûr qu'un tel spectacle le réconcilierait pour jamais avec la ville.

Dès que cette fête fut finie, il voulut voir la principale reine, qui avait débité[3] dans ce beau palais une morale si noble et si pure ; il se fit introduire chez Sa Majesté ; on le mena par un petit escalier, au second étage, dans un appartement mal meublé, où il trouva une femme mal vêtue, qui lui dit d'un air noble et pathétique : « Ce métier-ci ne me donne pas de quoi vivre ; un des princes que vous avez vus m'a fait un enfant ; j'accoucherai bientôt ; je manque d'argent, et sans argent on n'accouche point. » Babouc lui donna cent dariques d'or, en disant : « S'il n'y avait que ce mal-là dans la ville, Ituriel aurait tort de se tant fâcher. »

1. *Une espèce de basilique :* il s'agit, en fait, d'une salle de théâtre et le palais évoqué dans ce passage sert de décor à la scène. \ **2.** *Mesuré :* en vers. \ **3.** *Débité :* récité.

De là il alla passer sa soirée chez des marchands de magnificences[1] inutiles. Un homme intelligent, avec lequel il avait fait connaissance, l'y mena ; il acheta ce qui lui plut, et on le lui vendit avec politesse beaucoup plus qu'il ne valait. Son ami, de retour chez lui, lui fit voir combien on le trompait. Babouc mit sur ses tablettes le nom du marchand, pour le faire distinguer par Ituriel au jour de la punition de la ville. Comme il écrivait, on frappa à sa porte : c'était le marchand lui-même qui venait lui rapporter sa bourse, que Babouc avait laissée par mégarde sur son comptoir. « Comment se peut-il, s'écria Babouc, que vous soyez si fidèle et si généreux, après n'avoir pas eu de honte de me vendre des colifichets quatre fois au-dessus de leur valeur ? – Il n'y a aucun négociant un peu connu dans cette ville, lui répondit le marchand, qui ne fût venu vous rapporter votre bourse ; mais on vous a trompé quand on vous a dit que je vous avais vendu ce que vous avez pris chez moi quatre fois plus qu'il ne vaut : je vous l'ai vendu dix fois davantage, et cela est si vrai que, si dans un mois vous voulez le revendre, vous n'en aurez pas même ce dixième. Mais rien n'est plus juste : c'est la fantaisie des hommes qui met le prix à ces choses frivoles ; c'est cette fantaisie qui fait vivre cent ouvriers que j'emploie, c'est elle qui me donne une belle maison, un char commode, des chevaux, c'est elle qui excite l'industrie, qui entretient le goût, la circulation et l'abondance. Je vends aux nations voisines les mêmes bagatelles plus chèrement qu'à vous, et par là je suis utile à l'empire. » Babouc, après avoir un peu rêvé, le raya de ses tablettes[2].

1. *Magnificences :* ce mot désignait, dans la langue du XVIIIe siècle, non seulement la qualité de ce qui est magnifique, mais surtout des objets luxueux. \ **2.** L'édition de 1749 ajoutait : « Car, enfin, disait-il, les arts de luxe ne sont en grand nombre dans un empire que quand tous les arts nécessaires sont exercés, et que la nation est nombreuse et opulente. Ituriel me paraît un peu sévère. »

Babouc, fort incertain sur ce qu'il devait penser de Persépolis, résolut de voir les mages et les lettrés: car les uns étudient la sagesse, et les autres la religion; et il se flatta que ceux-là obtiendraient grâce pour le reste du peuple. Dès le lendemain matin il se transporta dans un collège de mages[1]. L'archimandrite[2] lui avoua qu'il avait cent mille écus de rente pour avoir fait vœu de pauvreté, et qu'il exerçait un empire assez étendu en vertu de son vœu d'humilité; après quoi il laissa Babouc entre les mains d'un petit frère, qui lui fit les honneurs[3].

Tandis que ce frère lui montrait les magnificences de cette maison de pénitence, un bruit se répandit, qu'il était venu pour réformer toutes ces maisons. Aussitôt il reçut des mémoires[4] de chacune d'elles; et les mémoires disaient tous en substance: *Conservez-nous, et détruisez toutes les autres.* À entendre leurs apologies[5], ces sociétés étaient toutes nécessaires. À entendre leurs accusations réciproques, elles méritaient toutes d'être anéanties. Il admirait comme il n'y en avait aucune d'elles qui, pour édifier l'univers, ne voulût en avoir l'empire. Alors il se présenta un petit homme qui était un demi-mage, et qui lui dit: «Je vois bien que l'œuvre va s'accomplir: car Zerdust[6] est revenu sur la terre; les petites filles prophétisent, en se faisant donner des coups de pincettes par-devant et le fouet par-derrière[7]. Ainsi nous vous demandons votre protection contre le Grand-Lama[8]. – Comment! dit Babouc, contre ce pontife-roi qui réside au Thibet? – Contre lui-même. – Vous lui faites donc la guerre, et vous levez contre lui des armées? – Non, mais il dit

1. *Collège de mages:* couvent. \ **2.** *Archimandrite:* supérieur d'un monastère orthodoxe. \ **3.** *Fit les honneurs:* on fit à Babouc les honneurs de la maison. \ **4.** *Des mémoires:* des rapports. \ **5.** *Apologies:* défenses. \ **6.** *Zerdust:* autre nom de Zoroastre qui a réformé vers 660 le religion iranienne et auquel on attribue le livre de l'*Avesta*. \ **7.** Allusion aux pratiques des convulsionnaires du cimetière de Saint-Médard. Cette affaire remontait à 1732 mais elle tourmenta longtemps Voltaire: certaines femmes subissaient des tortures sans souffrir. \ **8.** *Grand-Lama:* derrière ce personnage se cache le pape.

que l'homme est libre, et nous n'en croyons rien[1] ; nous écrivons contre lui de petits livres, qu'il ne lit pas ; à peine a-t-il entendu parler de nous ; il nous a seulement fait condamner comme un maître ordonne qu'on échenille les arbres de ses jardins[2]. » Babouc frémit de la folie de ces hommes qui faisaient profession de sagesse, des intrigues de ceux qui avaient renoncé au monde, de l'ambition et de la convoitise orgueilleuse de ceux qui enseignaient l'humilité et le désintéressement ; il conclut qu'Ituriel avait de bonnes raisons pour détruire toute cette engeance[3].

Retiré chez lui, il envoya chercher des livres nouveaux pour adoucir son chagrin, et il pria quelques lettrés à dîner pour se réjouir. Il en vint deux fois plus qu'il n'en avait demandé, comme les guêpes que le miel attire. Ces parasites se pressaient de manger et de parler ; ils louaient deux sortes de personnes, les morts et eux-mêmes, et jamais leurs contemporains, excepté le maître de la maison. Si quelqu'un d'eux disait un bon mot, les autres baissaient les yeux et se mordaient les lèvres de douleur de ne l'avoir pas dit. Ils avaient moins de dissimulation que les mages, parce qu'ils n'avaient pas de si grands objets d'ambition. Chacun d'eux briguait une place de valet et une réputation de grand homme ; ils se disaient en face des choses insultantes, qu'ils croyaient des traits d'esprit. Ils avaient eu quelque connaissance de la mission de Babouc. L'un d'eux le pria tout bas d'exterminer un auteur qui ne l'avait pas assez loué il y avait cinq ans. Un autre demanda la perte d'un citoyen qui n'avait jamais ri à ses comédies. Un troisième demanda l'extinction de l'Académie, parce qu'il n'avait jamais pu parvenir à y être admis. Le repas fini, chacun d'eux s'en alla seul ; car il n'y avait pas dans toute la troupe deux hommes qui pussent se souffrir, ni même

1. Voltaire fait allusion à la doctrine janséniste de la prédestination. \ **2.** Voltaire évoque les différends des jansénistes avec la papauté. \ **3.** *Engeance :* désigne de façon particulièrement péjorative une race méprisable.

se parler ailleurs que chez les riches qui les invitaient à leur table. Babouc jugea qu'il n'y aurait pas grand mal quand cette vermine périrait dans la destruction générale.

Dès qu'il se fut défait d'eux[1], il se mit à lire quelques livres nouveaux. Il y reconnut l'esprit de ses convives. Il vit surtout avec indignation ces gazettes de la médisance, ces archives du mauvais goût, que l'envie, la bassesse et la faim ont dictées ; ces lâches satires où l'on ménage le vautour et où l'on déchire la colombe ; ces romans dénués d'imagination, où l'on voit tant de portraits de femmes que l'auteur ne connaît pas.

Il jeta au feu tous ces détestables écrits, et sortit pour aller le soir à la promenade. On le présenta à un vieux lettré qui n'était point venu grossir le nombre de ces parasites. Ce lettré fuyait toujours la foule, connaissait les hommes, en faisait usage[2], et se communiquait avec discrétion. Babouc lui parla avec douleur de ce qu'il avait lu et de ce qu'il avait vu.

« Vous avez lu des choses bien méprisables, lui dit le sage lettré ; mais dans tous les temps, et dans tous les pays, et dans tous les genres, le mauvais fourmille et le bon est rare. Vous avez reçu chez vous le rebut de la pédanterie, parce que, dans toutes les professions, ce qu'il y a de plus indigne de paraître est toujours ce qui se présente avec le plus d'impudence. Les véritables sages vivent entre eux retirés et tranquilles ; il y a encore parmi nous des hommes et des livres dignes de votre attention. » Dans le temps qu'il parlait ainsi un autre lettré les joignit ; leurs discours furent si agréables et si instructifs, si élevés au-dessus des préjugés, et si conformes à la vertu, que Babouc avoua n'avoir jamais rien entendu de pareil. « Voilà des hommes, disait-il tout bas, à qui l'ange Ituriel n'osera toucher, ou il sera bien impitoyable. »

1. *Dès qu'il se fut défait d'eux* : dès qu'il se fut débarrassé d'eux, dès qu'il les eut congédiés. \ **2.** *Faisait usage* : fréquentait.

Accommodé avec les lettrés[1], il était toujours en colère contre le reste de la nation. « Vous êtes étranger, lui dit l'homme judicieux qui lui parlait ; les abus se présentent à vos yeux en foule, et le bien, qui est caché et qui résulte quelquefois de ces abus mêmes, vous échappe. » Alors il apprit que parmi les lettrés il y en avait quelques-uns qui n'étaient pas envieux, et que parmi les mages mêmes il y en avait de vertueux. Il conçut à la fin que ces grands corps, qui semblaient en se choquant préparer leurs communes ruines, étaient au fond des institutions salutaires ; que chaque société de mages était un frein à ses rivales ; que si ces émules[2] différaient dans quelques opinions, ils enseignaient tous la même morale, qu'ils instruisaient le peuple et qu'ils vivaient soumis aux lois, semblables aux précepteurs qui veillent sur le fils de la maison tandis que le maître veille sur eux-mêmes. Il en pratiqua plusieurs, et vit des âmes célestes[3]. Il apprit même que parmi les fous qui prétendaient faire la guerre au Grand-Lama il y avait eu de très grands hommes[4]. Il soupçonna enfin qu'il pourrait bien en être des mœurs de Persépolis comme des édifices, dont les uns lui avaient paru dignes de pitié, et les autres l'avaient ravi en admiration.

Il dit à son lettré : « Je connais[5] très bien que ces mages que j'avais cru si dangereux sont en effet très utiles, surtout quand un gouvernement sage les empêche de se rendre trop nécessaires ; mais vous m'avouerez au moins que vos jeunes magistrats, qui achètent une charge de juge dès qu'ils ont appris à monter à cheval, doivent étaler dans les tribunaux tout ce que l'impertinence[6] a de plus ridicule et tout ce que l'iniquité a de

1. *Accommodé avec les lettrés :* réconcilié avec les lettrés ; ce sens est aujourd'hui vieilli. \ **2.** *Émules :* personnes qui cherchent à en égaler d'autres dans les choses de bien. \ **3.** Voltaire rend sans doute hommage à ses maîtres jésuites, le père Porée et le père Tournemine. \ **4.** Voltaire fait allusion à Pascal. \ **5.** *Je connais :* il faut ici comprendre « je reconnais ». \ **6.** *L'impertinence :* il ne faut pas prendre le mot dans son sens moderne d'inconvenance, mais comme un antonyme de pertinence, désignant alors, pour un être humain, l'incompétence.

plus pervers ; il vaudrait mieux sans doute donner ces places gratuitement à ces vieux jurisconsultes[1] qui ont passé toute leur vie à peser le pour et le contre. »

Le lettré lui répliqua : « Vous avez vu notre armée avant d'arriver à Persépolis ; vous savez que nos jeunes officiers se battent très bien, quoiqu'ils aient acheté leurs charges ; peut-être verrez-vous que nos jeunes magistrats ne jugent pas mal, quoiqu'ils aient payé pour juger. »

Il le mena le lendemain au grand tribunal, où l'on devait rendre un arrêt important. La cause était connue de tout le monde. Tous ces vieux avocats qui en parlaient étaient flottants[2] dans leurs opinions : ils alléguaient cent lois, dont aucune n'était applicable au fond de la question ; ils regardaient l'affaire par cent côtés, dont aucun n'était dans son vrai jour ; les juges décidèrent plus vite que les avocats ne doutèrent. Leur jugement fut presque unanime ; ils jugèrent bien, parce qu'ils suivaient les lumières de la raison, et les autres avaient opiné[3] mal, parce qu'ils n'avaient consulté que leurs livres.

Babouc conclut qu'il y avait souvent de très bonnes choses dans les abus. Il vit dès le jour même que les richesses des financiers, qui l'avaient tant révolté, pouvaient produire un effet excellent ; car, l'empereur ayant eu besoin d'argent, il trouva en une heure, par leur moyen, ce qu'il n'aurait pas eu en six mois par les voies ordinaires[4] ; il vit que ces gros nuages, enflés de la rosée de la terre, lui rendaient en pluie ce qu'ils en recevaient. D'ailleurs les enfants de ces hommes nouveaux, souvent mieux élevés que ceux des familles plus anciennes, valaient quelquefois beaucoup mieux ; car rien n'empêche

1. *Jurisconsultes :* hommes qui ont pour métier de donner leur avis sur des questions de droit. \ **2.** *Flottants :* il faut considérer le terme dans un sens abstrait ; incertains, indécis. \ **3.** *Opiner :* donner son avis ; ce verbe aujourd'hui vieilli ne subsiste que dans l'emploi plaisant de « consentir ». \ **4.** Voltaire évoque cet épisode de la guerre d'Italie dans ses *Lettres philosophiques* : le prince Eugène vint au secours du duc de Savoie et emprunta une forte somme à des marchands anglais, ce qui lui permit de battre les troupes françaises.

qu'on ne soit un bon juge, un brave guerrier, un homme d'État habile, quand on a eu un père bon calculateur[1].

Insensiblement Babouc faisait grâce à l'avidité du financier, qui n'est pas au fond plus avide que les autres hommes, et qui est nécessaire. Il excusait la folie de se ruiner pour juger et pour se battre, folie qui produit de grands magistrats et des héros. Il pardonnait à l'envie des lettrés, parmi lesquels il se trouvait des hommes qui éclairaient le monde ; il se réconciliait avec les mages ambitieux et intrigants, chez lesquels il y avait plus de grandes vertus encore que de petits vices ; mais il lui restait bien des griefs, et surtout les galanteries des dames, et les désolations qui en devaient être la suite, le remplissaient d'inquiétude et d'effroi.

Comme il voulait pénétrer dans toutes les conditions humaines, il se fit mener chez un ministre ; mais il tremblait toujours en chemin que quelque femme ne fût assassinée en sa présence par son mari. Arrivé chez l'homme d'État, il resta deux heures dans l'antichambre sans être annoncé, et deux heures encore après l'avoir été. Il se promettait bien, dans cet intervalle, de recommander à l'ange Ituriel et le ministre et ses insolents huissiers. L'antichambre était remplie de dames de tout étage, de mages de toutes couleurs, de juges, de marchands, d'officiers, de pédants[2] ; tous se plaignaient du ministre. L'avare et l'usurier disaient : « Sans doute cet homme-là pille les provinces » ; le capricieux lui reprochait d'être bizarre ; le voluptueux disait : « Il ne songe qu'à ses plaisirs » ; l'intrigant se flattait de le voir bientôt perdu par une cabale ; les femmes espéraient qu'on leur donnerait bientôt un ministre plus jeune[3].

1. À l'époque, on a interprété cette remarque comme un hommage rendu par Voltaire à son propre père. \ **2.** *Pédants :* personnes qui font étalage de leur érudition. \ **3.** Dans ce passage, on peut voir une allusion au chapitre VI de *Zadig* quand les dames de Babylone applaudissent au choix du héros pour remplacer le Premier ministre du roi.

Babouc entendait leurs discours ; il ne put s'empêcher de dire : « Voilà un homme bien heureux ; il a tous ses ennemis dans son antichambre ; il écrase de son pouvoir ceux qui l'envient ; il voit à ses pieds ceux qui le détestent. » Il entra enfin : il vit un petit vieillard courbé sous le poids des années et des affaires, mais encore vif et plein d'esprit [1].

Babouc lui plut, et il parut à Babouc un homme estimable. La conversation devint intéressante. Le ministre lui avoua qu'il était un homme très malheureux ; qu'il passait pour riche, et qu'il était pauvre ; qu'on le croyait tout-puissant, et qu'il était toujours contredit ; qu'il n'avait guère obligé [2] que des ingrats, et que, dans un travail continuel de quarante années, il avait eu à peine [3] un moment de consolation. Babouc en fut touché, et pensa que si cet homme avait fait des fautes, et si l'ange Ituriel voulait le punir, il ne fallait pas l'exterminer, mais seulement lui laisser sa place.

Tandis qu'il parlait au ministre entre brusquement la belle dame chez qui Babouc avait dîné. On voyait dans ses yeux et sur son front les symptômes de la douleur et de la colère. Elle éclata en reproches contre l'homme d'État ; elle versa des larmes ; elle se plaignit avec amertume de ce qu'on avait refusé à son mari une place où [4] sa naissance lui permettait d'aspirer, et que ses services et ses blessures méritaient ; elle s'exprima avec tant de force, elle mit tant de grâces dans ses plaintes, elle détruisit les objections avec tant d'adresse, elle fit valoir les raisons avec tant d'éloquence, qu'elle ne sortit point de la chambre sans avoir fait la fortune de son mari.

Babouc lui donna la main. « Est-il possible, Madame, lui dit-il, que vous vous soyez donné toute cette peine pour un homme

1. On peut lire, ici, une allusion au cardinal Fleury avec lequel Voltaire eut maille à partir mais qu'il finit par apprécier. \ **2.** *Obliger :* rendre service. \ **3.** *À peine :* avec peine, difficilement. \ **4.** *Où :* à laquelle.

que vous n'aimez point, et dont vous avez tout à craindre ? – Un homme que je n'aime point ? s'écria-t-elle. Sachez que mon mari est le meilleur ami que j'aie au monde, qu'il n'y a rien que je ne lui sacrifie, hors mon amant, et qu'il ferait tout pour moi, hors de quitter sa maîtresse. Je veux vous la faire connaître ; c'est une femme charmante, pleine d'esprit et du meilleur caractère du monde ; nous soupons ensemble ce soir avec mon mari et mon petit mage : venez partager notre joie. »

La dame mena Babouc chez elle. Le mari, qui était enfin arrivé plongé dans la douleur, revit sa femme avec des transports d'allégresse et de reconnaissance ; il embrassa tour à tour sa femme, sa maîtresse, le petit mage et Babouc. L'union, la gaieté, l'esprit et les grâces furent l'âme de ce repas. « Apprenez, lui dit la belle dame chez laquelle il soupait, que celles qu'on appelle quelquefois de malhonnêtes femmes ont presque toujours le mérite d'un très honnête homme ; et, pour vous en convaincre, venez demain dîner avec moi chez la belle Téone[1]. Il y a quelques vieilles vestales[2] qui la déchirent[3] ; mais elle fait plus de bien qu'elles toutes ensemble. Elle ne commettrait pas une légère injustice pour le plus grand intérêt ; elle ne donne à son amant que des conseils généreux ; elle n'est occupée que de sa gloire ; il rougirait devant elle s'il avait laissé échapper une occasion de faire du bien ; car rien n'encourage plus aux actions vertueuses que d'avoir pour témoin et pour juge de sa conduite une maîtresse dont on veut mériter l'estime. »

Babouc ne manqua pas au rendez-vous. Il vit une maison où régnaient tous les plaisirs ; Téone régnait sur eux ; elle savait

1. *Téone :* nom composé à partir de Théon, mathématicien et astronome grec de la fin du IVe siècle de notre ère. Voltaire désigne ainsi Mme du Châtelet, la belle Émilie, férue de sciences et d'astronomie. \ **2.** *Vestales :* prêtresses de Vesta chez les Romains. Elles étaient chargées d'entretenir nuit et jour le feu sacré de l'autel de la déesse et devaient garder leur virginité durant tout le temps de leur sacerdoce. Par cette expression, Voltaire désigne ironiquement les femmes vertueuses et austères de Persépolis-Paris. \ **3.** *Déchirent :* critiquent, calomnient, diffament.

parler à chacun son langage. Son esprit naturel mettait à son aise celui des autres ; elle plaisait sans presque le vouloir ; elle était aussi aimable que bienfaisante ; et, ce qui augmentait le prix de toutes ses bonnes qualités, elle était belle.

Babouc, tout Scythe[1] et tout envoyé qu'il était d'un génie, s'aperçut que, s'il restait encore à Persépolis, il oublierait Ituriel pour Téone. Il s'affectionnait à la ville, dont le peuple était poli, doux et bienfaisant, quoique léger, médisant et plein de vanité. Il craignait que Persépolis ne fût condamnée ; il craignait même le compte qu'il allait rendre.

Voici comme il s'y prit pour rendre ce compte. Il fit faire par le meilleur fondeur de la ville une petite statue composée de tous les métaux, des terres et des pierres les plus précieuses et les plus viles[2] ; il la porta à Ituriel : « Casserez-vous, dit-il, cette jolie statue, parce que tout n'y est pas or et diamants ? » Ituriel entendit à demi-mot ; il résolut de ne pas même songer à corriger Persépolis, et de laisser aller *le monde comme il va*. Car, dit-il, *si tout n'est pas bien, tout est passable*. On laissa donc subsister Persépolis ; et Babouc fut bien loin de se plaindre, comme Jonas[3] qui se fâcha de ce qu'on ne détruisait pas Ninive. Mais, quand on a été trois jours dans le corps d'une baleine, on n'est pas de si bonne humeur que quand on a été à l'opéra, à la comédie, et qu'on a soupé en bonne compagnie[4].

1. Dans l'Antiquité, les Scythes symbolisaient la barbarie, l'emploi est ici ironique. \ **2.** *Viles :* sans qualités, sans valeurs. \ **3.** On trouve dans le texte biblique : « Il implora l'Éternel, et il dit : Ah ! Éternel, n'est-ce pas ce que je disais quand j'étais encore dans mon pays ? C'est ce que je voulais prévenir en fuyant à Tarsis. Car je savais que tu es un Dieu compatissant et miséricordieux, lent à la colère et riche en bonté, et qui te repens du mal. Maintenant, Éternel, prends-moi donc la vie, car la mort m'est préférable à la vie » (Jonas, IV, 1-3). \ **4.** Cette dernière phrase est un ajout de l'édition de 1756. On peut l'interpréter comme une prise de distance avec le texte biblique. Voltaire y oppose deux types de contes et de mentalités : absurde et primitif de l'un, moderne et éclairé de l'autre.

MICROMÉGAS

Histoire philosophique

Chapitre premier

Voyage d'un habitant du monde de l'étoile Sirius dans la planète de Saturne

Dans une de ces planètes qui tournent autour de l'étoile nommée Sirius, il y avait un jeune homme de beaucoup d'esprit, que j'ai eu l'honneur de connaître dans le dernier[1] voyage qu'il fit sur notre petite fourmilière ; il s'appelait Micromégas[2], nom qui convient fort à tous les grands. Il avait huit lieues[3] de haut : j'entends, par huit lieues, vingt-quatre mille pas géométriques[4] de cinq pieds[5] chacun.

Quelques algébristes[6], gens toujours utiles au public, prendront sur-le-champ la plume, et trouveront que, puisque M. Micromégas, habitant du pays de Sirius, a de la tête aux pieds vingt-quatre mille pas, qui font cent vingt mille pieds de roi, et que nous autres, citoyens de la terre, nous n'avons guère que cinq pieds, et que notre globe a neuf mille lieues de tour ; ils trouveront, dis-je, qu'il faut absolument[7] que le globe qui l'a produit ait au juste vingt et un millions six cent mille fois plus de circonférence que notre petite terre. Rien n'est plus simple et plus ordinaire dans la nature. Les États de quelques souverains

1. *Dernier :* l'adjectif doit, ici, prendre le sens de l'adverbe « dernièrement ». \ **2.** *Micromégas :* ce nom propre est composé de deux mots grecs : *micros,* petit, et *megas*, grand. \ **3.** *Lieue :* environ 4 km. \ **4.** *Pas géométrique :* 1,62 m ; on évalue alors la taille de Micromégas à 38,880 km. \ **5.** *Pied :* 32,4 cm. \ **6.** *Algébristes :* mathématiciens qui se consacrent spécialement à l'algèbre. \ **7.** Ce résultat est faux, en dépit de calculs apparemment si précis. Madame de Graffigny rapporte que, le 11 décembre 1738, on a lu les spéculations de Wolff qui évaluait la taille des habitants de Jupiter en calculant une quatrième proportionnelle.

d'Allemagne ou d'Italie, dont on peut faire le tour en une demi-heure, comparés à l'empire de Turquie, de Moscovie ou de la Chine, ne sont qu'une très faible image des prodigieuses différences que la nature a mises dans tous les êtres.

La taille de Son Excellence étant de la hauteur que j'ai dite, tous nos sculpteurs et tous nos peintres conviendront sans peine que sa ceinture peut avoir cinquante mille pieds de roi de tour ; ce qui fait une très jolie proportion.

Quant à son esprit, c'est un des plus cultivés que nous ayons ; il saut beaucoup de choses, il en a inventé quelques-unes : il n'avait pas encore deux cent cinquante ans, et il étudiait, selon la coutume, au collège des jésuites de sa planète, lorsqu'il devina, par la force de son esprit, plus de cinquante propositions d'Euclide. C'est dix-huit de plus que Blaise Pascal[1], lequel, après en avoir deviné trente-deux[2] en se jouant[3], à ce que dit sa sœur[4], devint depuis un géomètre assez médiocre[5] et un fort mauvais métaphysicien. Vers les quatre cent cinquante ans, au sortir de l'enfance, il disséqua beaucoup de ces petits insectes qui n'ont pas cent pieds de diamètre, et qui se dérobent aux microscopes ordinaires[6] ; il en composa un livre fort curieux, mais qui lui fit quelques affaires. Le muphti[7] de son pays, grand vétillard[8] et fort ignorant, trouva dans son livre des proposi-

1. *Blaise Pascal :* écrivain français du XVIIe siècle, qui, dès son plus jeune âge, se révèle mathématicien et physicien de génie. Il rédige un *Essai sur les coniques*, fait des expériences sur le vide et crée la machine à calculer. On le connaît également pour ses inquiétudes spirituelles marquées par le jansénisme, qu'il livre dans ses *Pensées*. Ici, compte tenu des proportions, la comparaison tourne à l'avantage de Pascal. \ **2.** *Trente-deux :* il s'agit ici des trente-deux proportions d'Euclide, philosophe et mathématicien grec du Ve siècle avant J.-C. \ **3.** *En se jouant :* en jouant. Au XVIIIe siècle, le verbe est encore pronominal. \ **4.** L'anecdote est racontée dans *La Vie de M. Pascal*, écrite par Madame Périer, sa sœur. Voltaire déforme ici le récit de Gilberte Périer ; elle ne dit pas que Pascal a trouvé les trente-deux premières proportions, mais bien qu'il cherchait à démonter la trente-deuxième. \ **5.** *Médiocre :* à comprendre dans son sens latin de moyen, passable. \ **6.** Et pourtant, au chapitre V, on le voit découvrir les hommes, vingt fois plus petits que lui, avec un microscope improvisé. \ **7.** *Muphti :* membre du clergé musulman, chargé du maintien de la loi religieuse. \ **8.** *Vétillard :* personne qui chicane, qui conteste les moindres choses.

tions suspectes, malsonnantes[1], téméraires, hérétiques[2], sentant l'hérésie, et le poursuivit vivement : il s'agissait de savoir si la forme substantielle[3] des puces de Sirius était de même nature que celle des colimaçons. Micromégas se défendit avec esprit ; il mit les femmes de son côté ; le procès dura deux cent vingt ans. Enfin le muphti fit condamner le livre par des jurisconsultes qui ne l'avaient pas lu, et l'auteur eut ordre de ne paraître à la cour de huit cents années.

Il ne fut que médiocrement affligé d'être banni d'une cour qui n'était remplie que de tracasseries et de petitesses. Il fit une chanson fort plaisante contre le muphti dont celui-ci ne s'embarrassa[4] guère ; et il se mit à voyager de planète en planète, pour achever de se former *l'esprit et le cœur*[5], comme l'on dit. Ceux qui ne voyagent qu'en chaise de poste ou en berline[6] seront sans doute étonnés des équipages de là-haut : car nous autres, sur notre petit tas de boue, nous ne concevons rien au-delà de nos usages. Notre voyageur connaissait merveilleusement les lois de la gravitation[7], et toutes les forces attractives et répulsives. Il s'en servait si à propos que, tantôt à l'aide d'un rayon de soleil, tantôt par la commodité d'une comète, il allait de globe en globe, lui et les siens, comme un oiseau voltige de branche en branche. Il parcourut la voie lactée en peu de temps ; et je suis obligé d'avouer qu'il ne vit jamais, à travers les étoiles dont elle est semée, ce beau ciel empyrée[8] que l'illustre vicaire

1. *Malsonnantes :* contraires à la bienséance, inconvenantes. \ **2.** *Hérétiques :* ce qui est contraire à l'orthodoxie d'une religion ; puis, par extension, le mot désigne une idée ou une pratique qui heurte l'opinion considérée comme juste et raisonnable. \ **3.** *Substantielle :* essentielle, c'est-à-dire ce qui appartient à la chose en soi. \ **4.** *S'embarrassa :* se préoccupa, se soucia. \ **5.** *L'esprit et le cœur :* au XVIIIe siècle, on rencontre fréquemment cette expression dans les ouvrages destinés à la jeunesse que Voltaire n'aura de cesse de railler. \ **6.** *Berline :* voiture suspendue à quatre roues et à deux fonds, garnie de glaces et d'une capote ; son nom vient de la ville de Berlin où elle était très à la mode. \ **7.** *Lois de la gravitation :* allusion au système de Newton. \ **8.** *Empyrée :* dans l'Antiquité, le mot désignait la plus élevée des quatre sphères célestes, qui contenait les feux éternels, c'est-à-dire les astres, séjours des dieux. Il désigne ensuite les mondes supraterrestres, donc le Ciel, séjour des bienheureux dans une perspective chrétienne.

Derham[1] se vante d'avoir vu au bout de sa lunette. Ce n'est pas que je prétende que M. Derham ait mal vu, à Dieu ne plaise ! mais Micromégas était sur les lieux, c'est un bon observateur, et je ne veux contredire personne. Micromégas, après avoir bien tourné, arriva dans le globe de Saturne. Quelque accoutumé qu'il fût à voir des choses nouvelles, il ne put d'abord, en voyant la petitesse du globe et de ses habitants, se défendre de ce sourire de supériorité qui échappe quelquefois aux plus sages. Car enfin Saturne n'est guère que neuf cents fois plus gros que la terre, et les citoyens de ce pays-là sont des nains qui n'ont que mille toises[2] de haut ou environ. Il s'en moqua un peu d'abord avec ses gens, à peu près comme un musicien italien se met à rire de la musique de Lulli[3], quand il vient en France. Mais, comme le Sirien avait un bon esprit, il comprit bien vite qu'un être pensant peut fort bien n'être pas ridicule pour n'avoir que six mille pieds de haut. Il se familiarisa avec les Saturniens, après les avoir étonnés. Il lia une étroite amitié avec le secrétaire de l'Académie de Saturne[4], homme de beaucoup d'esprit, qui n'avait à la vérité rien inventé, mais qui rendait un fort bon compte des inventions des autres, et qui faisait passablement de petits vers et de grands calculs. Je rapporterai ici, pour la satisfaction des lecteurs, une conversation singulière que Micromégas eut un jour avec monsieur le secrétaire.

1. *William Derham* (1657-1735) : auteur de l'*Astro-Theology* (1715). Il pensait que la Voie lactée était non un amas d'étoiles et de planètes, mais une lumière continue émanée du ciel empyrée et transmise par une ouverture du ciel visible. \ **2.** *Toise :* à peu près 2 mètres. \ **3.** *Jean-Baptiste Lulli* (1632-1687) : violoniste et compositeur qui était également surintendant de la Musique sous Louis XIV, obtenant ainsi une sorte de monopole de la production musicale de l'époque. Il fut le créateur de l'opéra français et composa une douzaine de tragédies lyriques, des ballets et des divertissements pour les comédies de Molière comme *Le Bourgeois gentilhomme*. \ **4.** *Le secrétaire de l'Académie de Saturne :* on peut ici voir une allusion à Fontenelle, auteur des *Entretiens sur la pluralité des mondes* (1686) et secrétaire perpétuel de l'Académie des sciences.

Chapitre II

Conversation de l'habitant de Sirius avec celui de Saturne

Après que Son Excellence se fut couchée, et que le secrétaire se fut approché de son visage : « Il faut avouer, dit Micromégas, que la nature est bien variée. – Oui, dit le Saturnien, la nature est comme un parterre dont les fleurs… – Ah ! dit l'autre, laissez là votre parterre. – Elle est, reprit le secrétaire, comme une assemblée de blondes et de brunes dont les parures… – Eh ! qu'ai-je affaire de vos brunes ? dit l'autre. – Elle est donc comme une galerie de peintures dont les traits[1]… – Eh non ! dit le voyageur, encore une fois la nature est comme la nature. Pourquoi lui chercher des comparaisons ? – Pour vous plaire, répondit le secrétaire. – Je ne veux point qu'on me plaise, répondit le voyageur, je veux qu'on m'instruise[2] ; commencez d'abord par me dire combien les hommes de votre globe ont de sens. – Nous en avons soixante et douze, dit l'académicien ; et nous nous plaignons tous les jours du peu. Notre imagination va au-delà de nos besoins ; nous trouvons qu'avec nos soixante et douze sens, notre anneau, nos cinq lunes[3], nous sommes trop bornés ; et, malgré toute notre curiosité et le nombre assez grand de passions[4] qui résultent de nos soixante et douze sens, nous avons tout le temps de nous ennuyer[5]. – Je le crois bien,

1. Voltaire pastiche le style de Fontenelle dans les *Entretiens sur la pluralité des mondes*, texte qui procède par métaphores et comparaisons ; il parle de « la beauté blonde du soleil et de la beauté brune de la lune ». Dans ses *Caractères*, La Bruyère se moquait déjà de la préciosité du style de Fontenelle à travers le personnage de Cydias. \ **2.** Voltaire exploite ici l'opposition classique du *docere* et du *placere*. \ **3.** *Cinq lunes :* du temps de Voltaire, on ne connaissait que cinq des onze satellites de Saturne. En 1789, Herschel en découvrira deux autres. \ **4.** *Passions :* on considérait à l'époque que les passions animaient la vie affective, comme la curiosité la vie intellectuelle. \ **5.** *Ennuyer :* éprouver un sentiment de vide intérieur.

dit Micromégas : car dans notre globe nous avons près de mille sens, et il nous reste encore je ne sais quel désir vague, je ne sais quelle inquiétude[1], qui nous avertit sans cesse que nous sommes peu de chose, et qu'il y a des êtres beaucoup plus parfaits. J'ai un peu voyagé ; j'ai vu des mortels fort au-dessous de nous ; j'en ai vu de fort supérieurs ; mais je n'en ai vu aucuns qui n'aient plus de désirs que de vrais besoins, et plus de besoins que de satisfaction. J'arriverai peut-être un jour au pays où il ne manque rien ; mais jusques à présent personne ne m'a donné de nouvelles positives de ce pays-là. » Le Saturnien et le Sirien s'épuisèrent alors en conjectures[2] ; mais après beaucoup de raisonnements fort ingénieux et fort incertains, il en fallut revenir aux faits. « Combien de temps vivez-vous ? dit le Sirien. – Ah ! bien peu, répliqua le petit homme de Saturne. – C'est tout comme chez nous, dit le Sirien : nous nous plaignons toujours du peu. Il faut que ce soit une loi universelle de la nature. – Hélas ! nous ne vivons, dit le Saturnien, que cinq cents grandes révolutions[3] du Soleil. (Cela revient à quinze mille ans ou environ, à compter à notre manière.) Vous voyez bien que c'est mourir presque au moment que l'on est né ; notre existence est un point, notre durée un instant, notre globe un atome. À peine a-t-on commencé à s'instruire un peu que la mort arrive avant qu'on ait l'expérience. Pour moi, je n'ose faire aucuns projets[4] ; je me trouve comme une goutte d'eau dans un océan immense. Je suis honteux, surtout devant vous, de la figure ridicule que je fais dans ce monde. »

Micromégas lui repartit : « Si vous n'étiez pas philosophe, je craindrais de vous affliger en vous apprenant que notre vie est

1. *Inquiétude :* comme l'ennui, ce motif de l'inquiétude propre à la nature humaine est le point commun de Pascal, Locke et Voltaire. \ **2.** *Conjectures :* hypothèses, suppositions. \ **3.** *Grandes révolutions :* indication toute fantaisiste car on ignore encore si le Soleil accomplit une grande révolution ou s'il se déplace suivant une marche déterminée. \ **4.** *Projets :* aujourd'hui, on emploierait le singulier.

sept cents fois plus longue que la vôtre ; mais vous savez trop bien que quand il faut rendre son corps aux éléments, et ranimer la nature sous une autre forme, ce qui s'appelle mourir ; quand ce moment de métamorphose est venu, avoir vécu une éternité ou avoir vécu un jour, c'est précisément la même chose[1]. J'ai été dans des pays où l'on vit mille fois plus longtemps que chez moi, et j'ai trouvé qu'on y murmurait encore. Mais il y a partout des gens de bon sens qui savent prendre leur parti et remercier l'auteur de la nature. Il a répandu sur cet univers une profusion de variétés, avec une espèce d'uniformité admirable. Par exemple, tous les êtres pensants sont différents, et tous se ressemblent au fond par le don de la pensée et des désirs. La matière est partout étendue ; mais elle a dans chaque globe des propriétés diverses. Combien comptez-vous de ces propriétés diverses dans votre matière ? – Si vous parlez de ces propriétés, dit le Saturnien, sans lesquelles nous croyons que ce globe ne pourrait subsister tel qu'il est, nous en comptons trois cents, comme l'étendue, l'impénétrabilité, la mobilité, la gravitation, la divisibilité, et le reste. – Apparemment, répliqua le voyageur, que ce petit nombre suffit aux vues que le Créateur avait sur votre petite habitation. J'admire en tout sa sagesse ; je vois partout des différences, mais aussi partout des proportions. Votre globe est petit, vos habitants le sont aussi ; vous avez peu de sensations ; votre matière a peu de propriétés : tout cela est l'ouvrage de la Providence. De quelle couleur est votre soleil, bien examiné ? – D'un blanc fort jaunâtre, dit le Saturnien ; et quand nous divisons un de ses rayons, nous trouvons qu'il contient les sept couleurs[2]. – Notre soleil tire sur le rouge[3], dit le Sirien, et nous avons trente-neuf couleurs primitives. Il n'y

1. Allusion à Montaigne : « Le long vivre et le peu de vivre est rendu tout un par la mort. Car le long et le court n'est point aux choses qui ne sont plus. » \ **2.** Les travaux de Newton (1642-1727) sur la division de la lumière étaient tout récents à l'époque. \ **3.** Voltaire se rapproche ici des Anciens pour lesquels la couleur de Sirius tirait sur le rouge.

a pas un soleil, parmi tous ceux dont j'ai approché, qui se ressemble, comme chez vous il n'y a pas un visage qui ne soit différent de tous les autres[1]. »

Après plusieurs questions de cette nature, il s'informa combien de substances essentiellement différentes on comptait dans Saturne. Il apprit qu'on n'en comptait qu'une trentaine, comme Dieu, l'espace, la matière, les êtres étendus qui sentent, les êtres étendus qui sentent et qui pensent, les êtres pensants qui n'ont point d'étendue, ceux qui se pénètrent, ceux qui ne se pénètrent pas, et le reste. Le Sirien, chez qui on en comptait trois cents, et qui en avait découvert trois mille autres dans ses voyages, étonna prodigieusement le philosophe de Saturne. Enfin, après s'être communiqué l'un à l'autre un peu de ce qu'ils savaient et beaucoup de ce qu'ils ne savaient pas, après avoir raisonné pendant une révolution du soleil[2], ils résolurent de faire ensemble un petit voyage philosophique.

Chapitre III

Voyage des deux habitants de Sirius et de Saturne

Nos deux philosophes étaient prêts à s'embarquer dans l'atmosphère de Saturne, avec une fort jolie provision d'instruments mathématiques, lorsque la maîtresse du Saturnien, qui en eut des nouvelles, vint en larmes faire ses remontrances[3]. C'était une jolie petite brune qui n'avait que six cent

1. Dans tout ce paragraphe, Voltaire amalgame des idées empruntées à Leibniz, Newton et Fontenelle. \ **2.** Soit, d'après les hypothèses de l'époque concernant la grande révolution du Soleil, une trentaine d'années. \ **3.** *Remontrances :* reproches.

soixante toises, mais qui réparait par bien des agréments la petitesse de sa taille[1]. « Ah, cruel ! s'écria-t-elle, après t'avoir résisté quinze cents ans, lorsque enfin je commençais à me rendre, quand j'ai à peine passé cent ans entre tes bras, tu me quittes pour aller voyager avec un géant d'un autre monde ; va, tu n'es qu'un curieux, tu n'as jamais eu d'amour ; si tu étais un vrai Saturnien, tu serais fidèle. Où vas-tu courir ? Que veux-tu ? Nos cinq lunes sont moins errantes que toi, notre anneau est moins changeant. Voilà qui est fait, je n'aimerai jamais plus personne. » Le philosophe l'embrassa, pleura avec elle, tout philosophe qu'il était, et la dame, après s'être pâmée, alla se consoler avec un petit-maître du pays.

Cependant nos deux curieux partirent ; ils sautèrent d'abord sur l'anneau, qu'ils trouvèrent assez plat, comme l'a fort bien deviné un illustre habitant de notre petit globe[2] ; de là ils allèrent de lune en lune. Une comète passait tout auprès de la dernière ; ils s'élancèrent sur elle avec leurs domestiques[3] et leurs instruments. Quand ils eurent fait environ cent cinquante millions de lieues, ils rencontrèrent les satellites de Jupiter. Ils passèrent dans Jupiter même, et y restèrent une année, pendant laquelle ils apprirent de fort beaux secrets, qui seraient actuellement sous presse sans messieurs les inquisiteurs, qui ont trouvé quelques propositions un peu dures. Mais j'en ai lu le manuscrit dans la bibliothèque de l'illustre archevêque de…, qui m'a laissé voir ses livres avec cette générosité et cette bonté qu'on ne saurait assez louer.

Mais revenons à nos voyageurs. En sortant de Jupiter, ils traversèrent un espace d'environ cent millions de lieues, et ils

1. Elle mesure 1 286 mètres et n'arrivait donc qu'à la poitrine du Saturnien. \ **2.** Il s'agit de Huyghens, auteur du *Systema Saturnium* (1659), que Voltaire admirait beaucoup et dont il fait l'éloge dans *Le Siècle de Louis XIV* (1751). \ **3.** *Domestiques* : ils sont évoqués à la fin du chapitre I et seront encore mentionnés au début du quatrième. À l'époque, il allait de soi que des voyageurs illustres ne se déplaçassent pas sans une suite importante.

côtoyèrent la planète de Mars, qui, comme on sait, est cinq fois plus petite que notre petit globe; ils virent deux lunes[1] qui servent à cette planète, et qui ont échappé aux regards de nos astronomes. Je sais bien que le père Castel[2] écrira, et même assez plaisamment, contre l'existence de ces deux lunes; mais je m'en rapporte à ceux qui raisonnent par analogie. Ces bons philosophes-là savent combien il serait difficile que Mars, qui est si loin du soleil, se passât à moins de deux lunes. Quoi qu'il en soit, nos gens trouvèrent cela si petit qu'ils craignirent de n'y pas trouver de quoi coucher, et ils passèrent leur chemin, comme deux voyageurs qui dédaignent un mauvais cabaret de village et poussent jusqu'à la ville voisine. Mais le Sirien et son compagnon se repentirent bientôt. Ils allèrent longtemps, et ne trouvèrent rien. Enfin ils aperçurent une petite lueur; c'était la terre: cela fit pitié à des gens qui venaient de Jupiter. Cependant, de peur de se repentir une seconde fois, ils résolurent de débarquer. Ils passèrent sur la queue de la comète, et, trouvant une aurore boréale toute prête, ils se mirent dedans, et arrivèrent à terre sur le bord septentrional de la mer Baltique, le cinq juillet mil sept cent trente-sept, nouveau style[3].

1. *Deux lunes:* Voltaire ne pouvait connaître les deux satellites de Mars qui n'ont été découverts qu'en 1877. Il reprend en fait ce qu'il avait lu dans le *Voyage de Gulliver* de Swift (chapitre III, « Voyage à Zaputa »), afin de tourner en dérision le raisonnement par analogie, qui n'a que les apparences d'une précision expérimentale. \ **2.** *Père Castel:* mettant en rapport les couleurs et les sons, ce savant jésuite (1688-1757), inventeur du « clavecin oculaire », avait publié en 1724 un *Traité de la pesanteur universelle* où il défendait le système de Descartes contre celui de Newton, ce qui déplut à Voltaire. \ **3.** *Nouveau style:* le calendrier grégorien nouveau style était appliqué en France depuis 1582, tandis que le calendrier julien restait en vigueur en Angleterre. Le décalage était de onze jours.

Chapitre IV

Ce qui leur arrive sur le globe de la terre

Après s'être reposés quelque temps, ils mangèrent à leur déjeuner deux montagnes que leurs gens leur apprêtèrent assez proprement. Ensuite ils voulurent reconnaître le petit pays où ils étaient. Ils allèrent d'abord du nord au sud. Les pas ordinaires du Sirien et de ses gens étaient d'environ trente mille pieds de roi ; le nain de Saturne suivait de loin en haletant ; or il fallait qu'il fît environ douze pas quand l'autre faisait une enjambée : figurez-vous (s'il est permis de faire de telles comparaisons) un très petit chien de manchon qui suivrait un capitaine des gardes du roi de Prusse[1].

Comme ces étrangers-là vont assez vite, ils eurent fait le tour du globe en trente-six heures ; le soleil, à la vérité, ou plutôt la terre, fait un pareil voyage en une journée ; mais il faut songer qu'on va bien plus à son aise quand on tourne sur son axe que quand on marche sur ses pieds. Les voilà donc revenus d'où ils étaient partis, après avoir vu cette mare, presque imperceptible pour eux, qu'on nomme *la Méditerranée*, et cet autre petit étang qui, sous le nom du *grand Océan*[2], entoure la taupinière. Le nain n'en avait eu jamais qu'à mi-jambe, et à peine l'autre avait-il mouillé son talon. Ils firent tout ce qu'ils purent en allant et en revenant dessus et dessous[3] pour tâcher d'apercevoir si ce globe était habité ou non. Ils se baissèrent, ils se couchèrent, ils tâtèrent partout ; mais, leurs yeux et leurs mains n'étant point

1. Cette comparaison est proportionnelle à la taille évoquée par les deux termes. On se rappelle dans *Candide* l'allusion à Frédéric-Guillaume qui ne recrutait que les hommes les plus grands et les plus beaux (chapitre II). \ **2.** Nous pouvons prendre Voltaire en défaut de proportion car la Méditerranée n'est pas si petite, même pour Micromégas qui ne mesure que 38 km ! \ **3.** *Dessus et dessous :* autrement dit en passant à l'antipode de l'endroit où ils avaient atterri.

proportionnés aux petits êtres qui rampent ici, ils ne reçurent pas la moindre sensation qui pût leur faire soupçonner que nous et nos confrères les autres habitants de ce globe avons l'honneur d'exister.

Le nain, qui jugeait quelquefois un peu trop vite, décida d'abord qu'il n'y avait personne sur la terre. Sa première raison était qu'il n'avait vu personne. Micromégas lui fit sentir poliment que c'était raisonner assez mal : « Car, disait-il, vous ne voyez pas avec vos petits yeux certaines étoiles de la cinquantième grandeur[1] que j'aperçois très distinctement ; concluez-vous de là que ces étoiles n'existent pas ? – Mais, dit le nain, j'ai bien tâté[2]. – Mais, répondit l'autre, vous avez mal senti. – Mais, dit le nain, ce globe-ci est si mal construit, cela est si irrégulier et d'une forme qui me paraît si ridicule[3] ! tout semble être ici dans le chaos : voyez-vous ces petits ruisseaux dont aucun ne va de droit fil, ces étangs qui ne sont ni ronds, ni carrés, ni ovales, ni sous aucune forme régulière ; tous ces petits grains pointus dont ce globe est hérissé, et qui m'ont écorché les pieds ? (Il voulait parler des montagnes.) Remarquez-vous encore la forme de tout le globe, comme il est plat aux pôles[4], comme il tourne autour du soleil d'une manière gauche, de façon que les climats des pôles sont nécessairement incultes ? En vérité, ce qui fait que je pense qu'il n'y a ici personne, c'est qu'il me paraît que des gens de bon sens ne voudraient pas y demeurer. – Eh bien, dit Micromégas, ce ne sont peut-être pas non plus des gens de bon sens qui l'habitent. Mais enfin il y a quelque apparence que ceci n'est pas

1. *Cinquantième grandeur :* les étoiles sont classées selon leur éclat ; seules les six premières grandeurs sont visibles à l'œil nu.\ **2.** *J'ai bien tâté :* j'ai bien essayé.\ **3.** On retrouve la même idée dans une lettre du 1er août 1741 ; elle fournira aussi la matière du conte *Le Songe de Platon*, publié en 1756 après le tremblement de terre de Lisbonne.\ **4.** *Il est plat aux pôles :* durant près d'un demi-siècle, un débat avait opposé Cassini qui pensait que la Terre était ovale et Newton qui défendait l'idée des pôles plats. L'expédition de La Condamine au Pérou (1735) et celle de Maupertuis en Laponie (1736) devaient confirmer les calculs de Newton.

fait pour rien. Tout vous paraît irrégulier ici, dites-vous, parce que tout est tiré au cordeau[1] dans Saturne et dans Jupiter. Eh! c'est peut-être par cette raison-là même qu'il y a ici un peu de confusion. Ne vous ai-je pas dit que dans mes voyages j'avais toujours remarqué de la variété ? » Le Saturnien répliqua à toutes ces raisons. La dispute n'eût jamais fini, si par bonheur Micromégas, en s'échauffant à parler, n'eût cassé le fil de son collier de diamants. Les diamants tombèrent : c'étaient de jolis petits carats[2] assez inégaux, dont les plus gros pesaient quatre cents livres[3], et les plus petits cinquante. Le nain en ramassa quelques-uns ; il s'aperçut, en les approchant de ses yeux, que ces diamants, de la façon dont ils étaient taillés, étaient d'excellents microscopes. Il prit donc un petit microscope de cent soixante pieds de diamètre, qu'il appliqua à sa prunelle ; et Micromégas en choisit un de deux mille cinq cents pieds[4]. Ils étaient excellents ; mais d'abord on ne vit rien par leur secours : il fallait s'ajuster. Enfin l'habitant de Saturne vit quelque chose d'imperceptible qui remuait entre deux eaux[5] dans la mer Baltique : c'était une baleine. Il la prit avec son petit doigt fort adroitement, et, la mettant sur l'ongle de son pouce, il la fit voir au Sirien, qui se mit à rire pour la seconde fois de l'excès de petitesse dont étaient les habitants de notre globe. Le Saturnien, convaincu que notre monde est habité, s'imagina bien vite qu'il ne l'était que par des baleines ; et, comme il était grand raisonneur, il voulut deviner d'où un si petit atome tirait son mouvement, s'il avait des idées, une volonté, une liberté. Micromégas y fut fort embarrassé : il examina l'animal fort patiemment, et le résultat de l'examen fut qu'il n'y avait pas moyen de croire qu'une âme fût logée là. Les

1. *Tirer au cordeau :* tracer une ligne droite en s'aidant d'une petite corde que l'on a tendue entre deux points. \ **2.** *Carats :* diamants qui se vendent au poids (un carat = 2 décigrammes). \ **3.** *Livre :* unité de masse qui variait selon les provinces entre 380 et 550 grammes. \ **4.** Il paraît surprenant que les voyageurs utilisent des diamants en guise de microscopes alors que le narrateur avait précisé plus haut qu'ils étaient partis avec « une fort jolie provision d'instruments mathématiques » (chapitre III). \ **5.** *Entre deux eaux :* sous l'eau.

deux voyageurs inclinaient donc à penser qu'il n'y a point d'esprit dans notre habitation, lorsqu'à l'aide du microscope ils aperçurent quelque chose de plus gros qu'une baleine qui flottait sur la mer Baltique. On sait que dans ce temps-là même une volée de philosophes revenait du cercle polaire, sous lequel ils avaient été faire des observations dont personne ne s'était avisé[1] jusqu'alors[2]. Les gazettes dirent que leur vaisseau échoua aux côtes de Botnie, et qu'ils eurent bien de la peine à se sauver; mais on ne sait jamais dans ce monde le dessous des cartes. Je vais raconter ingénument comme la chose se passa, sans y rien mettre du mien, ce qui n'est pas un petit effort pour un historien.

Chapitre V

Expériences et raisonnements des deux voyageurs

Micromégas étendit la main tout doucement vers l'endroit où l'objet paraissait, et, avançant deux doigts et les retirant par la crainte de se tromper, puis les ouvrant et les serrant, il saisit fort adroitement le vaisseau qui portait ces messieurs, et le mit encore sur son ongle, sans le trop presser de peur de l'écraser. « Voici un animal bien différent du premier », dit le nain de Saturne; le Sirien mit le prétendu animal dans le creux de sa main. Les passagers et les gens de l'équipage, qui s'étaient crus enlevés par un ouragan, et qui se croyaient sur une espèce de rocher, se mettent tous en mouvement; les matelots prennent

1. *Ne s'était avisé:* n'avait découvert, songé. \ **2.** *Jusqu'alors:* allusion à l'expédition de Maupertuis qui comprenait bon nombre d'académiciens. C'était une mission scientifique de grande envergure: ils avaient quitté la France le 2 mai 1736 pour vérifier au pôle Nord l'hypothèse de Newton concernant la forme de la Terre.

des tonneaux de vin, les jettent sur la main de Micromégas et se précipitent après. Les géomètres prennent leurs quarts de cercle[1], leurs secteurs, et des filles laponnes[2], et descendent sur les doigts du Sirien. Ils en firent tant qu'il sentit enfin remuer quelque chose qui lui chatouillait les doigts : c'était un bâton ferré qu'on lui enfonçait d'un pied dans l'index ; il jugea, par ce picotement, qu'il était sorti quelque chose du petit animal qu'il tenait[3]. Mais il n'en soupçonna pas d'abord davantage. Le microscope, qui faisait à peine discerner une baleine et un vaisseau, n'avait point de prise sur un être aussi imperceptible que des hommes. Je ne prétends choquer ici la vanité de personne, mais je suis obligé de prier les importants de faire ici une petite remarque avec moi : c'est qu'en prenant la taille des hommes d'environ cinq pieds, nous ne faisons pas sur la terre une plus grande figure qu'en ferait, sur une boule de dix pieds de tour, un animal qui aurait à peu près la six cent millième partie[4] d'un pouce en hauteur. Figurez-vous une substance qui pourrait tenir la terre dans sa main, et qui aurait des organes en proportion des nôtres ; et il se peut très bien faire qu'il y ait un grand nombre de ces substances : or concevez, je vous prie, ce qu'elles penseraient de ces batailles qui nous ont valu deux villages qu'il a fallu rendre[5].

Je ne doute pas que si quelque capitaine des grands grenadiers[6] lit jamais cet ouvrage, il ne hausse de deux grands pieds au moins les bonnets de sa troupe ; mais je l'avertis qu'il

1. *Quarts de cercle :* instruments servant à prendre les élévations sur terre et sur mer ; ce sont des arcs de 20 à 30° sur lesquels est fixée une lunette. \ **2.** *Laponnes :* Maupertuis avait en effet ramené du pôle deux Laponnes, ce qui lui valut un important succès. \ **3.** Allusion à Swift et son *Voyage à Lilliput*, chapitre I. \ **4.** Dans le texte de 1752, Voltaire écrivait « la soixante millième ». Se rendant compte d'un oubli dans ses calculs, il a procédé à cette correction. \ **5.** Voltaire fait sans doute allusion à Kehl et Philippsbourg, conquises en 1733 et 1734, puis rendues par la France suite au traité de Vienne du 5 mai 1738 qui mettait fin à la guerre de succession en Pologne. \ **6.** *Grenadiers :* soldats spécialisés dans le lancement des grenades ; le mot désigne ensuite, par extension, des soldats d'élite.

aura beau faire, et que lui et les siens ne seront jamais que des infiniment petits.

Quelle adresse merveilleuse ne fallut-il donc pas à notre philosophe de Sirius pour apercevoir les atomes dont je viens de parler ! Quand Leuwenhoek et Hartsoeker[1] virent les premiers, ou crurent voir, la graine dont nous sommes formés, ils ne firent pas à beaucoup près une si étonnante découverte. Quel plaisir sentit Micromégas en voyant remuer ces petites machines, en examinant tous leurs tours, en les suivant dans toutes leurs opérations ! Comme il s'écria ! Comme il mit avec joie un de ses microscopes dans les mains de son compagnon de voyage ! « Je les vois, disaient-ils tous deux à la fois ; ne les voyez-vous pas qui portent des fardeaux, qui se baissent, qui se relèvent ? » En parlant ainsi, les mains leur tremblaient, par le plaisir de voir des objets si nouveaux et par la crainte de les perdre. Le Saturnien, passant d'un excès de défiance à un excès de crédulité, crut apercevoir qu'ils travaillaient à la propagation. *Ah* ! disait-il, *j'ai pris la nature sur le fait*. Mais il se trompait sur les apparences, ce qui n'arrive que trop, soit qu'on se serve ou non de microscopes.

Chapitre VI

Ce qui leur arriva avec des hommes

Micromégas, bien meilleur observateur que son nain, vit clairement que les atomes se parlaient ; et il le fit remarquer à son compagnon, qui, honteux de s'être mépris sur l'article de la

1. *Leuwenhoek* (1682-1723) et *Hartsoeker* (1656-1725) : savants naturalistes hollandais, célèbres par leurs expériences sur les spermatozoïdes.

génération[1], ne voulut point croire que de pareilles espèces pussent se communiquer des idées. Il avait le don des langues, aussi bien que le Sirien ; il n'entendait point parler nos atomes, et il supposait qu'ils ne parlaient pas. D'ailleurs, comment ces êtres imperceptibles auraient-ils les organes de la voix, et qu'auraient-ils à dire ? Pour parler, il faut penser, ou à peu près ; mais, s'ils pensaient, ils auraient donc l'équivalent d'une âme. Or, attribuer l'équivalent d'une âme à cette espèce, cela lui paraissait absurde[2]. « Mais, dit le Sirien, vous avez cru tout à l'heure qu'ils faisaient l'amour. Est-ce que vous croyez qu'on puisse faire l'amour sans penser et sans proférer quelque parole, ou du moins sans se faire entendre ? Supposez-vous d'ailleurs qu'il soit plus difficile de produire un argument qu'un enfant ? Pour moi, l'un et l'autre me paraissent de grands mystères. – Je n'ose plus ni croire ni nier, dit le nain ; je n'ai plus d'opinion. Il faut tâcher d'examiner ces insectes, nous raisonnerons après. – C'est fort bien dit », reprit Micromégas ; et aussitôt il tira une paire de ciseaux dont il se coupa les ongles, et d'une rognure de l'ongle de son pouce il fit sur-le-champ une espèce de grande trompette parlante[3] comme un vaste entonnoir, dont il mit le tuyau dans son oreille. La circonférence de l'entonnoir enveloppait le vaisseau et tout l'équipage. La voix la plus faible entrait dans les fibres circulaires de l'ongle, de sorte que grâce à son industrie[4] le philosophe de là-haut entendit parfaitement le bourdonnement de nos insectes de là-bas. En peu d'heures il parvint à distinguer les paroles, et enfin à entendre le français. Le nain en fit autant, quoique avec plus de difficulté. L'étonnement des voyageurs redoublait à chaque instant. Ils

1. *Sur l'article de la génération :* sur le sujet de la reproduction. \ **2.** Voltaire rejoint, ici, les *Voyages de la Terre à la Lune* de Cyrano de Bergerac où les habitants de la Lune déniaient une âme au Terrien qui leur rendait visite. On retrouve aussi ce motif dans le *Voyage à Lilliput* où les Houyhnhnms ont du mal à admettre que Gulliver soit un être intelligent. \ **3.** *Trompette parlante :* cela lui sert à la fois de cornet acoustique et de porte-voix. \ **4.** *Grâce à son industrie :* grâce à son ingénieuse invention.

entendaient des mites[1] parler d'assez bon sens : ce jeu de la nature leur paraissait inexplicable. Vous croyez bien que le Sirien et son nain brûlaient d'impatience de lier conversation avec les atomes : il craignait que sa voix de tonnerre, et surtout celle de Micromégas, n'assourdît les mites sans en être entendue. Il fallait en diminuer la force. Ils se mirent dans la bouche des espèces de petits cure-dents[2], dont le bout fort effilé venait donner auprès du vaisseau. Le Sirien tenait le nain sur ses genoux, et le vaisseau avec l'équipage sur son ongle. Il baissait la tête et parlait bas. Enfin, moyennant toutes ces précautions et bien d'autres encore, il commença ainsi son discours :

« Insectes invisibles, que la main du Créateur s'est plu à faire naître dans l'abîme de l'infiniment petit, je le remercie de ce qu'il a daigné me découvrir des secrets qui semblaient impénétrables. Peut-être ne daignerait-on pas vous regarder à ma cour[3] ; mais je ne méprise personne, et je vous offre ma protection. »

Si jamais il y a eu quelqu'un d'étonné, ce furent les gens qui entendirent ces paroles. Ils ne pouvaient deviner d'où elles partaient. L'aumônier du vaisseau récita les prières des exorcismes, les matelots jurèrent, et les philosophes du vaisseau firent un système[4] ; mais, quelque système qu'ils fissent, ils ne purent jamais deviner qui leur parlait. Le nain de Saturne, qui avait la voix plus douce que Micromégas, leur apprit alors en peu de mots à quelles espèces ils avaient affaire. Il leur conta le voyage de Saturne, les mit au fait de ce qu'était M. Micromégas, et, après les avoir plaints d'être si petits, il leur demanda s'ils avaient toujours été dans ce misérable état si voisin de l'anéantissement,

1. *Mites :* tout petits insectes qui vivent au détriment de matières végétales ou animales ; le mot désigne ici les hommes et insiste sur leur taille minuscule. \ **2.** Ainsi peuvent-ils parler du bout des lèvres sans desserrer les dents. \ **3.** *Ma cour :* le Sirien évoque la cour dont il a été exilé. \ **4.** On peut noter l'ironie de Voltaire qui met sur un même plan les exorcismes, les jurons et le système philosophique.

ce qu'ils faisaient dans un globe qui paraissait appartenir à des baleines, s'ils étaient heureux, s'ils multipliaient, s'ils avaient une âme, et cent autres questions de cette nature.

Un raisonneur de la troupe, plus hardi que les autres et choqué de ce qu'on doutait de son âme, observa l'interlocuteur avec des pinnules[1] braquées sur un quart de cercle, fit deux stations, et, à la troisième, il parla ainsi : « Vous croyez donc, Monsieur, parce que vous avez mille toises depuis la tête jusqu'aux pieds que vous êtes un… – Mille toises ! s'écria le nain. Juste ciel ! d'où peut-il savoir ma hauteur ? mille toises ! Il ne se trompe pas d'un pouce. Quoi ! cet atome m'a mesuré ! Il est géomètre. Il connaît ma grandeur ; et moi, qui ne le vois qu'à travers un microscope, je ne connais pas encore la sienne ! – Oui, je vous ai mesuré, dit le physicien, et je mesurerai bien encore votre grand compagnon. » La proposition fut acceptée ; Son Excellence se coucha de son long, car, s'il se fût tenu debout, sa tête eût été trop au-dessus des nuages. Nos philosophes lui plantèrent un grand arbre dans un endroit que le docteur Swift nommerait, mais que je me garderai bien d'appeler par son nom à cause de mon grand respect pour les dames. Puis, par une suite de triangles liés ensemble[2], ils conclurent que ce qu'ils voyaient était en effet un jeune homme de cent vingt mille pieds de roi.

Alors Micromégas prononça ces paroles : « Je vois plus que jamais qu'il ne faut juger de rien sur sa grandeur apparente. Ô Dieu, qui avez donné une intelligence à des substances qui paraissent si méprisables, l'infiniment petit vous coûte aussi peu que l'infiniment grand ; et, s'il est possible qu'il y ait des êtres plus petits que ceux-ci, ils peuvent encore avoir un esprit supérieur à ceux de ces superbes animaux que j'ai vus dans le ciel, dont le pied seul couvrirait le globe où je suis descendu. »

1. *Pinnules :* petites plaques de cuivre élevées perpendiculairement et percées d'une fente pour laisser passer les rayons visuels et permettre de mesurer les objets à distance. \ **2.** Il s'agit donc d'un calcul trigonométrique.

Un des philosophes lui répondit qu'il pouvait en toute sûreté croire qu'il est en effet des êtres intelligents beaucoup plus petits que l'homme. Il lui conta, non pas tout ce que Virgile[1] a dit de fabuleux sur les abeilles[2], mais ce que Swammerdam[3] a découvert, et ce que Réaumur[4] a disséqué. Il lui apprit enfin qu'il y a des animaux qui sont pour les abeilles ce que les abeilles sont pour l'homme, ce que le Sirien lui-même était pour ces animaux si vastes dont il parlait, et ce que ces grands animaux sont pour d'autres substances devant lesquelles ils ne paraissent que comme des atomes. Peu à peu la conversation devint intéressante, et Micromégas parla ainsi.

Chapitre VII

Conversation avec les hommes

« Ô atomes intelligents, dans qui l'Être éternel s'est plu à manifester son adresse et sa puissance, vous devez sans doute goûter des joies bien pures sur votre globe ; car, ayant si peu de matière et paraissant tout esprit, vous devez passer votre vie à aimer et à penser, c'est la véritable vie des esprits. Je n'ai vu nulle part le vrai bonheur, mais il est ici sans doute. » À ce discours, tous les philosophes secouèrent la tête ; et l'un d'eux, plus franc que les autres, avoua de bonne foi que, si l'on en excepte un petit

1. *Virgile :* poète latin du Ier siècle avant J.-C., auteur des *Bucoliques*, des *Géorgiques* et surtout de l'*Énéide*. Son influence fut immense sur les littératures occidentales. \ **2.** Allusion au célèbre épisode d'Aristée dans les *Géorgiques*, IV, I sq. À ce propos, Voltaire écrira en 1770 dans son *Dictionnaire philosophique* : « Virgile n'a chanté sur les abeilles que les erreurs de son temps. » \ **3.** *Swammerdam :* savant naturaliste hollandais (1637-1680) dont l'ouvrage, la *Bible de la nature ou l'Histoire des insectes*, fut édité entre 1737 et 1739. \ **4.** *Réaumur :* physicien et naturaliste français (1683-1757) qui s'est lui aussi intéressé aux insectes.

nombre d'habitants fort peu considérés, tout le reste est un assemblage de fous, de méchants et de malheureux. « Nous avons plus de matière qu'il ne nous en faut, dit-il, pour faire beaucoup de mal, si le mal vient de la matière, et trop d'esprit, si le mal vient de l'esprit. Savez-vous bien, par exemple, qu'à l'heure que je vous parle, il y a cent mille fous de notre espèce, couverts de chapeaux, qui tuent cent mille autres animaux couverts d'un turban[1], ou qui sont massacrés par eux, et que, presque par toute la terre, c'est ainsi qu'on en use de temps immémorial ? » Le Sirien frémit et demanda quel pouvait être le sujet de ces horribles querelles entre de si chétifs animaux. « Il s'agit, dit le philosophe, de quelque tas de boue grand comme votre talon. Ce n'est pas qu'aucun de ces millions d'hommes qui se font égorger prétende un fétu[2] sur ce tas de boue. Il ne s'agit que de savoir s'il appartiendra à un certain homme qu'on nomme *Sultan* ou à un autre qu'on nomme, je ne sais pourquoi, *César*. Ni l'un ni l'autre n'a jamais vu ni ne verra jamais le plus petit coin de terre dont il s'agit, et presque aucun de ces animaux qui s'égorgent mutuellement n'a jamais vu l'animal pour lequel ils s'égorgent.

– Ah, malheureux ! s'écria le Sirien avec indignation, peut-on concevoir cet excès de rage forcenée ? Il me prend envie de faire trois pas, et d'écraser de trois coups de pied toute cette fourmilière d'assassins ridicules. – Ne vous en donnez pas la peine, lui répondit-on ; ils travaillent assez à leur ruine. Sachez qu'au bout de dix ans il ne reste jamais la centième partie de ces misérables ; sachez que, quand même ils n'auraient pas tiré l'épée, la faim, la fatigue ou l'intem-

1. Allusion à la guerre austro-turque qui opposa les Russes et les Autrichiens (les « chapeaux ») aux Turcs (les « turbans ») de 1736 à 1739. La satire de la guerre est un thème récurrent des contes voltairiens. \ **2.** *Fétu :* brin de paille. Durant l'époque féodale, la remise du fétu de paille symbolisait la remise d'un fief. Le tas de boue dont il est question dans le conflit austro-turc est la Crimée.

pérance les emportent presque tous. D'ailleurs, ce n'est pas eux qu'il faut punir : ce sont des barbares sédentaires qui, du fond de leur cabinet, ordonnent, dans le temps de leur digestion, le massacre d'un million d'hommes, et qui ensuite en font remercier Dieu solennellement. » Le voyageur se sentait ému de pitié pour la petite race humaine, dans laquelle il découvrait de si étonnants contrastes. « Puisque vous êtes du petit nombre des sages, dit-il à ces messieurs, et qu'apparemment vous ne tuez personne pour de l'argent, dites-moi, je vous en prie, à quoi vous vous occupez. – Nous disséquons des mouches, dit le philosophe, nous mesurons des lignes, nous assemblons des nombres, nous sommes d'accord sur deux ou trois points que nous entendons, et nous disputons sur deux ou trois mille que nous n'entendons pas. » Il prit aussitôt fantaisie au Sirien et au Saturnien d'interroger ces atomes pensants pour savoir les choses dont ils convenaient. « Combien comptez-vous, dit-il, de l'étoile de la Canicule à la grande étoile des Gémeaux ? » Ils répondirent tous à la fois : « Trente-deux degrés et demi. – Combien comptez-vous d'ici à la lune ? – Soixante demi-diamètres de la terre en nombre rond. – Combien pèse votre air ? » Il croyait les attraper, mais tous lui dirent que l'air pèse environ neuf cents fois moins qu'un pareil volume de l'eau la plus légère, et dix-neuf mille fois moins que l'or de ducat. Le petit nain de Saturne, étonné de leurs réponses, fut tenté de prendre pour des sorciers ces mêmes gens auxquels il avait refusé une âme un quart d'heure auparavant.

Enfin Micromégas leur dit : « Puisque vous savez si bien ce qui est hors de vous, sans doute vous savez encore mieux ce qui est dedans. Dites-moi ce que c'est que votre âme et comment vous formez vos idées. » Les philosophes parlèrent tous à la fois comme auparavant ; mais ils furent tous de différents avis. Le plus vieux citait Aristote, l'autre prononçait le nom de Descartes, celui-ci de Malebranche, cet autre le Leibniz, cet autre de Locke[1]. Un vieux péripatéticien[2] dit tout haut avec confiance : « L'âme est une *entéléchie*[3], et une raison par qui elle a la puissance d'être ce qu'elle est. C'est ce que déclare expressément Aristote, page 633 de l'édition du Louvre'Eυτελέχειά έστι. etc.

– Je n'entends pas trop bien le grec[4], dit le géant. – Ni moi non plus, dit la mite philosophique. – Pourquoi donc, reprit le Sirien, citez-vous un certain Aristote en grec ? – C'est, répliqua le savant, qu'il faut bien citer ce qu'on ne comprend point du tout dans la langue qu'on entend le moins[5]. »

Le cartésien prit la parole, et dit : « L'âme est un esprit pur, qui a reçu dans le ventre de sa mère toutes les idées métaphysiques et qui, en sortant de là, est obligée d'aller à l'école, et d'apprendre tout de nouveau ce qu'elle a si bien su et qu'elle ne saura plus[6]. – Ce n'était donc pas la peine, répondit l'animal de huit lieues, que ton âme fût si savante dans le ventre de ta mère, pour être si ignorante quand tu aurais de la barbe au menton. Mais qu'entends-tu par esprit ? – Que me demandez-vous là ? dit le raisonneur, je n'en ai point d'idée : on dit que ce n'est pas de la matière. – Mais sais-tu au moins ce que c'est que la matière ? – Très bien, répondit l'homme. Par exemple, cette

1. *Descartes :* philosophe français (1596-1650) qui mit au point une méthode fondée sur le doute et la déduction ; *Malebranche :* disciple de Descartes (1638-1715) qui a développé une métaphysique idéaliste permettant de résoudre le problème de la communication de l'âme et du corps par la vision en Dieu ; *Leibnitz :* philosophe allemand (1646-1716) qui développe une argumentation optimiste montrant que Dieu est le créateur de toute chose ; *Locke :* philosophe anglais (1632-1704) qui rejette ces idées innées pour placer la source des connaissances dans l'expérience ; c'est la raison pour laquelle Voltaire l'apprécie beaucoup. \ **2.** *Péripatétitien :* disciple d'Aristote, philosophe grec. \ **3.** *Entéléchie :* substance ayant la possibilité de se développer jusqu'à sa perfection. \ **4.** Et pourtant Micromégas est bien un nom grec ! \ **5.** Voltaire non plus ne comprenait pas le grec : il se moque des érudits en citant de manière aussi précise le texte dans l'édition des *Œuvres d'Aristote* publiée par Guillaume du Val en 1619, tome I, *De Anima*, II, 2. La référence est exacte. \ **6.** Il s'agit de la doctrine de l'innéisme de Descartes, selon laquelle l'âme arrive dans le corps pourvue de toutes les notions métaphysiques, connaissant Dieu, l'espace, l'infini… des connaissances qu'elle oublie en venant au monde.

pierre est grise, et d'une telle forme, elle a ses trois dimensions, elle est pesante et divisible. – Eh bien, dit le Sirien, cette chose qui te paraît être divisible, pesante et grise, me dirais-tu bien ce que c'est ? Tu vois quelques attributs ; mais le fond de la chose, le connais-tu ? – Non, dit l'autre. – Tu ne sais donc point ce que c'est que la matière. »

Alors M. Micromégas, adressant la parole à un autre sage qu'il tenait sur son pouce, lui demanda ce que c'était que son âme, et ce qu'elle faisait. « Rien du tout, répondit le philosophe malebranchiste, c'est Dieu qui fait tout pour moi ; je vois tout en lui, je fais tout en lui : c'est lui qui fait tout sans que je m'en mêle[1]. – Autant vaudrait ne pas être, reprit le sage de Sirius. Et toi, mon ami, dit-il à un leibnizien qui était là, qu'est-ce que ton âme ? – C'est, répondit le leibnizien, une aiguille qui montre les heures pendant que mon corps carillonne ; ou bien, si vous voulez, c'est elle qui carillonne pendant que mon corps montre l'heure ; ou bien mon âme est le miroir de l'univers, et mon corps est la bordure du miroir : cela est clair[2]. »

Un petit partisan de Locke était là tout auprès ; et quand on lui eut enfin adressé la parole : « Je ne sais pas, dit-il, comment je pense, mais je sais que je n'ai jamais pensé qu'à l'occasion de mes sens. Qu'il y ait des substances immatérielles et intelligentes, c'est de quoi je ne doute pas ; mais qu'il soit impossible à Dieu de communiquer la pensée à la matière, c'est de quoi je doute fort. Je révère la puissance éternelle, il ne m'appartient pas de la borner ; je n'affirme rien, je me contente de croire qu'il y a plus de choses possibles qu'on ne pense. »

1. Ici on évoque la doctrine de l'occasionnisme développée par Malebranche : toutes les créatures ne sont unies qu'à Dieu d'une manière immédiate ; c'est lui qui décide de tout et dirige totalement les modalités du corps et de l'esprit. La critique de Malebranche revient souvent sous la plume de Voltaire. \ **2.** Voltaire présente ici la doctrine de l'harmonie établie par Leibnitz, d'après laquelle il n'y a pas d'action directe des substances créées l'une sur l'autre, mais seulement un développement parallèle qui maintient un rapport mutuel entre elles.

L'animal de Sirius sourit : il ne trouva pas celui-là le moins sage ; et le nain de Saturne aurait embrassé le sectateur de Locke, sans l'extrême disproportion. Mais il y avait là, par malheur, un petit animalcule en bonnet carré[1], qui coupa la parole à tous les animalcules philosophes ; il dit qu'il savait tout le secret, que cela se trouvait dans la *Somme* de saint Thomas ; il regarda de haut en bas les deux habitants célestes ; il leur soutint que leurs personnes, leurs mondes, leurs soleils, leurs étoiles, tout était fait uniquement pour l'homme. À ce discours, nos deux voyageurs se laissèrent aller l'un sur l'autre en étouffant de ce rire inextinguible qui, selon Homère, est le partage des dieux[2] ; leurs épaules et leurs ventres allaient et venaient, et dans ces convulsions le vaisseau que le Sirien avait sur son ongle tomba dans une poche de la culotte du Saturnien. Ces deux bonnes gens le cherchèrent longtemps ; enfin ils retrouvèrent l'équipage, et le rajustèrent fort proprement. Le Sirien reprit les petites mites ; il leur parla encore avec beaucoup de bonté, quoiqu'il fût un peu fâché dans le fond du cœur de voir que les infiniment petits eussent un orgueil presque infiniment grand. Il leur promit de leur faire un beau livre de philosophie, écrit fort menu pour leur usage, et que dans ce livre ils verraient le bout des choses. Effectivement, il leur donna ce volume[3] avant son départ : on le porta à Paris à l'Académie des sciences ; mais quand le secrétaire[4] l'eut ouvert, il ne vit rien qu'un livre tout blanc : *Ah* ! dit-il, *je m'en étais bien douté.*

1. *Bonnet carré :* théologien. Le bonnet carré se portait en Sorbonne et symbolisait l'obscurantisme dans les milieux éclairés du XVIIIe siècle. \ **2.** Homère, *Iliade*, I, v. 599. \ **3.** Dans *Le Voyage* de Cyrano de Bergerac, le Démon remet aussi un livre au narrateur mais, à la différence de ce qui se passe ici, ce livre est écrit. \ **4.** *Le secrétaire :* Fontenelle.

LA PRINCESSE DE BABYLONE

I

Le vieux Bélus, roi de Babylone[1], se croyait le premier homme de la terre : car tous ses courtisans le lui disaient, et ses historiographes le lui prouvaient. Ce qui pouvait excuser en lui ce ridicule, c'est qu'en effet ses prédécesseurs avaient bâti Babylone plus de trente mille ans avant lui, et qu'il l'avait embellie. On sait que son palais et son parc, situés à quelques parasanges[2] de Babylone, s'étendaient entre l'Euphrate et le Tigre, qui baignaient ces rivages enchantés. Sa vaste maison, de trois mille pas[3] de façade, s'élevait jusqu'aux nues[4]. La plate-forme était entourée d'une balustrade de marbre blanc de cinquante pieds[5] de hauteur, qui portait les statues colossales de tous les rois et de tous les grands hommes de l'empire. Cette plate-forme, composée de deux rangs de briques couvertes d'une épaisse surface de plomb d'une extrémité à l'autre, était chargée de douze pieds de terre, et sur cette terre on avait élevé des forêts d'oliviers, d'orangers, de citronniers, de palmiers, de gérofliers[6], de

1. *Babylone :* ville des empires assyrien, chaldéen et perse qui se sont succédé durant trois millénaires avant Jésus-Christ en Mésopotamie sur l'Euphrate (soit l'Irak actuel). Voltaire élabore une théorie étymologique fantaisiste selon laquelle Babylone serait « la ville du roi Bel », pour lui Dieu, *Bab* signifiant « père » en chaldéen. De là, il tire le nom du roi Bélus qui n'a jamais existé. \ **2.** *Parasange :* ancienne mesure de distance de la Perse ancienne, qui vaut à peu près 30 stades grecs, soit environ 5 400 m. \ **3.** *Pas :* ancienne mesure désignant la valeur approximative d'un pas. \ **4.** *Nues :* terme aujourd'hui vieilli pour désigner les nuages et, par extension, le ciel. \ **5.** *Pied :* ancienne mesure équivalant à 32,4 cm. \ **6.** *Géroflier :* forme ancienne du mot « giroflier » qui désigne un arbre exotique de grande taille dont les fleurs jaunes ou rousses très odorantes, sous forme de boutons, fournissent des clous de girofle, utilisés comme épices.

cocotiers, de canneliers[1], qui formaient des allées impénétrables aux rayons du soleil[2].

Les eaux de l'Euphrate, élevées par des pompes dans cent colonnes creusées, venaient dans ces jardins remplir de vastes bassins de marbre, et, retombant ensuite par d'autres canaux, allaient former dans le parc des cascades de six mille pieds de longueur, et cent mille jets d'eau dont la hauteur pouvait à peine être aperçue : elles retournaient ensuite dans l'Euphrate, dont elles étaient parties. Les jardins de Sémiramis[3], qui étonnèrent l'Asie plusieurs siècles après, n'étaient qu'une faible imitation de ces antiques merveilles : car, du temps de Sémiramis, tout commençait à dégénérer chez les hommes et chez les femmes.

Mais ce qu'il y avait de plus admirable à Babylone, ce qui éclipsait tout le reste, était la fille unique du roi, nommée Formosante[4]. Ce fut d'après ses portraits et ses statues que dans la suite des siècles Praxitèle[5] sculpta son Aphrodite, et celle qu'on nomma *la Vénus aux belles fesses*. Quelle différence, ô ciel ! de l'original aux copies ! Aussi Bélus était plus fier de sa fille que de son royaume. Elle avait dix-huit ans : il lui fallait un époux digne d'elle ; mais où le trouver ? Un ancien oracle avait ordonné que Formosante ne pourrait appartenir qu'à celui qui tendrait l'arc de Nembrod[6]. Ce Nembrod, le plus

1. *Cannelier :* variété de laurier dont l'écorce, dépourvue de son épiderme, constitue la cannelle utilisée comme épice. \ **2.** Le conteur évoque ici les fameux jardins suspendus de Babylone. \ **3.** *Sémiramis :* reine légendaire d'Assyrie, fondatrice de Babylone et de ses célèbres jardins évoqués plus haut. Voltaire lui a dédié une tragédie en 1748, *Sémiramis*, en s'inspirant du récit de sa vie rédigé par Diodore de Sicile au Iᵉʳ siècle avant J.-C. \ **4.** *Formosante :* Voltaire a forgé le nom de son personnage à partir du latin *formosa*, belle, auquel il a ajouté une terminaison qui rappelle Bradamante ou Aquilante, des noms de héros de l'Arioste, poète italien du XVIᵉ siècle très apprécié pour ses comédies et sa version de l'histoire de Roland. \ **5.** *Praxitèle :* sculpteur grec du IVᵉ siècle avant J.-C. dont on peut voir un fragment de son Aphrodite au Louvre. Voltaire lui attribue de façon fantaisiste la « Vénus aux belles fesses », plus connue sous le nom de « Callipyge », conservée à Naples. \ **6.** *Membrod :* roi de Babel, fondateur de Ninive, celui que la Bible nomme « le grand chasseur devant l'Éternel » (Genèse, X, 8-11).

fort chasseur devant le Seigneur, avait laissé un arc de sept pieds babyloniques de haut, d'un bois d'ébène plus dur que le fer du mont Caucase, qu'on travaille dans les forges de Derbent[1]; et nul mortel, depuis Nembrod, n'avait pu bander cet arc merveilleux.

Il est dit encore que le bras qui aurait tendu cet arc tuerait le lion le plus terrible et le plus dangereux qui serait lâché dans le cirque de Babylone. Ce n'était pas tout: le bandeur de l'arc, le vainqueur du lion devait terrasser tous ses rivaux; mais il devait surtout avoir beaucoup d'esprit, être le plus magnifique des hommes, le plus vertueux, et posséder la chose la plus rare qui fût dans l'univers entier.

Il se présenta trois rois qui osèrent disputer Formosante: le pharaon d'Égypte, le schah des Indes, et le grand kan des Scythes[2]. Bélus assigna le jour, et le lieu du combat à l'extrémité de son parc, dans le vaste espace bordé par les eaux de l'Euphrate et du Tigre réunies. On dressa autour de la lice[3] un amphithéâtre de marbre qui pouvait contenir cinq cent mille spectateurs. Vis-à-vis[4] l'amphithéâtre était le trône du roi, qui devait paraître avec Formosante, accompagnée de toute la cour; et à droite et à gauche entre le trône et l'amphithéâtre, étaient d'autres trônes et d'autres sièges pour les trois rois et pour tous les autres souverains qui seraient curieux de venir voir cette auguste cérémonie.

1. *Derbent:* ville située au bord de la mer Caspienne, en Azerbaïdjan. \ 2. Il faut ici remarquer que Voltaire utilise ces titres assez librement: *shah* (ou *Schah*) est perse et non indien et *khan* (ou *Kan*), mongol, perse ou arabe. Pour Voltaire, ces trois contrées constituent le berceau de l'humanité. Il avait notamment consacré aux Scythes, ancien nom des Tartares, une tragédie du même nom en 1767 où il présentait une princesse confrontée aux mœurs rudes de ces nomades. \ 3. *Lice:* en ancien français, le mot s'appliquait à un bord, une bande, puis par extension l'espace défini pour un tournoi ou une compétition, comme ici. Aujourd'hui, le mot ne désigne plus que la clôture entourant un champ de courses, de foire. \ 4. *Vis-à-vis:* au XVIIIe siècle, avec le sens de « en face de » ; quand la locution prépositionnelle était suivie d'un nom, il n'y avait pas « de » devant le nom, comme dans la langue actuelle.

Le roi d'Égypte arriva le premier, monté sur le bœuf Apis[1], et tenant en main le sistre d'Isis[2]. Il était suivi de deux mille prêtres vêtus de robes de lin plus blanches que la neige, de deux mille eunuques[3], de deux mille magiciens, et de deux mille guerriers.

Le roi des Indes arriva bientôt après dans un char traîné par douze éléphants. Il avait une suite encore plus nombreuse et plus brillante que le pharaon d'Égypte.

Le dernier qui parut était le roi des Scythes. Il n'avait auprès de lui que des guerriers choisis, armés d'arcs et de flèches. Sa monture était un tigre superbe qu'il avait dompté, et qui était aussi haut que les plus beaux chevaux de Perse. La taille de ce monarque, imposante et majestueuse, effaçait celle de ses rivaux ; ses bras nus, aussi nerveux que blancs, semblaient déjà tendre l'arc de Nembrod.

Les trois princes se prosternèrent d'abord devant Bélus et Formosante. Le roi d'Égypte offrit à la princesse les deux plus beaux crocodiles du Nil, deux hippopotames, deux zèbres, deux rats d'Égypte, et deux momies, avec les livres du grand Hermès[4], qu'il croyait être ce qu'il y avait de plus rare sur la terre.

Le roi des Indes lui offrit cent éléphants qui portaient chacun une tour de bois doré, et mit à ses pieds le *Veidam*[5], écrit de la main de Xaca[6] lui-même.

---

1. *Apis :* divinité égyptienne représentée par un taureau ayant entre ses cornes le disque solaire. Que cet animal sacré serve de monture est pure invention du conteur, tout comme le fait d'être présenté en bœuf. On retrouve cette divinité dans *Le Taureau blanc*. \ **2.** *Sistre d'Isis :* instrument de musique rudimentaire constitué d'un montant en fer à cheval soutenant des rondelles, utilisé pour les rites consacrés à Isis, sœur et épouse du dieu Osiris. \ **3.** *Eunuques :* hommes castrés qui avaient pour fonction de garder les femmes dans les harems. \ **4.** *Hermès :* dit « le très grand », il fut à l'époque hellénistique confondu avec le dieu égyptien Thot, inventeur des arts et des sciences. Il a également écrit des textes mystiques proches de la spiritualité chrétienne. \ **5.** *Veidam* ou *Veda :* désigne les livres sacrés de la tradition hindoue, datant de l'époque védique, soit 1 000 ans avant J.-C. \ **6.** *Xaca :* Bouddha.

Le roi des Scythes, qui ne savait ni lire ni écrire, présenta cent chevaux de bataille couverts de housses de peaux de renards noirs.

La princesse baissa les yeux devant ses amants [1], et s'inclina avec des grâces aussi modestes [2] que nobles.

Bélus fit conduire ces monarques sur les trônes qui leur étaient préparés. « Que [3] n'ai-je trois filles ! leur dit-il, je rendrais aujourd'hui six personnes heureuses. » Ensuite il fit tirer au sort à qui essayerait le premier l'arc de Nembrod. On mit dans un casque d'or les noms des trois prétendants. Celui du roi d'Égypte sortit le premier ; ensuite parut le nom du roi des Indes. Le roi scythe, en regardant l'arc et ses rivaux, ne se plaignit point d'être le troisième.

Tandis qu'on préparait ces brillantes épreuves, vingt mille pages et vingt mille jeunes filles distribuaient sans confusion des rafraîchissements aux spectateurs entre les rangs des sièges. Tout le monde avouait que les dieux n'avaient établi les rois que pour donner tous les jours des fêtes, pourvu qu'elles fussent diversifiées ; que la vie est trop courte pour en user autrement ; que les procès, les intrigues, la guerre, les disputes des prêtres, qui consument la vie humaine, sont des choses absurdes et horribles ; que l'homme n'est né que pour la joie ; qu'il n'aimerait pas les plaisirs passionnément et continuellement s'il n'était pas formé pour eux ; que l'essence de la nature humaine est de se réjouir, et que tout le reste est folie. Cette excellente morale n'a jamais été démentie que par les faits [4].

1. *Amants :* il faut comprendre le mot dans le sens de « prétendants », « soupirants ». \ **2.** *Modestes :* discrètes, réservées. \ **3.** *Que* pouvait, dans la langue classique, lorsqu'il se trouvait dans une interrogative, prendre le sens de « pourquoi ». \ **4.** Voltaire expose ici l'un de ses thèmes de prédilection, à savoir que l'homme peut travailler à son bonheur de la même façon que le mal peut être aggravé par la folie des hommes. Cette idée est notamment développée dans *Candide*, dont la conclusion est : « Il faut cultiver notre jardin. »

Comme on allait commencer ces essais, qui devaient décider de la destinée de Formosante, un jeune inconnu monté sur une licorne[1], accompagné de son valet monté de même, et portant sur le poing un gros oiseau[2], se présente à la barrière. Les gardes furent surpris de voir en cet équipage une figure qui avait l'air de la divinité. C'était, comme on a dit depuis, le visage d'Adonis sur le corps d'Hercule[3]; c'était la majesté avec les grâces. Ses sourcils noirs et ses longs cheveux blonds, mélange de beauté inconnu à Babylone, charmèrent l'assemblée: tout l'amphithéâtre se leva pour le mieux regarder; toutes les femmes de la cour fixèrent sur lui des regards étonnés. Formosante elle-même, qui baissait toujours les yeux, les releva et rougit; les trois rois pâlirent; tous les spectateurs, en comparant Formosante avec l'inconnu, s'écriaient: « Il n'y a dans le monde que ce jeune homme qui soit aussi beau que la princesse. »

Les huissiers, saisis d'étonnement, lui demandèrent s'il était roi. L'étranger répondit qu'il n'avait pas cet honneur, mais qu'il était venu de fort loin par curiosité pour voir s'il y avait des rois qui fussent dignes de Formosante. On l'introduisit dans le premier rang de l'amphithéâtre, lui, son valet, ses deux licornes, et son oiseau. Il salua profondément Bélus, sa fille, les trois rois, et toute l'assemblée. Puis il prit place en rougissant. Ses deux licornes se couchèrent à ses pieds, son oiseau se percha sur son épaule, et son valet, qui portait un petit sac, se mit à côté de lui.

Les épreuves commencèrent. On tira de son étui d'or l'arc de Nembrod. Le grand maître des cérémonies, suivi de

1. *Licorne:* animal fantastique très apprécié des artistes du Moyen Âge. Elle symbolisait la beauté et la pureté. Cependant, certains récits de voyage en font un animal de combat en la confondant avec le rhinocéros. Le conteur joue habilement sur ces deux valeurs. \ **2.** Avec cette figure du beau chevalier monté sur une fière monture et portant l'épervier au poing, Voltaire reprend l'image traditionnelle du chevalier courtois du XIIe siècle qui évolue ensuite vers celle du prince charmant dans l'imagerie du conte de fées. \ **3.** *Adonis:* charmant jeune homme aimé d'Aphrodite, déesse de l'amour dans l'Antiquité grecque. Ici, suivant la tradition, Voltaire compose le tableau idéal de la perfection masculine en ajoutant la beauté d'Adonis et la force d'Hercule, ce que confirme la suite du texte.

cinquante pages et précédé de vingt trompettes, le présenta au roi d'Égypte, qui le fit bénir par ses prêtres ; et, l'ayant posé sur la tête du bœuf Apis, il ne douta pas de remporter cette première victoire. Il descend au milieu de l'arène, il essaie, il épuise ses forces, il fait des contorsions qui excitent le rire de l'amphithéâtre, et qui font même sourire Formosante.

Son grand aumônier s'approcha de lui : « Que Votre Majesté, lui dit-il, renonce à ce vain honneur, qui n'est que celui des muscles et des nerfs ; vous triompherez dans tout le reste. Vous vaincrez le lion, puisque vous avez le sabre d'Osiris[1]. La princesse de Babylone doit appartenir au prince qui a le plus d'esprit, et vous avez deviné des énigmes. Elle doit épouser le plus vertueux, vous l'êtes, puisque vous avez été élevé par les prêtres d'Égypte. Le plus généreux doit l'emporter, et vous avez donné les deux plus beaux crocodiles et les deux plus beaux rats qui soient dans le Delta. Vous possédez le bœuf Apis et les livres d'Hermès, qui sont la chose la plus rare de l'univers. Personne ne peut vous disputer Formosante.

– Vous avez raison », dit le roi d'Égypte, et il se remit sur son trône.

On alla mettre l'arc entre les mains du roi des Indes. Il en eut des ampoules pour quinze jours, et se consola en présumant que le roi des Scythes ne serait pas plus heureux que lui.

Le Scythe mania l'arc à son tour. Il joignit l'adresse à la force : l'arc parut prendre quelque élasticité entre ses mains ; il le fit un peu plier, mais jamais il ne put venir à bout de le tendre. l'amphithéâtre, à qui la bonne mine de ce prince inspirait des inclinations favorables, gémit de son peu de succès, et jugea que la belle princesse ne serait jamais mariée.

1. À travers la référence égyptienne, Voltaire se moque des superstitions et des croyances religieuses dans le pouvoir des saintes reliques ; la présence de l'aumônier invite à cette analyse.

Alors je jeune inconnu descendit d'un saut dans l'arène, et, s'adressant au roi des Scythes : « Que Votre Majesté, lui dit-il, ne s'étonne point de n'avoir pas entièrement réussi. Ces arcs d'ébène se font dans mon pays ; il n'y a qu'un certain tour à donner. Vous avez beaucoup plus de mérite à l'avoir fait plier que je n'en peux avoir à le tendre. » Aussitôt il prit une flèche, l'ajusta sur la corde, tendit l'arc de Nembrod, et fit voler la flèche bien au-delà des barrières. Un million de mains applaudit à ce prodige. Babylone retentit d'acclamations, et toutes les femmes disaient : « Quel bonheur qu'un si beau garçon ait tant de force ! »

Il tira ensuite de sa poche une petite lame d'ivoire, écrivit sur cette lame avec une aiguille d'or, attacha la tablette d'ivoire à l'arc, et présenta le tout à la princesse avec une grâce qui ravissait tous les assistants. Puis il alla modestement se remettre à sa place entre son oiseau et son valet. Babylone entière était dans la surprise ; les trois rois étaient confondus, et l'inconnu ne paraissait pas s'en apercevoir.

Formosante fut encore plus étonnée en lisant sur la tablette d'ivoire attachée à l'arc ces petits vers en beau langage chaldéen [1] :

L'arc de Nembrod est celui de la guerre ;
L'arc de l'amour est celui du bonheur ;
Vous le portez. Par vous ce dieu vainqueur
Est devenu le maître de la terre.
Trois rois puissants, trois rivaux aujourd'hui,
Osent prétendre à l'honneur de vous plaire :
Je ne sais pas qui votre cœur préfère,
Mais l'univers sera jaloux de lui.

1. *Chaldéen :* ancien nom de l'araméen, le chaldéen était la langue parlée en Chaldée, à savoir la Babylonie à l'époque de Nabuchodonosor (VIe siècle avant J.-C.).

Ce petit madrigal[1] ne fâcha point la princesse. Il fut critiqué par quelques seigneurs de la vieille cour, qui dirent qu'autrefois dans le bon temps on aurait comparé Bélus au soleil, et Formosante à la lune, son cou à une tour, et sa gorge à un boisseau[2] de froment. Ils dirent que l'étranger n'avait point d'imagination, et qu'il s'écartait des règles de la véritable poésie[3] ; mais toutes les dames trouvèrent les vers fort galants. Elles s'émerveillèrent qu'un homme qui bandait si bien un arc eût tant d'esprit. La dame d'honneur de la princesse lui dit : « Madame, voilà bien des talents en pure perte. De quoi servira à ce jeune homme son esprit et l'arc de Bélus ? – À le faire admirer, répondit Formosante. – Ah ! dit la dame d'honneur entre ses dents, encore un madrigal, et il pourrait bien être aimé. »

Cependant Bélus, ayant consulté ses mages, déclara qu'aucun des trois rois n'ayant pu bander l'arc de Nembrod, il n'en fallait pas moins marier sa fille, et qu'elle appartiendrait à celui qui viendrait à bout d'abattre le grand lion qu'on nourrissait exprès dans sa ménagerie. Le roi d'Égypte, qui avait été élevé dans toute la sagesse de son pays, trouva qu'il était fort ridicule d'exposer un roi aux bêtes pour le marier. Il avouait que la possession de Formosante était d'un grand prix ; mais il prétendait que, si le lion l'étranglait, il ne pourrait jamais épouser cette belle Babylonienne. Le roi des Indes entra dans les sentiments de l'Égyptien ; tous deux conclurent que le roi de Babylone se moquait d'eux ; qu'il fallait faire venir des armées pour le punir ; qu'ils avaient assez de sujets qui se tiendraient fort honorés de mourir au service de leurs maîtres, sans qu'il en coûtât un cheveu à leurs têtes

1. *Madrigal :* à l'époque de Voltaire, courte pièce en vers exprimant des pensées galantes. \ **2.** *Boisseau :* ancienne mesure de capacité, représentant environ un décalitre, puis, par extension, le mot a désigné un récipient de forme cylindrique utilisé pour les céréales comme le froment. \ **3.** Dans ce passage, on remarque que le conteur se moque des conceptions littéraires défendues par les Anciens, notamment ce goût pour les métaphores précieuses, jugées futiles et inutiles par les écrivains modernistes.

sacrées; qu'ils détrôneraient aisément le roi de Babylone, et qu'ensuite ils tireraient au sort la belle Formosante.

Cet accord étant fait, les deux rois dépêchèrent chacun dans leur pays un ordre exprès d'assembler une armée de trois cent mille hommes pour enlever Formosante.

Cependant le roi des Scythes descendit seul dans l'arène, le cimeterre[1] à la main. Il n'était pas éperdument épris des charmes de Formosante; la gloire avait été jusque-là sa seule passion; elle l'avait conduit à Babylone. Il voulait faire voir que si les rois de l'Inde et de l'Égypte étaient assez prudents pour ne pas se compromettre[2] avec des lions, il était assez courageux pour ne pas dédaigner ce combat, et qu'il réparerait l'honneur du diadème. Sa rare valeur ne lui permit pas[3] seulement de se servir du secours de son tigre. Il s'avance seul, légèrement armé, couvert d'un casque d'acier garni d'or, ombragé de trois queues de cheval blanches comme la neige.

On lâche contre lui le plus énorme lion qui ait jamais été nourri dans les montagnes de l'Anti-Liban[4]. Ses terribles griffes semblaient capables de déchirer les trois rois à la fois, et sa vaste gueule de les dévorer. Ses affreux rugissements faisaient retentir l'amphithéâtre. Les deux fiers champions se précipitent l'un contre l'autre d'une course rapide[5]. Le courageux Scythe enfonce son épée dans le gosier du lion, mais la pointe, rencontrant une de ces épaisses dents que rien ne peut percer, se brise en éclats, et le monstre des forêts, furieux de sa blessure, imprimait déjà ses ongles sanglants dans les flancs du monarque.

Le jeune inconnu, touché du péril d'un si brave prince, se jette dans l'arène plus prompt qu'un éclair; il coupe la tête

1. *Cimeterre:* sabre oriental à lame large et recourbée, également appelé *yatagan.* \ **2.** *Se compromettre:* il faut comprendre ce verbe dans le sens du XVIIIe siècle, à savoir se mettre dans une situation critique. Il s'agit ici de risquer sa vie. \ **3.** *Ne lui permit pas:* ce verbe a ici un sens fort; il faut donc comprendre « ne l'empêcha pas ». \ **4.** *L'Anti-Liban:* chaîne de montagnes qui fait aujourd'hui office de frontière naturelle entre le Liban et la Syrie. \ **5.** On peut lire ce passage comme une parodie des récits épiques traditionnels.

du lion avec la même dextérité qu'on a vu depuis dans nos carrousels[1] de jeunes chevaliers adroits enlever des têtes de maures[2] ou des bagues.

Puis, tirant une petite boîte, il la présente au roi scythe, en lui disant : « Votre Majesté trouvera dans cette petite boîte le véritable dictame[3] qui croît dans mon pays. Vos glorieuses blessures seront guéries en un moment. Le hasard seul vous a empêché de triompher du lion ; votre valeur n'en est pas moins admirable. »

Le roi scythe, plus sensible à la reconnaissance qu'à la jalousie, remercia son libérateur, et, après l'avoir tendrement embrassé, rentra dans son quartier pour appliquer le dictame sur ses blessures.

L'inconnu donna la tête du lion à son valet ; celui-ci, après, l'avoir lavée à la grande fontaine qui était au-dessous de l'amphithéâtre, et en avoir fait écouler tout le sang, tira un fer de son petit sac, arracha les quarante dents[4] du lion, et mit à leur place quarante diamants d'une égale grosseur.

Son maître, avec sa modestie ordinaire, se remit à sa place ; il donna la tête du lion à son oiseau : « Bel oiseau, dit-il, allez porter aux pieds de Formosante ce faible hommage. » L'oiseau part, tenant dans une de ses serres le terrible trophée[5] ; il le présente à la princesse en baissant humblement le cou, et en s'aplatissant devant elle. Les quarante brillants éblouirent tous les yeux. On ne connaissait pas encore cette magnificence dans

1. *Carrousels :* lieux où se tenaient les carrousels, des parades au cours desquelles des cavaliers organisés en quadrilles se livraient à des exercices d'agilité. \ **2.** *Maures :* originaires du nord de l'Afrique, ils représentaient les Sarrasins, les ennemis traditionnels de guerriers chrétiens dans les chansons de geste. Il s'agit donc d'une réminiscence médiévale conservée par la tradition des jeux équestres. \ **3.** *Dictame :* plante aromatique, proche de l'origan. Elle était autrefois utilisée pour soigner les plaies. \ **4.** Les lions n'ont pas quarante dents ; Voltaire a voulu ici s'inscrire dans la tradition des contes de fées qui utilisent volontiers ce chiffre (on pense à *Ali Baba et les quarante voleurs*). \ **5.** *Trophée :* le conteur utilise le mot dans le sens particulièrement fort qu'il avait dans l'Antiquité, celui d'objet attestant un succès, un triomphe.

la superbe Babylone : l'émeraude, la topaze, le saphir, et le pyrope[1], étaient regardés encore comme les plus précieux ornements. Bélus et toute la cour étaient saisis d'admiration. L'oiseau qui offrait ce présent les surprit encore davantage. Il était de la taille d'un aigle, mais ses yeux étaient aussi doux et aussi tendres que ceux de l'aigle sont fiers et menaçants. Son bec était couleur de rose, et semblait tenir quelque chose de la belle bouche de Formosante. Son cou rassemblait toutes les couleurs de l'iris, mais plus vives et plus brillantes. L'or en mille nuances éclatait sur son plumage[2]. Ses pieds paraissaient un mélange d'argent et de pourpre ; et la queue des beaux oiseaux qu'on attela depuis au char de Junon[3] n'approchait pas de la sienne.

L'attention, la curiosité, l'étonnement, l'extase de toute la cour, se partageaient entre les quarante diamants et l'oiseau. Il s'était perché sur la balustrade, entre Bélus et sa fille Formosante ; elle le flattait, le caressait, le baisait[4]. Il semblait recevoir ses caresses avec un plaisir mêlé de respect. Quand la princesse lui donnait des baisers, il les rendait, et la regardait ensuite avec des yeux attendris. Il recevait d'elle des biscuits et des pistaches, qu'il prenait de sa patte purpurine[5] et argentée, et qu'il portait à son bec avec des grâces inexprimables.

Bélus, qui avait considéré les diamants avec attention, jugeait qu'une de ses provinces pouvait à peine payer un présent si riche. Il ordonna qu'on préparât pour l'inconnu des dons encore plus magnifiques que ceux qui étaient destinés aux trois monarques. « Ce jeune homme, disait-il, est sans doute le fils

1. *Émeraude :* pierre verte ; *topaze :* pierre jaune pâle ; *saphir :* pierre bleue ; *pyrope :* variété de grenat, d'un rouge éclatant. \ **2.** Au chapitre III, le conteur assimilera cet oiseau à un oiseau fabuleux, le phénix, longuement évoqué dans l'*Histoire des Indes orientales anciennes et modernes* de l'abbé Guyon qu'il possédait et dont il prisait la lecture. \ **3.** Le paon était l'oiseau de Junon, épouse de Jupiter ; La Fontaine lui avait consacré une fable, « Le Paon se plaignant à Junon » (*Fables,* Livre II, 17). \ **4.** *Baisait :* il faut évidemment prendre le premier sens du mot. \ **5.** *Purpurine :* pourpre.

du roi de la Chine, ou de cette partie du monde qu'on nomme *Europe*, dont j'ai entendu parler[1], ou de l'Afrique, qui est, dit-on, voisine du royaume d'Égypte. »

Il envoya sur-le-champ son grand écuyer complimenter l'inconnu, et lui demander s'il était souverain d'un de ces empires, et pourquoi, possédant de si étonnants trésors, il était venu avec un valet et un petit sac.

Tandis que le grand écuyer avançait vers l'amphithéâtre pour s'acquitter de sa commission, arriva un autre valet sur une licorne. Ce valet, adressant la parole au jeune homme, lui dit : « Ormar, votre père touche à l'extrémité de sa vie, et je suis venu vous en avertir. » L'inconnu leva les yeux au ciel, versa des larmes, et ne répondit que par ce mot : « Partons. »

Le grand écuyer, après avoir fait les compliments de Bélus au vainqueur du lion, au donneur des quarante diamants, au maître du bel oiseau, demanda au valet de quel royaume était souverain le père de ce jeune héros. Le valet répondit : « Son père est un vieux berger qui est fort aimé dans le canton. »

Pendant ce court entretien l'inconnu était déjà monté sur sa licorne. Il dit au grand écuyer : « Seigneur, daignez me mettre aux pieds de Bélus et de sa fille. J'ose la supplier d'avoir grand soin de l'oiseau que je lui laisse ; il est unique comme elle. » En achevant ces mots, il partit comme un éclair ; les deux valets le suivirent, et on les perdit de vue.

Formosante ne put s'empêcher de jeter un grand cri. L'oiseau, se retournant vers l'amphithéâtre où son maître avait été assis, parut très affligé de ne le plus voir. Puis regardant fixement la princesse, et frottant doucement sa belle main de son bec, il sembla se vouer à son service.

1. Le conteur confirme ainsi l'éloignement géographique de son conte afin de diffuser ses idées sans être inquiété par les censeurs.

Bélus, plus étonné que jamais, apprenant que ce jeune homme si extraordinaire était le fils d'un berger, ne put le croire. Il fit courir après lui ; mais bientôt on lui rapporta que les licornes sur lesquelles ces trois hommes couraient ne pouvaient être atteintes, et qu'au galop dont elles allaient elles devaient faire cent lieues par jour.

II

Tout le monde raisonnait[1] sur cette aventure étrange, et s'épuisait en vaines conjectures[2]. Comment le fils d'un berger peut-il donner quarante gros diamants ? Pourquoi est-il monté sur une licorne ? On s'y perdait ; et Formosante, en caressant son oiseau, était plongée dans une rêverie profonde.

La princesse Aldée, sa cousine issue de germaine, très bien faite, et presque aussi belle que Formosante, lui dit : « Ma cousine, je ne sais pas si ce jeune demi-dieu est le fils d'un berger ; mais il me semble qu'il a rempli toutes les conditions attachées à votre mariage. Il a bandé l'arc de Nembrod, il a vaincu le lion, il a beaucoup d'esprit puisqu'il a fait pour vous un assez joli impromptu[3]. Après les quarante énormes diamants qu'il vous a donnés, vous ne pouvez nier qu'il ne soit le plus généreux des hommes. Il possédait dans son oiseau ce qu'il y a de plus rare sur la terre. Sa vertu n'a point d'égale, puisque, pouvant demeurer auprès de vous, il est parti sans

1. *Raisonnait :* Voltaire donne une valeur ironique au mot afin d'évoquer des discours creux et inutiles. \ 2. *Conjectures :* opinions fondées sur des hypothèses, des suppositions. \ 3. *Impromptu :* petite pièce composée sur le champ, sans préparation..

délibérer[1] dès qu'il a su que son père était malade. L'oracle[2] est accompli dans tous ses points, excepté dans celui qui exige qu'il terrasse ses rivaux ; mais il a fait plus, il a sauvé la vie du seul concurrent qu'il pouvait craindre ; et, quand il s'agira de battre les deux autres, je crois que vous ne doutez pas qu'il n'en vienne à bout aisément.

– Tout ce que vous dites est bien vrai, répondit Formosante ; mais est-il possible que le plus grand des hommes, et peut-être même le plus aimable, soit le fils d'un berger ?

La dame d'honneur, se mêlant de la conversation, dit que très souvent ce mot de berger était appliqué aux rois[3] ; qu'on les appelait *bergers*, parce qu'ils tondent de fort près leur troupeau ; que c'était sans doute une mauvaise plaisanterie de son valet ; que ce jeune héros n'était venu si mal accompagné que pour faire voir combien son seul mérite était au-dessus du faste des rois, et pour ne devoir Formosante qu'à lui-même. La princesse ne répondit qu'en donnant à son oiseau mille tendre baisers.

On préparait cependant un grand festin pour les trois rois et pour tous les princes qui étaient venus à la fête. La fille et la nièce du roi devaient en faire les honneurs. On portait chez les rois des présents dignes de la magnificence de Babylone. Bélus, en attendant qu'on servît, assembla son conseil sur le mariage de la belle Formosante, et voici comme il parla en grand politique :

« Je suis vieux, je ne sais plus que faire, ni à qui donner ma fille. Celui qui la méritait n'est qu'un vil[4] berger, le roi des Indes et celui d'Égypte sont des poltrons ; le roi des Scythes me conviendrait assez, mais il n'a rempli aucune des conditions

1. *Sans délibérer :* sans hésiter. \ **2.** *L'oracle :* la prophétie. \ **3.** Le conteur reprend Homère, chez qui les rois sont présentés comme les bergers de leur peuple. \ **4.** *Vil :* le mot n'a pas ici la valeur péjorative que lui donne la langue actuelle ; il désigne simplement la bassesse de la condition de berger, par opposition aux deux rois mentionnés dans la même phrase.

imposées. Je vais encore consulter l'oracle. En attendant, délibérez, et nous conclurons suivant ce que l'oracle aura dit : car un roi ne doit se conduire que par l'ordre exprès des dieux immortels. »

Alors il va dans sa chapelle ; l'oracle lui répond en peu de mots, suivant sa coutume : « Ta fille ne sera mariée que quand elle aura couru le monde. » Bélus, étonné, revient au conseil, et rapporte cette réponse.

Tous les ministres avaient un profond respect pour les oracles ; tous convenaient ou feignaient de convenir qu'ils étaient le fondement de la religion ; que la raison doit se taire devant eux ; que c'est par eux que les rois règnent sur les peuples, et les mages sur les rois ; que sans les oracles il n'y aurait ni vertu ni repos sur la terre[1]. Enfin, après avoir témoigné la plus profonde vénération pour eux, presque tous conclurent que celui-ci était impertinent[2], qu'il ne fallait pas lui obéir ; que rien n'était plus indécent[3] pour une fille, et surtout pour celle du grand roi de Babylone, que d'aller courir sans savoir où ; que c'était le vrai moyen de n'être point mariée, ou de faire un mariage clandestin, honteux et ridicule ; qu'en un mot cet oracle n'avait pas le sens commun.

Le plus jeune des ministres, nommé Onadase, qui avait plus d'esprit qu'eux, dit que l'oracle entendait sans doute quelque pèlerinage de dévotion, et qu'il s'offrait à être le conducteur de la princesse. Le conseil revint à son avis[4], mais chacun voulut servir d'écuyer. Le roi décida que la princesse pourrait aller à trois cents parasanges[5] sur le chemin de l'Arabie, à un

1. Même si l'oracle est païen, le conteur l'utilise pour ironiser sur l'Église, les idées qu'elle véhicule et que Voltaire juge des superstitions et surtout pour dénoncer la duplicité du clergé et du pouvoir politique. Dans le même esprit, les « mages » désignent ici le clergé. \ **2.** *Impertinent :* Voltaire joue sur les deux sens du mot, le sens étymologique de « contraire à la raison » et le sens moderne d'« insolent ». \ **3.** *Indécent :* inconvenant, contraire aux bienséances. \ **4.** *Revint à son avis :* se rangea à son avis. \ **5.** *Un parasange :* environ 5 400 mètres.

temple dont le saint avait la réputation de procurer d'heureux mariages aux filles, et que ce serait le doyen du conseil qui l'accompagnerait. Après cette décision on alla souper.

III

Au milieu des jardins, entre deux cascades, s'élevait un salon ovale de trois cents pieds de diamètre, dont la voûte d'azur semée d'étoiles d'or représentait toutes les constellations avec les planètes, chacune à leur véritable place, et cette voûte tournait, ainsi que le ciel, par des machines aussi invisibles que le sont celles qui dirigent les mouvements célestes[1]. Cent mille flambeaux enfermés dans des cylindres de cristal de roche éclairaient les dehors et l'intérieur de la salle à manger. Un buffet en gradins[2] portait vingt mille vases ou plats d'or; et vis-à-vis[3] le buffet d'autres gradins étaient remplis de musiciens. Deux autres amphithéâtres étaient chargés, l'un, des fruits de toutes les saisons; l'autre, d'amphores de cristal où brillaient tous les vins de la terre.

Les convives prirent leurs places autour d'une table de compartiments[4] qui figuraient des fleurs et des fruits, tous en pierres précieuses. La belle Formosante fut placée entre le roi des Indes et celui d'Égypte, la belle Aldée auprès du roi des

1. Il s'agit d'un planétarium inspiré sans doute de celui qu'avait réalisé le physicien Georges Graham en 1730. Les philosophes des Lumières tenaient l'astronomie et ses progrès pour l'une des marques du génie humain et y voyaient la preuve qu'un créateur avait œuvré à une machinerie aussi perfectionnée. \ **2.** *Buffet en gradins :* buffet dont les étagères sont faites de petites marches. \ **3.** *Vis-à-vis :* en face de. \ **4.** *Table de compartiments :* table dont la surface, ouvragée de marqueterie et d'incrustations de pierres précieuses, est divisée en figures régulières et symétriques, à la manière d'une mosaïque.

Scythes. Il y avait une trentaine de princes, et chacun d'eux était à côté d'une des plus belles dames du palais. Le roi de Babylone au milieu, vis-à-vis de sa fille, paraissait partagé entre le chagrin de n'avoir pu la marier et le plaisir de la garder encore. Formosante lui demanda la permission de mettre son oiseau sur la table à côté d'elle. Le roi le trouva très bon[1].

La musique, qui se fit entendre, donna une pleine liberté à chaque prince d'entretenir sa voisine[2]. Le festin parut aussi agréable que magnifique. On avait servi devant Formosante un ragoût[3] que le roi son père aimait beaucoup. La princesse dit qu'il fallait le porter devant Sa Majesté; aussitôt l'oiseau se saisit du plat avec une dextérité merveilleuse et va le présenter au roi. Jamais on ne fut plus étonné à souper. Bélus lui fit autant de caresses que sa fille. L'oiseau reprit ensuite son vol pour retourner auprès d'elle. Il déployait en volant une si belle queue, ses ailes étendues étalaient tant de brillantes couleurs, l'or de son plumage jetait un éclat si éblouissant, que tous les yeux ne regardaient que lui. Tous les concertants[4] cessèrent leur musique et devinrent immobiles. Personne ne mangeait, personne ne parlait, on n'entendait qu'un murmure d'admiration. La princesse de Babylone le baisa pendant tout le souper, sans songer seulement s'il y avait des rois dans le monde. Ceux des Indes et d'Égypte sentirent redoubler leur dépit[5] et leur indignation, et chacun d'eux se promit bien de hâter la marche de ses trois cent mille hommes pour se venger.

Pour le roi des Scythes[6], il était occupé à entretenir la belle

1. Le roi trouva l'idée bonne. \ **2.** *Entretenir sa voisine*: le tour est aujourd'hui vieilli, parler avec sa voisine. \ **3.** *Ragoût:* plat dont la sauce est relevée (littéralement sauce propre à réveiller le goût, l'appétit). \ **4.** *Concertants:* participe présent substantivé, littéralement les musiciens qui participent au concert. Dans la langue classique, le participe présent s'accorde toujours avec son sujet, à la manière d'un adjectif verbal. \ **5.** *Dépit:* le mot a ici un sens beaucoup plus fort que dans son acception moderne; il désigne un sentiment violent, fait de déception et de colère, proche de la rancœur et du courroux. \ **6.** *Pour le roi des Scythes:* en ce qui concerne le roi des Scythes.

Aldée : son cœur altier[1], méprisant sans dépit les inattentions de Formosante, avait conçu pour elle plus d'indifférence que de colère. « Elle est belle, disait-il, je l'avoue ; mais elle me paraît de ces femmes qui ne sont occupées que de leur beauté, et qui pensent que le genre humain doit leur être bien obligé[2] quand elles daignent se laisser voir en public. On n'adore point des idoles dans mon pays. J'aimerais mieux une laideron[3] complaisante et attentive que cette belle statue. Vous avez, madame, autant de charmes qu'elle, et vous daignez au moins faire conversation avec les étrangers. Je vous avoue, avec la franchise d'un Scythe, que je vous donne la préférence sur votre cousine. » Il se trompait pourtant sur le caractère de Formosante : elle n'était pas si dédaigneuse qu'elle le paraissait ; mais son compliment fut très bien reçu de la princesse Aldée. Leur entretien devint fort intéressant : ils étaient très contents, et déjà sûrs l'un de l'autre avant qu'on[4] sortît de table.

Après le souper[5], on alla se promener dans les bosquets[6]. Le roi des Scythes et Aldée ne manquèrent pas de chercher un cabinet solitaire. Aldée, qui était la franchise même, parla ainsi à ce prince :

« Je ne hais point ma cousine, quoiqu'elle soit plus belle que moi, et qu'elle soit destinée au trône de Babylone : l'honneur de vous plaire me tient lieu d'attraits. Je préfère la Scythie avec vous à la couronne de Babylone sans vous ; mais cette couronne m'appartient de droit, s'il y a des droits dans le monde : car je suis de la branche aînée Nembrod, et Formosante n'est que de la cadette. Son grand-père détrôna le mien, et le fit mourir.

1. *Altier :* hautain. \ **2.** *Obligé :* assujetti, au service de quelqu'un. \ **3.** *Une laideron :* dans la langue moderne, le mot est devenu masculin par attraction avec les noms masculins suffixés en *-on*. \ **4.** *Avant qu'on :* au XVIIIe siècle, « avant que » ne se construisait pas obligatoirement avec « ne », l'usage s'est répandu par la suite. \ **5.** *Souper :* à l'époque, le mot désigne le repas du soir. \ **6.** *Bosquets :* groupe d'arbres plantés pour l'agrément et la promenade galante et mondaine. La mode horticole de l'époque conseillait de les planter de façon à créer des sortes de loges naturelles, d'où l'expression de « cabinet solitaire ».

– Telle est donc la force du sang dans la maison de Babylone[1] ! dit le Scythe. Comment s'appelait votre grand-père ? – Il se nommait Aldée, comme moi. Mon père avait le même nom : il fut relégué au fond de l'empire avec ma mère ; et Bélus, après leur mort, ne craignant rien de moi, voulut m'élever auprès de sa fille ; mais il a décidé que je ne serais jamais mariée.

– Je veux venger votre père, et votre grand-père, et vous, dit le roi des Scythes. Je vous réponds que vous serez mariée ; je vous enlèverai après-demain de grand-matin, car il faut dîner[2] demain avec le roi de Babylone, et je reviendrai soutenir vos droits avec une armée de trois cent mille hommes. – Je le veux bien », dit la belle Aldée ; et, après s'être donné leur parole d'honneur, ils se séparèrent.

Il y avait longtemps que l'incomparable Formosante s'était allée coucher. Elle avait fait placer à côté de son lit un petit oranger dans une caisse d'argent pour y faire reposer son oiseau. Ses rideaux[3] étaient fermés ; mais elle n'avait nulle envie de dormir. Son cœur et son imagination étaient trop éveillés. Le charmant inconnu était devant ses yeux ; elle le voyait tirant une flèche avec l'arc de Nembrod ; elle le contemplait coupant la tête du lion ; elle récitait son madrigal ; enfin elle le voyait s'échapper de la foule, monté sur sa licorne ; alors elle éclatait en sanglots ; elle s'écriait avec larmes : « Je ne le reverrai donc plus ; il ne reviendra pas.

– Il reviendra, madame, lui répondit l'oiseau du haut de son oranger ; peut-on vous avoir vue, et ne pas vous revoir ?

– Ô ciel ! ô puissances éternelles ! mon oiseau parle le pur chaldéen ! » En disant ces mots, elle tire ses rideaux, lui tend les bras, se met à genoux sur son lit : « Êtes-vous un dieu descendu

1. Le conteur utilise ici le regard de l'étranger pour ironiser sur les droits énormes conférés par la naissance. \ **2.** *Dîner :* dans la langue classique, le repas du milieu de la journée, celui de midi. \ **3.** *Rideaux :* il s'agit d'un lit à baldaquins.

sur la terre ? êtes-vous le grand Orosmade[1] caché sous ce beau plumage ? Si vous êtes un dieu, rendez-moi ce beau jeune homme.

– Je ne suis qu'un volatile, répliqua l'autre ; mais je naquis dans le temps que[2] toutes les bêtes parlaient encore, et que les oiseaux, les serpents, les ânesses, les chevaux, et les griffons[3], s'entretenaient familièrement avec les hommes. Je n'ai pas voulu parler devant le monde, de peur que vos dames d'honneur ne me prissent pour un sorcier : je ne veux me découvrir qu'à vous. »

Formosante, interdite, égarée, enivrée de tant de merveilles, agitée de l'empressement de faire cent questions à la fois, lui demanda d'abord quel âge il avait. « Vingt-sept mille neuf cents ans et six mois, madame ; je suis de l'âge de la petite révolution du ciel que vos mages[4] appellent *la précession des équinoxes*[5] et qui s'accomplit en près de vingt-huit mille de vos années. Il y a des révolutions infiniment plus longues : aussi nous avons des êtres beaucoup plus vieux que moi. Il y a vingt-deux mille ans que j'appris le chaldéen dans un de mes voyages[6]. J'ai toujours conservé beaucoup de goût pour la langue chaldéenne ; mais les autres animaux mes confrères ont renoncé à parler dans vos climats. – Et pourquoi cela, mon divin oiseau ? – Hélas ! c'est parce que les hommes ont pris enfin l'habitude[7] de nous manger, au lieu de converser et de s'instruire avec nous. Les barbares ! ne

1. *Orosmade :* dieu des jours dans l'ancienne religion perse. Il s'oppose à Arimane, le génie des ténèbres, et symbolise le conflit du Bien contre le Mal. Il s'agit en fait d'une doctrine de Zoroastre (VIe siècle avant J.-C.), que Voltaire prête de façon fantaisiste aux Chaldéens. \ **2.** *Dans le temps que :* à l'époque où. \ **3.** *Griffons :* animaux fabuleux dotés d'un corps de lion, d'une tête et d'ailes d'aigle. \ **4.** *Mages :* ce mot n'a, dans ce passage, aucune connotation négative, car, dans la continuité des Rois mages, les sages chaldéens passaient pour d'excellents astronomes. \ **5.** *La précession des équinoxes :* à ce phénomène, avance du moment de l'équinoxe du fait d'un déplacement très lent de l'axe de la Terre dans le plan de l'écliptique, D'Alembert avait consacré des recherches en 1749, d'où l'utilisation de l'italique par Voltaire. Le conteur mêle donc plaisamment la science et le conte. \ **6.** Les Chaldéens seraient donc plus anciens que les Chinois et les Indiens. \ **7.** *Ont pris enfin l'habitude :* ont fini par prendre l'habitude.

devaient-ils pas être convaincus qu'ayant les mêmes organes qu'eux, les mêmes sentiments, les mêmes besoins, les mêmes désirs, nous avions ce qui s'appelle *une âme*[1] tout comme eux; que nous étions leurs frères, et qu'il ne fallait cuire et manger que les méchants ? Nous sommes tellement vos frères que le grand Être, l'Être éternel et formateur[2], ayant fait un pacte avec les hommes[3], nous comprit expressément dans le traité. Il vous défendit de vous nourrir de notre sang, et à nous, de sucer le vôtre.

« Les fables de votre ancien Locman[4], traduites en tant de langues, seront un témoignage éternellement subsistant de l'heureux commerce[5] que vous avez eu autrefois avec nous. Elles commencent toutes par ces mots: *Du temps que les bêtes parlaient*. Il est vrai qu'il y a beaucoup de femmes parmi vous qui parlent toujours à leurs chiens; mais ils ont résolu de ne point répondre depuis qu'on les a forcés à coups de fouet d'aller à la chasse, et d'être les complices du meurtre de nos anciens amis communs, les cerfs, les daims, les lièvres et les perdrix.

« Vous avez encore d'anciens poèmes dans lesquels les chevaux parlent[6], et vos cochers leur adressent la parole tous les jours; mais c'est avec tant de grossièreté, et en prononçant des mots si infâmes, que les chevaux, qui vous aimaient tant autrefois, vous détestent aujourd'hui.

« Le pays où demeure votre charmant inconnu, le plus

1. Voltaire s'oppose à Descartes qui affirmait que les animaux étaient de pures machines. Comme il le montre dans son *Dictionnaire philosophique*, à l'article « Bêtes », il leur accorde au contraire de la capacité à mémoriser et à éprouver certains sentiments. \ **2.** *Formateur:* déiste et farouche adversaire de la religion catholique, Voltaire refuse d'appeler le créateur Dieu. \ **3.** Voyez le chap. 9 de la Genèse; et les chap. 3, 18 et 19 de l'Écclésiaste (note de Voltaire). dans ces passages qui assimilent la mort d'un animal à la mort d'un homme, on voit que Dieu autorise l'homme à manger la chair, mais non le sang, réceptacle de l'âme. \ **4.** *Locman*: personnage légendaire, roi d'Arabie à qui l'on a attribué certaines fables d'Ésope (VIe siècle avant J.-C.). \ **5.** *L'heureux commerce:* les bonnes relations. \ **6.** Allusion à Xanthe, le cheval d'Achille, qui dans l'*Iliade* a prédit la mort de son maître (chant XIX, v. 408-17).

parfait des hommes, est demeuré le seul où votre espèce sache encore aimer la nôtre et lui parler ; et c'est la seule contrée de la terre où les hommes soient justes.

– Et où est-il ce pays de mon cher inconnu ? quel est le nom de ce héros ? comment se nomme son empire ? car je ne croirai pas plus qu'il est un berger que je ne crois que vous êtes une chauve-souris.

– Son pays, madame, est celui des Gangarides, peuple vertueux et invincible qui habite la rive orientale du Gange[1]. Le nom de mon ami est Amazan. Il n'est pas roi, et je ne sais même s'il voudrait s'abaisser à l'être ; il aime trop ses compatriotes : il est berger comme eux. Mais n'allez pas vous imaginer que ces bergers ressemblent aux vôtres, qui, couverts à peine de lambeaux déchirés, gardent des moutons infiniment mieux habillés qu'eux ; qui gémissent sous le fardeau de la pauvreté, et qui payent à un exacteur[2] la moitié des gages chétifs qu'ils reçoivent de leurs maîtres. Les bergers gangarides, nés tous égaux, sont les maîtres des troupeaux innombrables qui couvrent leurs prés éternellement fleuris. On ne les tue jamais : c'est un crime horrible vers le Gange de tuer et de manger son semblable. Leur laine, plus fine et plus brillante que la plus belle soie, est le plus grand commerce de l'Orient. D'ailleurs la terre des Gangarides produit tout ce qui peut flatter les désirs de l'homme. Ces gros diamants qu'Amazan a eu l'honneur de vous offrir sont d'une mine qui lui appartient. Cette licorne que vous l'avez vu monter est la monture ordinaire des Gangarides. C'est le plus bel animal, le plus fier, le plus terrible, et le plus doux qui orne la terre. Il suffirait de cent Gangarides et de cent licornes pour

1. Dans son *Essai sur les mœurs*, Voltaire fait de cette région un paradis terrestre où l'abondance des fruits dispense l'homme de chasser (« De l'Inde », chap. XVII). On retrouve cette idée dans le tableau qui suit. \ **2.** *Exacteur :* celui qui recouvre les redevances, l'impôt. Dans la langue moderne, le mot a perdu cette valeur.

dissiper des armées innombrables. Il y a environ deux siècles qu'un roi des Indes fut assez fou pour vouloir conquérir cette nation : il se présenta suivi de dix mille éléphants et d'un million de guerriers. Les licornes percèrent les éléphants[1], comme j'ai vu sur votre table des mauviettes[2] enfilées dans des brochettes d'or. Les guerriers tombaient sous le sabre des Gangarides comme les moissons de riz sont coupées par les mains des peuples de l'Orient. On prit le roi prisonnier avec plus de six cent mille hommes. On le baigna dans les eaux salutaires du Gange ; on le mit au régime du pays, qui consiste à ne se nourrir que de végétaux prodigués par la nature pour nourrir tout ce qui respire. Les hommes alimentés de carnage[3] et abreuvés de liqueurs fortes ont tous un sang aigri et aduste[4] qui les rend fous en cent manières différentes. Leur principale démence est la fureur de verser le sang de leurs frères, et de dévaster des plaines fertiles pour régner sur des cimetières. On employa six mois entiers à guérir le roi des Indes de sa maladie. Quand les médecins eurent enfin jugé qu'il avait le pouls plus tranquille et l'esprit plus rassis[5], ils en donnèrent le certificat au conseil des Gangarides. Ce conseil, ayant pris l'avis des licornes, renvoya humainement le roi des Indes, sa sotte cour et ses imbéciles guerriers dans leur pays. Cette leçon les rendit sages, et, depuis ce temps, les Indiens respectèrent les Gangarides, comme les ignorants qui voudraient s'instruire respectent parmi vous les philosophes chaldéens, qu'ils ne peuvent égaler. – À propos, mon cher oiseau, lui dit la princesse, y a-t-il une religion chez les Gangarides ? – S'il y en a une ? Madame, nous nous assemblons pour rendre grâces à Dieu[6],

1. Voltaire fait allusion à une tradition légendaire qui prête des pouvoirs guerriers aux licornes. \ **2.** *Mauviette :* alouette lorsqu'elle est grasse et bonne à manger, ce qui explique la mention des brochettes. \ **3.** *Carnage :* viande ; ce sens est complètement sorti de l'usage. \ **4.** *Aduste :* brûlé (terme médical). \ **5.** *L'esprit plus rassis :* dans la langue du XVIIIe siècle, rasseoir ses esprits signifiait revenir au calme. \ **6.** Voltaire exprime sa conception d'une religion sans clergé ni rites.

les jours de la pleine lune, les hommes dans un grand temple de cèdre, les femmes dans un autre, de peur des distractions; tous les oiseaux dans un bocage, les quadrupèdes sur une belle pelouse. Nous remercions Dieu de tous les biens qu'il nous a faits. Nous avons surtout des perroquets[1] qui prêchent à merveille.

« Telle est la patrie de mon cher Amazan; c'est là que je demeure; j'ai autant d'amitié pour lui qu'il vous a inspiré d'amour. Si vous m'en croyez, nous partirons ensemble, et vous irez lui rendre sa visite.

– Vraiment, mon oiseau, vous faites là un joli métier, répondit en souriant la princesse, qui brûlait d'envie de faire le voyage, et qui n'osait le dire. – Je sers mon ami, dit l'oiseau; et, après le bonheur de vous aimer, le plus grand est celui de servir vos amours. »

Formosante ne savait plus où elle en était; elle se croyait transportée hors de la terre. Tout ce qu'elle avait vu dans cette journée, tout ce qu'elle voyait, tout ce qu'elle entendait, et surtout ce qu'elle sentait dans son cœur, la plongeait dans un ravissement qui passait de bien loin celui qu'éprouvent aujourd'hui les fortunés[2] musulmans quand, dégagés de leurs liens terrestres, ils se voient dans le neuvième ciel entre les bras de leurs houris[3], environnés et pénétrés de la gloire et de la félicité célestes.

1. Pointe acerbe de Voltaire contre les prédicateurs de son temps. \ **2.** *Fortunés :* qui ont de la chance. \ **3.** *Houris :* beautés célestes que le Coran promet au fidèle dans le paradis d'Allah. Dans son *Essai sur les mœurs,* Voltaire explique qu'il apprécie que dans cette religion, après la mort restent les plaisirs des sens.

IV

Elle passa toute la nuit à parler d'Amazan. Elle ne l'appelait plus que son *berger* ; et c'est depuis ce temps-là que les noms de *berger* et d'*amant* sont toujours employés l'un pour l'autre chez quelques nations[1].

Tantôt elle demandait à l'oiseau si Amazan avait eu d'autres maîtresses. Il répondait que non, et elle était au comble de la joie. Tantôt elle voulait savoir à quoi il passait sa vie ; et elle apprenait avec transport qu'il l'employait à faire du bien, à cultiver les arts, à pénétrer les secrets de la nature, à perfectionner son être. Tantôt elle voulait savoir si l'âme de son oiseau était de la même nature que celle de son amant ; pourquoi il avait vécu près de vingt-huit mille ans, tandis que son amant n'en avait que dix-huit ou dix-neuf. Elle faisait cent questions pareilles, auxquelles l'oiseau répondait avec une discrétion[2] qui irritait sa curiosité. Enfin, le sommeil ferma leurs yeux, et livra Formosante à la douce illusion des songes envoyés par les dieux, qui surpassent quelquefois la réalité même, et que toute la philosophie des Chaldéens a bien de la peine à expliquer.

Formosante ne s'éveilla que très tard. Il était petit jour chez elle[3] quand le roi son père entra dans sa chambre. L'oiseau reçut Sa Majesté avec une politesse respectueuse, alla au-devant de lui, battit des ailes, allongea son cou, et se remit sur son oranger. Le roi s'assit sur le lit de sa fille, que ses rêves avaient encore embellie. Sa grande barbe s'approcha de ce beau visage, et après lui avoir donné deux baisers, il lui parla en ces mots :

1. Le conteur donne ici une explication des plus fantaisistes qui fait référence au genre de la pastorale. Appelée également bergerie, elle met en scène des bergers et des bergères amoureux et connaît un franc succès à l'époque. \ **2.** *Discrétion :* réserve, prudence dans les réponses. \ **3.** *Il était petit jour chez elle :* elle venait tout juste de s'éveiller.

« Ma chère fille, vous n'avez pu trouver hier un mari, comme je l'espérais ; il vous en faut un pourtant : le salut de mon empire l'exige. J'ai consulté l'oracle, qui, comme vous savez, ne ment jamais, et qui dirige toute ma conduite. Il m'a ordonné de vous faire courir le monde. Il faut que vous voyagiez. – Ah ! chez les Gangarides sans doute », dit la princesse ; et en prononçant ces mots, qui lui échappaient, elle sentit bien qu'elle disait une sottise. Le roi, qui ne savait pas un mot de géographie, lui demanda ce qu'elle entendait par des Gangarides. Elle trouva aisément une défaite [1]. Le roi lui apprit qu'il fallait faire un pèlerinage ; qu'il avait nommé les personnes de sa suite, le doyen des conseillers d'État, le grand aumônier, une dame d'honneur, un médecin, un apothicaire [2], et son oiseau, avec tous les domestiques convenables.

Formosante, qui n'était jamais sortie du palais du roi son père, et qui jusqu'à la journée des trois rois et d'Amazan n'avait mené qu'une vie très insipide dans l'étiquette du faste et dans l'apparence des plaisirs, fut ravie d'avoir un pèlerinage à faire. « Qui sait, disait-elle tout bas à son cœur, si les dieux n'inspireront pas à mon cher Gangaride le même désir d'aller à la même chapelle, et si je n'aurai pas le bonheur de revoir le pèlerin ? » Elle remercia tendrement son père, en lui disant qu'elle avait eu toujours une secrète dévotion pour le saint [3] chez lequel on l'envoyait.

Bélus donna un excellent dîner à ses hôtes ; il n'y avait que des hommes. C'étaient tous gens fort mal assortis : rois, princes, ministres, pontifes, tous jaloux les uns des autres, tous pesant leurs paroles, tous embarrassés de leurs voisins et d'eux-mêmes.

---

1. *Elle trouva aisément une défaite :* elle trouva aisément une esquive afin de ne pas répondre et de se débarrasser de cette question embarrassante. Il s'agit d'un sens très ancien, déjà signalé comme rare au XVIIIe siècle. \ **2.** *Apothicaire :* terme de la langue classique pour désigner un pharmacien. \ **3.** *Saint :* utilisation plaisante d'un vocable chrétien dans un contexte païen.

Le repas fut triste, quoiqu'on y bût beaucoup. Les princesses restèrent dans leurs appartements, occupées chacune de leur départ. Elles mangèrent à leur petit couvert[1]. Formosante ensuite alla se promener dans les jardins avec son cher oiseau, qui, pour l'amuser, vola d'arbre en arbre en étalant sa superbe queue et son divin plumage.

Le roi d'Égypte, qui était chaud de vin[2], pour ne pas dire ivre, demanda un arc et des flèches à un de ses pages. Ce prince était à la vérité l'archer le plus maladroit de son royaume. Quand il tirait au blanc[3], la place où l'on était le plus en sûreté était le but où il visait. Mais le bel oiseau, en volant aussi rapidement que la flèche, se présenta lui-même au coup, et tomba tout sanglant entre les bras de Formosante. L'Égyptien, en riant d'un sot rire, se retira dans son quartier. La princesse perça le ciel de ses cris, fondit en larmes, se meurtrit les joues et la poitrine[4]. L'oiseau mourant lui dit tout bas : « Brûlez-moi, et ne manquez pas de porter mes cendres vers l'Arabie Heureuse[5], à l'orient de l'ancienne ville d'Aden ou d'Éden, et de les exposer au soleil sur un petit bûcher de gérofle[6] et de cannelle. » Après avoir proféré ces paroles, il expira. Formosante resta longtemps évanouie et ne revit le jour que pour éclater en sanglots. Son père, partageant sa douleur et faisant des imprécations contre le roi d'Égypte, ne douta pas que cette aventure n'annonçât un avenir sinistre. Il alla vite consulter l'oracle de sa chapelle. L'oracle répondit : « Mélange de tout ; mort vivant, infidélité et constance, perte et gain, calamités et bonheur. » Ni lui ni son

1. *Mangèrent à leur petit couvert :* mangèrent simplement, sans cérémonie. \ **2.** *Était chaud de vin :* avait l'esprit échauffé par le vin. \ **3.** *Tirait au blanc :* visait le cœur de la cible. \ **4.** Formosante manifeste son chagrin en reprenant les gestes traditionnels du deuil, à la manière des héroïnes des récits épiques. \ **5.** *L'Arabie Heureuse :* région du Yémen Sud de la péninsule arabique. On distinguait, à l'époque, l'Arabie déserte (à l'est de Damas), l'Arabie pétrée (région de Pétra) et l'Arabie heureuse. \ **6.** *Gérofle :* forme ancienne du mot « girofle ».

conseil n'y purent rien comprendre ; mais enfin il était satisfait d'avoir rempli ses devoirs de dévotion[1].

Sa fille, éplorée, pendant qu'il consultait l'oracle, fit rendre à l'oiseau les honneurs funèbres qu'il avait ordonnés, et résolut de le porter en Arabie au péril de ses jours. Il fut brûlé dans du lin incombustible avec l'oranger sur lequel il avait couché ; elle en recueillit la cendre dans un petit vase d'or tout entouré d'escarboucles[2] et des diamants qu'on ôta de la gueule du lion. Que ne put-elle, au lieu d'accomplir ce devoir funeste, brûler tout en vie le détestable roi d'Égypte ! C'était là tout son désir. Elle fit tuer, dans son dépit, ses deux crocodiles, ses deux hippopotames, ses deux zèbres, ses deux rats, et fit jeter ses deux momies dans l'Euphrate ; si elle avait tenu son bœuf Apis, elle ne l'aurait pas épargné.

Le roi d'Égypte, outré de cet affront, partit sur-le-champ pour faire avancer ses trois cent mille hommes. Le roi des Indes, voyant partir son allié, s'en retourna le jour même, dans le ferme dessein de joindre ses trois cent mille Indiens à l'armée égyptienne. Le roi de Scythie délogea[3] dans la nuit avec la princesse Aldée, bien résolu de venir combattre pour elle à la tête de trois cent mille Scythes, et de lui prendre l'héritage de Babylone, qui lui était dû, puisqu'elle descendait de la branche aînée.

De son côté la belle Formosante se mit en route à trois heures du matin avec sa caravane de pèlerins, se flattant[4] bien qu'elle pourrait aller en Arabie exécuter les dernières volontés de son oiseau, et que la justice des dieux immortels lui rendrait son cher Amazan sans qui elle ne pouvait plus vivre.

1. On a ici une marque de l'ironie voltairienne visant les oracles, par conséquent les membres du clergé, présentés comme maîtres dans l'art de dire tout et son contraire. Dans son *Essai sur les mœurs*, il écrit d'ailleurs qu'ils ont été « inventés par des fripons pour duper des imbéciles » (Introduction au chap. XXXXI, « Des Oracles »). \ **2.** *Escarboucles :* nom autrefois donné à une variété de grenat rouge foncé d'un vif éclat. \ **3.** *Délogea :* s'en alla. \ **4.** *Se flattant :* étant persuadé de, espérant, dans le sens classique, aujourd'hui vieilli.

Ainsi, à son réveil, le roi de Babylone ne trouva plus personne. « Comme les grandes fêtes se terminent, disait-il, et comme elles laissent un vide étonnant dans l'âme, quand le fracas est passé. » Mais il fut transporté d'une colère vraiment royale lorsqu'il apprit qu'on avait enlevé la princesse Aldée. Il donna ordre qu'on éveillât tous ses ministres, et qu'on assemblât le conseil. En attendant qu'ils vinssent, il ne manqua pas de consulter son oracle ; mais il ne put jamais en tirer que ces paroles si célèbres depuis dans tout l'univers : *Quand on ne marie pas les filles, elles se marient elles-mêmes*.

Aussitôt l'ordre fut donné de faire marcher trois cent mille hommes contre le roi des Scythes. Voilà donc la guerre la plus terrible allumée de tous les côtés ; et elle fut produite par les plaisirs de la plus belle fête qu'on ait jamais donnée sur la terre. L'Asie allait être désolée par quatre armées de trois cent mille combattants chacune. On sent bien que la guerre de Troie[1], qui étonna le monde quelques siècles après, n'était qu'un jeu d'enfants en comparaison ; mais aussi on doit considérer que dans la querelle des Troyens il ne s'agissait que d'une vieille femme fort libertine qui s'était fait enlever deux fois[2], au lieu qu'ici il s'agissait de deux filles et d'un oiseau.

Le roi des Indes allait attendre son armée sur le grand et magnifique chemin qui conduisait alors en droiture[3] de Babylone à Cachemire. Le roi des Scythes courait avec Aldée par la belle route qui menait au mont Immaüs[4]. Tous ces chemins ont disparu dans la suite par le mauvais gouvernement. Le roi d'Égypte avait marché à l'occident, et côtoyait

1. *La guerre de Troie :* guerre légendaire opposant les Grecs et les Troyens et qui est racontée par Homère dans l'*Iliade*. \ **2.** Hélène a été enlevée une première fois par Thésée puis, après son mariage avec Ménélas, par Pâris, à qui Aphrodite l'avait promise. C'est ce second enlèvement qui déclencha la guerre de Troie. \ **3.** *En droiture :* tout droit ; l'expression est tombée en désuétude. \ **4.** *Mont Immaüs :* chaîne de montagnes de Scythie.

la petite mer Méditerranée, que les ignorants hébreux ont depuis nommée *la Grande Mer*[1].

À l'égard de la belle Formosante, elle suivait le chemin de Bassora, planté de hauts palmiers qui fournissaient un ombrage éternel et des fruits dans toutes les saisons. Le temple où elle allait en pèlerinage était dans Bassora[2] même. Le saint à qui ce temple avait été dédié était à peu près dans le goût de celui qu'on adora depuis à Lampsaque[3]. Non seulement il procurait des maris aux filles, mais il tenait lieu souvent de mari. C'était le saint le plus fêté de toute l'Asie[4].

Formosante ne se souciait point du tout du saint de Bassora : elle n'invoquait que son cher berger gangaride, son bel Amazan. Elle comptait s'embarquer à Bassora, et entrer dans l'Arabie Heureuse pour faire ce que l'oiseau mort avait ordonné.

À la troisième couchée[5], à peine était-elle entrée dans une hôtellerie où ses fourriers[6] avaient tout préparé pour elle, qu'elle apprit que le roi d'Égypte y entrait aussi. Instruit de la marche de la princesse par ses espions, il avait sur-le-champ changé de route, suivi d'une nombreuse escorte. Il arrive ; il fait placer des sentinelles à toutes les portes ; il monte dans la chambre de la belle Formosante, et lui dit : « Mademoiselle, c'est vous précisément que je cherchais ; vous avez fait très peu de cas de moi lorsque j'étais à Babylone ; il est juste de punir les dédaigneuses et les capricieuses : vous aurez, s'il vous plaît, la bonté de souper avec moi ce soir ; vous n'aurez point d'autre lit que le mien, et je me conduirai avec vous selon que j'en serai content. »

1. Voltaire se moque de la Bible qui ignore les grands océans. \ **2.** *Bassora :* aujourd'hui ville d'Irak. \ **3.** *Lampsaque :* ville de la côte orientale de l'Hellespont. \ **4.** Il s'agit d'une idole priapique. La ville de Lampsaque, en Asie Mineure, sur la côte de l'Hellespont, était le lieu principal du culte de Priape, fils d'Aphrodite et de Dyonisos, doté d'un membre viril démesuré. \ **5.** *À la troisième couchée :* littéralement la troisième fois que l'on s'arrêtait pour coucher, d'où la troisième étape. \ **6.** *Fourriers :* domestiques qui précédaient l'escorte de Formosante pour préparer vivres et logements avant l'étape.

Formosante vit bien qu'elle n'était pas la plus forte; elle savait que le bon esprit consiste à se conformer à sa situation; elle prit le parti de se délivrer du roi d'Égypte par une innocente adresse: elle le regarda du coin de l'œil, ce qui plusieurs siècles après s'est appelé *lorgner*[1] ; et voici comme elle lui parla avec une modestie, une grâce, une douceur, un embarras, et une foule de charmes qui auraient rendu fou le plus sage des hommes, et aveuglé le plus clairvoyant:

« Je vous avoue, monsieur, que je baissai toujours les yeux devant vous quand vous fîtes l'honneur au roi mon père de venir chez lui. Je craignais mon cœur, je craignais ma simplicité trop naïve: je tremblais que mon père et vos rivaux ne s'aperçussent de la préférence que je vous donnais, et que vous méritez si bien. Je puis à présent me livrer à mes sentiments. Je jure par le bœuf Apis, qui est, après vous, tout ce que je respecte le plus au monde, que vos propositions m'ont enchantée. J'ai déjà soupé avec vous chez le roi mon père; j'y souperai encore bien ici sans qu'il soit de la partie: tout ce que je vous demande, c'est que votre grand aumônier boive avec nous, il m'a paru à Babylone un très bon convive; j'ai d'excellent vin de Chiraz[2], je veux vous en faire goûter à tous deux. À l'égard de votre seconde proposition, elle est très engageante; mais il ne convient pas à une fille bien née d'en parler: qu'il vous suffise de savoir que je vous regarde comme le plus grand des rois et le plus aimable des hommes. »

Ce discours fit tourner la tête au roi d'Égypte; il voulut bien que l'aumônier fût en tiers. « J'ai encore une grâce à vous demander, lui dit la princesse; c'est de permettre que mon apothicaire vienne me parler: les filles ont toujours de certaines incommodités qui demandent de certains soins, comme vapeurs

1. *Lorgner:* regarder de côté avec insistance et convoitise. \ **2.** *Vin de Chiraz:* vin iranien très réputé au XVIIIe siècle.

de tête, battements de cœur, coliques, étouffements, auxquels il faut mettre un certain ordre dans de certaines circonstances ; en un mot, j'ai un besoin pressant de mon apothicaire, et j'espère que vous ne me refuserez pas cette légère marque d'amour.

– Mademoiselle, lui répondit le roi d'Égypte, quoiqu'un apothicaire ait des vues précisément opposées aux miennes, et que les objets de son art soient le contraire de ceux du mien, je sais trop bien vivre pour vous refuser une demande si juste : je vais ordonner qu'il vienne vous parler en attendant le souper ; je conçois que vous devez être un peu fatiguée du voyage ; vous devez aussi avoir besoin d'une femme de chambre, vous pourrez faire venir celle qui vous agréera davantage ; j'attendrai ensuite vos ordres et votre commodité. » Il se retira ; l'apothicaire et la femme de chambre nommée Irla arrivèrent. La princesse avait en elle une entière confiance ; elle lui ordonna de faire apporter six bouteilles de vin de Chiraz pour le souper, et d'en faire boire de pareil à toutes les sentinelles qui tenaient ses officiers aux arrêts ; puis elle recommanda à l'apothicaire de faire mettre dans toutes les bouteilles certaines drogues de sa pharmacie qui faisaient dormir les gens vingt-quatre heures, et dont il était toujours pourvu. Elle fut ponctuellement obéie. Le roi revint avec le grand aumônier au bout d'une demi-heure : le souper fut très gai ; le roi et le prêtre vidèrent les six bouteilles, et avouèrent qu'il n'y avait pas de si bon vin en Égypte ; la femme de chambre eut soin d'en faire boire aux domestiques qui avaient servi. Pour la princesse, elle eut grande attention de n'en point boire, disant que son médecin l'avait mise au régime. Tout fut bientôt endormi.

L'aumônier du roi d'Égypte avait la plus belle barbe que pût porter un homme de sa sorte. Formosante la coupa très adroitement ; puis, l'ayant fait coudre à un petit ruban, elle l'attacha à son menton. Elle s'affubla de la robe du prêtre et de toutes les marques de sa dignité, habilla sa femme de chambre en sacristain de la déesse Isis ; enfin, s'étant munie de son urne et de ses pierreries, elle sortit de l'hôtellerie à travers les sentinelles, qui dormaient comme leur maître[1]. La suivante avait eu soin de faire tenir à la porte deux chevaux prêts. La princesse ne pouvait mener avec elle aucun des officiers de sa suite : ils auraient été arrêtés par les grandes gardes.

Formosante et Irla passèrent à travers des haies de soldats qui, prenant la princesse pour le grand prêtre, l'appelaient *mon révérendissime père en Dieu*[2], et lui demandaient sa bénédiction. Les deux fugitives arrivent en vingt-quatre heures à Bassora, avant que le roi fût éveillé. Elles quittèrent alors leur déguisement, qui eût pu donner des soupçons. Elles frétèrent[3] au plus vite un vaisseau qui les porta, par le détroit d'Ormus[4], au beau rivage d'Éden[5], dans l'Arabie Heureuse. C'est cet Éden dont les jardins furent si renommés qu'on en fit depuis la demeure des justes ; ils furent le modèle des Champs-Élysées[6], des jardins des Hespérides[7], et de ceux des îles Fortunées[8] : car, dans ces climats chauds, les hommes n'imaginèrent point de plus grande béatitude que les ombrages et les murmures des eaux. Vivre éternellement dans les cieux avec l'Être suprême, ou aller se promener dans le jardin, dans le paradis[9], fut la même chose pour les hommes, qui parlent toujours sans s'entendre, et qui n'ont pu guère avoir encore d'idées nettes ni d'expressions justes.

1. On peut noter que Candide se déguisera lui aussi en prêtre pour s'enfuir (chap. XV). \ **2.** *Mon révérendissime père en Dieu :* titre honorifique réservé aux archevêques et hauts dignitaires religieux à l'époque du conteur. \ **3.** *Frétèrent :* le verbe est aujourd'hui rare, on emploie pour le même sens louer, affréter. \ **4.** *Ormus :* ville située entre le golfe Persique et la mer d'Oman.\ **5.** *Éden :* le conteur assimile *Aden* à l'éden, le paradis terrestre dans la Genèse. \ **6.** *Champs-Élysées :* dans la mythologie gréco-romaine, ils désignent la région des Enfers où séjournent les âmes des héros et des hommes vertueux. \ **7.** *Hespérides :* dans la mythologie grecque, nymphes du couchant qui veillent sur le jardin des dieux où poussent les pommes d'or. Situé au-delà des colonnes d'Hercule, il représentait alors le bout du monde (vraisemblablement le détroit de Gibraltar). \ **8.** *Îles Fortunées :* on les appelle aussi les îles des Bienheureux ; situées non loin du jardin des Hespérides, c'est là que les hommes justes séjournaient après leur mort. \ **9.** *Paradis :* le mythe du jardin merveilleux est commun à toutes les religions ; Voltaire prêche ici en faveur du déisme.

Dès que la princesse se vit dans cette terre, son premier soin fut de rendre à son cher oiseau les honneurs funèbres qu'il avait exigés d'elle. Ses belles mains dressèrent un petit bûcher de gérofle et de cannelle. Quelle fut sa surprise lorsqu'ayant répandu les cendres de l'oiseau sur ce bûcher, elle le vit s'enflammer de lui-même ! Tout fut bientôt consumé. Il ne parut, à la place des cendres, qu'un gros œuf dont elle vit sortir son oiseau plus brillant qu'il ne l'avait jamais été. Ce fut le plus beau des moments que la princesse eût éprouvés dans toute sa vie ; il n'y en avait qu'un qui pût lui être plus cher : elle le désirait, mais elle ne l'espérait pas.

« Je vois bien, dit-elle à l'oiseau, que vous êtes le phénix dont on m'avait tant parlé. Je suis prête à mourir d'étonnement et de joie. Je ne croyais point à la résurrection ; mais mon bonheur m'en a convaincue. – La résurrection, madame, lui dit le phénix, est la chose du monde la plus simple. Il n'est pas plus surprenant de naître deux fois qu'une. Tout est résurrection dans ce monde ; les chenilles ressuscitent en papillons ; un noyau mis en terre ressuscite en arbre ; tous les animaux ensevelis dans la terre ressuscitent en herbes, en plantes, et nourrissent d'autres animaux dont ils font bientôt une partie de la substance ; toutes les particules qui composaient les corps sont changées en différents êtres. Il est vrai que je suis le seul à qui le puissant Orosmade[1] ait fait la grâce de ressusciter dans sa propre nature[2]. »

Formosante, qui, depuis le jour qu'elle vit Amazan et le phénix pour la première fois, avait passé toutes ses heures à s'étonner, lui dit : « Je conçois bien que le grand Être ait pu

1. *Orosmade :* dieu des jours dans la religion perse ancienne. \ **2.** Le père Malebranche, farouchement combattu par Voltaire dans son *Dictionnaire philosophique*, entendait prouver la résurrection par la métamorphose des chenilles en papillons : pour Voltaire, une telle argumentation est d'un simplisme affligeant car si « tout est résurrection », alors il n'y a plus de résurrection (article « Résurrection »).

former de vos cendres un phénix à peu près semblable à vous; mais que vous soyez précisément la même personne, que vous ayez la même âme, j'avoue que je ne le comprends pas bien clairement. Qu'est devenue votre âme pendant que je vous portais dans ma poche après votre mort?

– Eh! mon Dieu! madame, n'est-il pas aussi facile au grand Orosmade de continuer son action sur une petite étincelle de moi-même que de commencer cette action? Il m'avait accordé auparavant le sentiment, la mémoire et la pensée[1]: il me les accorde encore; qu'il ait attaché cette faveur à un atome de feu élémentaire caché dans moi, ou à l'assemblage de mes organes, cela ne fait rien au fond: les phénix et les hommes ignoreront toujours comment la chose se passe[2]; mais la plus grande grâce que l'Être suprême m'ait accordée est de me faire renaître pour vous. Que ne puis-je passer les vingt-huit mille ans que j'ai encore à vivre jusqu'à ma prochaine résurrection entre vous et mon cher Amazan!

– Mon phénix, lui repartit la princesse, songez que les premières paroles que vous me dîtes à Babylone, et que je n'oublierai jamais, me flattèrent de l'espérance de revoir ce cher berger que j'idolâtre: il faut absolument que nous allions ensemble chez les Gangarides, et que je le ramène à Babylone.
– C'est bien mon dessein, dit le phénix; il n'y a pas un moment à perdre. Il faut aller trouver Amazan par le plus court chemin, c'est-à-dire par les airs. Il y a dans l'Arabie Heureuse deux griffons[3], mes amis intimes, qui ne demeurent qu'à cent cinquante milles[4] d'ici: je vais leur écrire par la poste aux pigeons; ils viendront avant la nuit. Nous aurons tout le temps

1. *Le sentiment, la mémoire et la pensée:* aux yeux de Voltaire, les trois attributs indissociables de l'esprit humain. \ 2. Le philosophe incite ici à la sagesse : il faut renoncer à comprendre ce qui nous dépasse pour nous concentrer sur notre bonheur sur terre. \ 3. *Griffons:* créatures mythologiques fabuleuses, représentées avec un corps de lion et une tête d'aigle. \ 4. *Un mille:* mille pas, soient 1 482 mètres.

de vous … des
tiroirs où … ès à
votre aise … eux
griffons s … eux
tiendra u … une
fois, les m … no-
sante com … . Il
fut achev … tits
pains à la … des
poncires[4] … en,
qui l'emp … est
au-dessus …

Le can… eux
griffons a … et
Irla se pl … ent
comme u … se
perchait sur le dossier. Les deux griffons cinglèrent vers le Gange avec la rapidité d'une flèche qui fend les airs. On ne se reposait que la nuit pendant quelques moments pour manger, et pour faire boire un coup aux deux voituriers.

Voyage avec 2 griffons jusqu'à Amazan

Amazan → Chine
donc
Formosante → Chine

On arriva enfin chez les Gangarides. Le cœur de la princesse palpitait d'espérance, d'amour et de joie. Le phénix fit arrêter la voiture devant la maison d'Amazan : il demande à lui parler ; mais il y avait trois heures qu'il en était parti, sans qu'on sût où il était allé.

Il n'y a point de termes dans la langue même des Gangarides qui puissent exprimer le désespoir dont Formosante fut

1. *Travailler :* fabriquer. \ 2. *Canapé :* au XVIIIe siècle, ce meuble est d'une invention toute récente, plusieurs personnes peuvent s'y asseoir et il peut servir de lit de repos. \ 3. *Petits pains à la reine :* petits pains au lait qui étaient fort prisés de Marie de Médicis, d'où leur nom. \ 4. *Poncires :* variété de gros citrons que l'on faisait confire. \ 5. Le vin de Surenne, près de Paris, était de qualité médiocre, contrairement aux vins de Chiraz. En bon vivant, le conteur étire le merveilleux jusque dans le domaine de l'alimentation.

accablée. « Hélas ! voilà ce que j'avais craint, dit le phénix ; les trois heures que vous avez passées dans votre hôtellerie sur le chemin de Bassora avec ce malheureux roi d'Égypte vous ont enlevé peut-être pour jamais le bonheur de votre vie : j'ai bien peur que nous n'ayons perdu Amazan sans retour. »

Alors il demanda aux domestiques si on pouvait saluer madame sa mère. Ils répondirent que son mari était mort l'avant-veille et qu'elle ne voyait personne. Le phénix, qui avait du crédit dans la maison, ne laissa pas de faire entrer[1] la princesse de Babylone dans un salon dont les murs étaient revêtus de bois d'oranger à filets d'ivoire ; les sous-bergers[2] et sous-bergères, en longues robes blanches ceintes de garnitures[3] aurore, lui servirent dans cent corbeilles de simple porcelaine cent mets délicieux, parmi lesquels on ne voyait aucun cadavre déguisé : c'était du riz, du sagou[4], de la semoule, du vermicelle, des macaronis, des omelettes, des œufs au lait, des fromages à la crème, des pâtisseries de toute espèce, des légumes, des fruits d'un parfum et d'un goût dont on n'a point d'idée dans les autres climats ; c'était une profusion de liqueurs[5] rafraîchissantes, supérieures aux meilleurs vins.

Pendant que la princesse mangeait, couchée sur un lit de rose, quatre pavons, ou paons, ou pans, heureusement muets, l'éventaient de leurs brillantes ailes ; deux cents oiseaux, cent bergers et cent bergères, lui donnèrent un concert à deux chœurs ; les rossignols, les serins, les fauvettes, les pinsons, chantaient le dessus[6] avec les bergères ; les bergers faisaient la haute-contre[7] et la basse : c'était en tout la belle et simple nature. La princesse

1. *Ne laissa pas de faire entrer :* il ne manqua pas de faire entrer. \ **2.** *Sous-bergers :* le conteur parodie les titres et les grades de la société française. On peut noter une contradiction dans le récit car le phénix avait dit que chez les Gangarides tous les hommes étaient égaux (chap. III). \ **3.** *Garnitures :* ornements, parures. \ **4.** *Sagou :* fécule jaunâtre que l'on extrait de la moelle de plusieurs palmiers.\ **5.** *Liqueurs :* comme souvent dans la langue classique, le sens est générique pour désigner des boissons. \ **6.** *Chantaient le dessus :* chantaient la voix du haut. \ **7.** *La haute-contre :* voix de ténor, claire et aiguë.

avoua que, s'il y avait plus de magnificence à Babylone, la nature était mille fois plus agréable chez les Gangarides ; mais, pendant qu'on lui donnait cette musique si consolante et si voluptueuse, elle versait des larmes ; elle disait à la jeune Irla sa compagne : « Ces bergers et ces bergères, ces rossignols et ces serins font l'amour[1], et moi, je suis privée du héros gangaride, digne objet de mes très tendres et très impatients désirs.

Pendant qu'elle faisait ainsi cette collation[2], qu'elle admirait et qu'elle pleurait, le phénix disait à la mère d'Amazan : « Madame, vous ne pouvez vous dispenser de voir la princesse de Babylone ; vous savez… – Je sais tout, dit-elle, jusqu'à son aventure dans l'hôtellerie sur le chemin de Bassora ; un merle m'a tout conté ce matin ; et ce cruel merle est cause que mon fils, au désespoir, est devenu fou, et a quitté la maison paternelle. – Vous ne savez donc pas, reprit le phénix, que la princesse m'a ressuscité ? – Non, mon cher enfant ; je savais par le merle que vous étiez mort, et j'en étais inconsolable. J'étais si affligée de cette perte, de la mort de mon mari, et du départ précipité de mon fils, que j'avais fait défendre ma porte. Mais puisque la princesse de Babylone me fait l'honneur de me venir voir, faites-la entrer au plus vite ; j'ai des choses de la dernière conséquence[3] à lui dire, et je veux que vous y soyez présent. » Elle alla aussitôt dans un autre salon au-devant de la princesse. Elle ne marchait pas facilement : c'était une dame d'environ trois cents années[4] ; mais elle avait encore de beaux restes, et on voyait bien que vers les deux cent trente à quarante ans elle avait été charmante. Elle reçut Formosante avec une noblesse respectueuse, mêlée d'un air d'intérêt et de douleur qui fit sur la princesse une vive impression.

1. *Font l'amour :* dans la langue de l'époque, l'expression n'a aucune connotation charnelle et évoque simplement le fait de parler d'amour et de faire la cour (au sens de créer l'amour). \ **2.** *Collation :* repas léger. \ **3.** *Choses de la dernière conséquence :* affaires extrêmement importantes et graves. \ **4.** On retrouve ici une exagération typique du conte traditionnel.

Formosante lui fit d'abord ses tristes compliments sur la mort de son mari. « Hélas ! dit la veuve, vous devez vous intéresser à sa perte plus que vous ne pensez. – J'en suis touchée sans doute, dit Formosante ; il était le père de… » À ces mots elle pleura. « Je n'étais venue que pour lui et à travers bien des dangers. J'ai quitté pour lui mon père et la plus brillante cour de l'univers ; j'ai été enlevée par un roi d'Égypte, que je déteste. Échappée à ce ravisseur, j'ai traversé les airs pour venir voir ce que j'aime ; j'arrive, et il me fuit ! » Les pleurs et les sanglots l'empêchèrent d'en dire davantage.

La mère lui dit alors : « Madame, lorsque le roi d'Égypte vous ravissait, lorsque vous soupiez avec lui dans un cabaret sur le chemin de Bassora, lorsque vos belles mains lui versaient du vin de Chiraz, vous souvenez-vous d'avoir vu un merle qui voltigeait dans la chambre ? – Vraiment oui, vous m'en rappelez la mémoire[1] ; je n'y avais pas fait d'attention ; mais, en recueillant mes idées, je me souviens très bien qu'au moment que le roi d'Égypte se leva de table pour me donner un baiser, le merle s'envola par la fenêtre en jetant un grand cri, et ne reparut plus.

– Hélas ! madame, reprit la mère d'Amazan, voilà ce qui fait précisément le sujet de nos malheurs ; mon fils avait envoyé ce merle s'informer de l'état de votre santé et de tout ce qui se passait à Babylone ; il comptait revenir bientôt se mettre à vos pieds et vous consacrer sa vie. Vous ne savez pas à quel excès[2] il vous adore. Tous les Gangarides sont amoureux et fidèles ; mais mon fils est le plus passionné et le plus constant de tous. Le merle vous rencontra dans un cabaret ; vous buviez très gaiement avec le roi d'Égypte et un vilain prêtre ; il vous vit enfin donner un tendre baiser à ce monarque, qui avait tué le phénix, et pour qui mon fils conserve une horreur invincible.

1. *Vous m'en rappelez la mémoire :* vous m'en rappelez le souvenir. \ **2.** *À quel excès :* avec quelle démesure.

Le merle à cette vue fut saisi d'une juste indignation ; il s'envola en maudissant vos funestes[1] amours ; il est revenu aujourd'hui, il a tout conté ; mais dans quels moments, juste ciel ! dans le temps où mon fils pleurait avec moi la mort de son père et celle du phénix ; dans le temps qu'il apprenait de moi qu'il est votre cousin issu de germain !

– Ô ciel ! mon cousin ! madame, est-il possible ? par quelle aventure ? Comment ? quoi ! je serais heureuse à ce point ! et je serais en même temps assez infortunée pour l'avoir offensé !

– Mon fils est votre cousin, vous dis-je, reprit la mère, et je vais bientôt vous en donner la preuve ; mais en devenant ma parente vous m'arrachez mon fils ; il ne pourra survivre à la douleur que lui a causé votre baiser donné au roi d'Égypte.

– Ah ! ma tante, s'écria la belle Formosante, je jure par lui et par le puissant Orosmade que ce baiser funeste, loin d'être criminel, était la plus forte preuve d'amour que je pusse donner à votre fils. Je désobéissais à mon père pour lui. J'allais pour lui de l'Euphrate au Gange. Tombée entre les mains de l'indigne pharaon d'Égypte, je ne pouvais lui échapper qu'en le trompant. J'en atteste les cendres et l'âme du phénix, qui étaient alors dans ma poche ; il peut me rendre justice ; mais comment votre fils, né sur les bords du Gange, peut-il être mon cousin, moi dont la famille règne sur les bords de l'Euphrate depuis tant de siècles ?

– Vous savez, lui dit la vénérable Gangaride, que votre grand-oncle Aldée était roi de Babylone, et qu'il fut détrôné par le père de Bélus. – Oui, madame. – Vous savez que son fils Aldée avait eu de son mariage la princesse Aldée, élevée dans votre cour. C'est ce prince, qui, étant persécuté par votre père, vint se réfugier dans notre heureuse contrée, sous un autre nom, c'est lui qui m'épousa ; j'en ai eu le prince Aldée-Amazan, le plus beau, le plus fort, le plus courageux, le plus vertueux des

1. *Funestes* : maudites, qui portent malheur.

mortels, et aujourd'hui le plus fou. Il alla aux fêtes de Babylone sur la réputation de votre beauté : depuis ce temps-là il vous idolâtre, et peut-être je ne reverrai jamais mon cher fils. »

Alors elle fit déployer devant la princesse tous les titres de la maison des Aldées ; à peine Formosante daigna les regarder. « Ah ! madame, s'écria-t-elle, examine-t-on ce qu'on désire ? Mon cœur vous en croit assez. Mais où est Aldée-Amazan ? où est mon parent, mon amant, mon roi ? où est ma vie ? quel chemin a-t-il pris ? J'irais le chercher dans tous les globes que l'Éternel a formés, et dont il est le plus bel ornement. J'irais dans l'étoile Canope, dans Sheat, dans Aldébaran[1] ; j'irai le convaincre de mon amour et de mon innocence. »

Le phénix justifia[2] la princesse du crime que lui imputait le merle d'avoir donné par amour un baiser au roi d'Égypte ; mais il fallait détromper Amazan et le ramener. Il envoie des oiseaux sur tous les chemins ; il met en campagne les licornes : on lui rapporte enfin qu'Amazan a pris la route de la Chine. « Eh bien ! allons à la Chine[3], s'écria la princesse ; le voyage n'est pas long ; j'espère bien vous ramener votre fils dans quinze jours au plus tard. » À ces mots, que de larmes de tendresse versèrent la mère gangaride et la princesse de Babylone ! que d'embrassements ! que d'effusion de cœur !

Le phénix commanda sur-le-champ un carrosse à six licornes. La mère fournit deux cents cavaliers, et fit présent à la princesse, sa nièce, de quelques milliers des plus beaux diamants du pays. Le phénix, affligé du mal que l'indiscrétion du merle avait causé, fit ordonner à tous les merles de vider le pays ; et c'est depuis ce temps qu'il ne s'en trouve plus sur les bords du Gange.

1. *Canope, Sheat, Aldébaran :* noms d'étoiles. \ **2.** *Justifia :* dans cette phrase, sens fort de « disculpa ». \ **3.** *À la Chine :* cet emploi de « à la » devant un nom de lieu féminin singulier est typique de la langue classique et reste en usage tout le XIXe siècle.

V

Les licornes, en moins de huit jours, amenèrent Formosante, Irla, et le phénix, à Cambalu[1], capitale de la Chine. C'était une ville plus grande que Babylone, et d'une espèce de magnificence toute différente[2]. Ces nouveaux objets, ces mœurs nouvelles, auraient amusé Formosante si elle avait pu être occupée d'autre chose que d'Amazan.

Dès que l'empereur de la Chine eut appris que la princesse de Babylone était à une porte de la ville, il lui dépêcha quatre mille mandarins[3] en robes de cérémonie; tous se prosternèrent devant elle, et lui présentèrent chacun un compliment écrit en lettres d'or sur une feuille de soie pourpre. Formosante leur dit que si elle avait quatre mille langues, elle ne manquerait pas de répondre sur-le-champ à chaque mandarin; mais que, n'en ayant qu'une, elle les priait de trouver bon qu'elle s'en servît pour les remercier tous en général. Ils la conduisirent respectueusement chez l'empereur.

C'était le monarque de la terre le plus juste, le plus poli, et le plus sage. Ce fut lui qui, le premier, laboura un petit champ de ses mains impériales, pour rendre l'agriculture respectable à son peuple. Il établit, le premier, des prix pour la vertu. Les lois, partout ailleurs, étaient honteusement bornées à punir les crimes. Cet empereur venait de chasser de ses États une troupe de bonzes étrangers qui étaient venus du fond de l'Occident[4], dans l'espoir insensé de forcer toute la Chine à penser comme eux, et qui, sous

1. *Cambalu:* nom donné à Pékin par Marco Polo dans *Le Grand Livre des merveilles.* \ **2.** Voltaire place la civilisation chinoise au-dessus de toute autre pour le motif qu'il expose dans son *Essai sur les mœurs:* « dès que ce peuple écrit, il écrit raisonnablement » (Introduction, XVIII). Dans le passage qui suit, il fait l'éloge de la justice chinoise. \ **3.** *Mandarins:* hauts dignitaires de l'empire chinois. \ **4.** Allusion à l'expulsion des jésuites par l'empereur Young-Chin en 1724.

prétexte d'annoncer des vérités, avaient acquis déjà des richesses et des honneurs. Il leur avait dit, en les chassant, ces propres paroles enregistrées dans les annales de l'empire :

« Vous pourriez faire ici autant de mal que vous en avez fait ailleurs : vous êtes venus prêcher des dogmes[1] d'intolérance chez la nation la plus tolérante de la terre. Je vous renvoie pour n'être jamais forcé de vous punir. Vous serez reconduits honorablement sur mes frontières ; on vous fournira tout pour retourner aux bornes de l'hémisphère dont vous êtes partis. Allez en paix si vous pouvez être en paix, et ne revenez plus[2]. »

La princesse de Babylone apprit avec joie ce jugement et ce discours ; elle en était plus sûre d'être bien reçue à la cour, puisqu'elle était très éloignée d'avoir des dogmes intolérants. L'empereur de la Chine, en dînant avec elle tête à tête, eut la politesse de bannir l'embarras de toute étiquette gênante ; elle lui présenta le phénix, qui fut très caressé[3] de l'empereur, et qui se percha sur son fauteuil. Formosante, sur la fin du repas, lui confia ingénument le sujet de son voyage, et le pria de faire chercher dans Cambalu le bel Amazan, dont elle lui conta l'aventure, sans lui rien cacher de la fatale passion dont son cœur était enflammé pour ce jeune héros. « À qui en parlez-vous ? lui dit l'empereur de la Chine ; il m'a fait le plaisir de venir dans ma cour ; il m'a enchanté, cet aimable Amazan : il est vrai qu'il est profondément affligé ; mais ses grâces n'en sont que plus touchantes ; aucun de mes favoris n'a plus d'esprit que lui ; nul mandarin de robe n'a de plus vastes connaissances ; nul mandarin d'épée[4] n'a l'air plus martial et plus héroïque ; son extrême jeunesse donne un nouveau prix à tous ses talents ; si j'étais assez

1. *Dogmes :* points de doctrine considérés comme une vérité fondamentale et incontestable. \ **2.** Ces paroles révèlent bien la tolérance selon Voltaire. \ **3.** *Caressé :* auquel on fait des démonstrations de bienveillance, au sens propre comme au sens figuré. \ **4.** Le conteur transpose les deux noblesses françaises, de robe et d'épée, à l'aristocratie chinoise de façon à tout le moins fantaisiste.

malheureux, assez abandonné du Tien et du Changti[1] pour vouloir être conquérant, je prierais Amazan de se mettre à la tête de mes armées, et je serais sûr de triompher de l'univers entier. C'est bien dommage que son chagrin lui dérange quelquefois l'esprit.

– Ah ! monsieur, lui dit Formosante avec un air enflammé et un ton de douleur, de saisissement et de reproche, pourquoi ne m'avez-vous pas fait dîner avec lui ? Vous me faites mourir ; envoyez-le prier tout à l'heure. – Madame il est parti ce matin, et il n'a point dit dans quelle contrée il portait ses pas. » Formosante se tourna vers le phénix : « Eh bien, dit-elle, phénix, avez-vous jamais vu une fille plus malheureuse que moi ? Mais, monsieur, continua-t-elle, comment, pourquoi a-t-il pu quitter si brusquement une cour aussi polie que la vôtre, et dans laquelle il me semble qu'on voudrait passer sa vie ?

– Voici, madame, ce qui est arrivé. Une princesse du sang[2], des plus aimables, s'est éprise de passion pour lui, et lui a donné un rendez-vous chez elle à midi ; il est parti au point du jour, et il a laissé ce billet, qui a coûté bien des larmes à ma parente.

« Belle princesse du sang de la Chine, vous méritez un cœur qui n'ait jamais été qu'à vous ; j'ai juré aux dieux immortels de n'aimer jamais que Formosante, princesse de Babylone, et de lui apprendre comment on peut dompter ses désirs dans ses voyages ; elle a eu le malheur de succomber avec un indigne roi d'Égypte : je suis le plus malheureux des hommes ; j'ai perdu mon père et le phénix, et l'espérance d'être aimé de Formosante ; j'ai quitté ma mère affligée, ma patrie, ne pouvant vivre un moment dans les lieux où j'ai appris que Formosante en aimait

1. *Tien :* principe de toute chose ; *Changti :* dieu de l'univers. Le sens à donner à ces deux mots avait été l'objet de querelles virulentes entre missionnaires et jésuites. \ **2.** *Une princesse du sang :* une proche parente du roi, comme le confirme plus bas le mot « parente » dans la bouche de l'empereur.

un autre que moi ; j'ai juré de parcourir la terre et d'être fidèle. Vous me mépriseriez, et les dieux me puniraient, si je violais mon serment ; prenez un amant[1], madame[2], et soyez aussi fidèle que moi. »

– Ah ! laissez-moi cette étonnante lettre, dit la belle Formosante, elle fera ma consolation ; je suis heureuse dans mon infortune ; Amazan m'aime ; Amazan renonce pour moi à la possession des princesses de la Chine ; il n'y a que lui sur la terre capable de remporter une telle victoire ; il me donne un grand exemple ; le phénix sait que je n'en avais pas besoin ; il est bien cruel d'être privée de son amant pour le plus innocent des baisers donné par pure fidélité. Mais enfin où est-il allé ? quel chemin a-t-il pris ? daignez me l'enseigner, et je pars. »

L'empereur de la Chine lui répondit qu'il croyait, sur les rapports qu'on lui avait faits, que son amant avait suivi une route qui menait en Scythie. Aussitôt les licornes furent attelées, et la princesse, après les plus tendres compliments, prit congé de l'empereur avec le phénix, la femme de chambre Irla et toute sa suite.

Dès qu'elle fut en Scythie, elle vit plus que jamais combien les hommes et les gouvernements diffèrent, et différeront toujours jusqu'au temps où quelque peuple plus éclairé que les autres communiquera la lumière de proche en proche après mille siècles de ténèbres, et qu'il se trouvera dans des climats barbares des âmes héroïques qui auront la force et la persévérance de changer les brutes en hommes. Point de villes en Scythie, par conséquent point d'arts[3] agréables. On ne voyait que de vastes prairies et des nations entières sous des tentes et sur des chars. Cet aspect imprimait la terreur.

1. *Amant :* comprendre le mot dans son sens de l'époque de soupirant, d'amoureux, sans aucune connotation charnelle. \ **2.** *Madame :* marque de respect donnée à une dame de haut rang, mariée ou non. \ **3.** *Arts :* ici, sens très général pour désigner toutes les productions humaines, manufacturières ou artisanales.

Formosante demanda dans quelle tente ou dans quelle charrette logeait le roi. On lui dit que depuis huit jours il s'était mis en marche à la tête de trois cent mille hommes de cavalerie pour aller à la rencontre du roi de Babylone, dont il avait enlevé la nièce, la belle princesse Aldée. « Il a enlevé ma cousine ! s'écria Formosante ; je ne m'attendais pas à cette nouvelle aventure. Quoi ! ma cousine, qui était trop heureuse de me faire la cour, est devenue reine, et je ne suis pas encore mariée. » Elle se fit conduire incontinent aux tentes de la reine.

Leur réunion inespérée dans ces climats lointains, les choses singulières qu'elles avaient mutuellement à s'apprendre, mirent dans leur entrevue un charme qui leur fit oublier qu'elles ne s'étaient jamais aimées ; elles se revirent avec transport ; une douce illusion se mit à la place de la vraie tendresse ; elles s'embrassèrent en pleurant, et il y eut même entre elles de la cordialité et de la franchise, attendu que l'entrevue ne se faisait pas dans un palais.

Aldée reconnut le phénix et la confidente Irla ; elle donna des fourrures de zibeline[1] à sa cousine, qui lui donna des diamants. On parla de la guerre que les deux rois entreprenaient ; on déplora la condition des hommes, que des monarques envoient par fantaisie s'égorger pour des différends que deux honnêtes gens pourraient concilier en une heure[2] ; mais surtout on s'entretint du bel étranger vainqueur des lions, donneur des plus gros diamants de l'univers, faiseur de madrigaux, possesseur du phénix, devenu le plus malheureux des hommes sur le rapport d'un merle. « C'est mon cher frère, disait Aldée. – C'est mon amant ! s'écriait Formosante ; vous l'avez vu sans doute, il est peut-être encore ici ; car, ma cousine, il sait qu'il est votre frère ;

1. *Zibeline :* petit mammifère du genre de la martre dont la fourrure est particulièrement précieuse. \ **2.** Voltaire dénonce l'inutilité et l'horreur de la guerre ; c'est un thème constant dans ses contes.

il ne vous aura pas quittée brusquement comme il a quitté le roi de la Chine.

– Si je l'ai vu, grands dieux! reprit Aldée; il a passé quatre jours entiers avec moi. Ah! ma cousine, que mon frère est à plaindre! Un faux rapport l'a rendu absolument fou; il court le monde sans savoir où il va. Figurez-vous qu'il a poussé la démence jusqu'à refuser les faveurs de la plus belle scythe de toute la Scythie. Il partit hier après lui avoir écrit une lettre dont elle a été désespérée. Pour lui, il est allé chez les Cimmériens[1].
– Dieu soit loué! s'écria Formosante; encore un refus en ma faveur! mon bonheur a passé mon espoir[2], comme mon malheur a surpassé toutes mes craintes. Faites-moi donner cette lettre charmante, que je parte, que je le suive, les mains pleines de ses sacrifices; Adieu, ma cousine; Amazan est chez les Cimmériens: j'y vole. »

Aldée trouva que la princesse sa cousine était encore plus folle que son frère Amazan. Mais comme elle avait senti elle-même les atteintes de cette épidémie, comme elle avait quitté les délices et la magnificence de Babylone pour le roi des Scythes, comme les femmes s'intéressent toujours aux folies dont l'amour est cause, elle s'attendrit véritablement pour Formosante, lui souhaita un heureux voyage, et lui promit de servir sa passion si jamais elle était assez heureuse pour revoir son frère.

1. *Cimmériens :* historiquement, ce sont des nomades venus du nord de la mer Noire, mais ici le nom désigne en fait la Russie de Catherine II, à laquelle Voltaire rend hommage pour son action civilisatrice. \ **2.** *Mon bonheur a passé mon espoir :* mon bonheur a dépassé mon espoir.

VI

Bientôt la princesse de Babylone et le phénix arrivèrent dans l'empire des Cimmériens, bien moins peuplé, à la vérité, que la Chine, mais deux fois plus étendu ; autrefois semblable à la Scythie, et devenu depuis quelque temps aussi florissant que les royaumes qui se vantaient d'instruire les autres États.

Après quelques jours de marche on entra dans une très grande ville que l'impératrice régnante faisait embellir[1] ; mais elle n'y était pas : elle voyageait alors des frontières de l'Europe à celles de l'Asie pour connaître ses États par ses yeux[2], pour juger des maux et porter les remèdes, pour accroître les avantages, pour semer l'instruction.

Un des principaux officiers de cette ancienne capitale, instruit de l'arrivée de la Babylonienne et du phénix, s'empressa de rendre ses hommages à la princesse, et de lui faire les honneurs du pays, bien sûr que sa maîtresse, qui était la plus polie et la plus magnifique des reines, lui saurait gré d'avoir reçu une si grande dame avec les mêmes égards qu'elle aurait prodigués elle-même[3].

On logea Formosante au palais, dont on écarta une foule importune de peuple ; on lui donna des fêtes ingénieuses[4]. Le seigneur cimmérien, qui était un grand naturaliste[5], s'entretint

1. On a confirmation dans ce passage que le pays des Cimmériens représente la Russie de Catherine II que Voltaire admire. Il voit en elle une incarnation du « despote éclairé » qui met à profit les idéaux des Lumières. \ **2.** Allusion à l'époque : en 1767, Catherine II, effectivement, voyageait afin de découvrir son empire. \ **3.** Sur ce point, Voltaire va à l'encontre de l'opinion générale qui reprochait à l'impératrice d'avoir pris le pouvoir à la faveur d'un coup d'État et d'avoir fait assassiner son mari, le tsar Pierre III. \ **4.** *Ingénieuses :* littéralement, géniales, qui témoignent de grandes qualités d'invention et de réalisation ; l'adjectif a perdu ce sens avec la langue moderne. \ **5.** *Naturaliste :* scientifique qui étudie la nature et ses règles. Voltaire fait peut-être allusion à Shouvalov qui servait d'intermédiaire pour la correspondance entretenue par Voltaire avec l'impératrice.

beaucoup avec le phénix dans les temps où la princesse était retirée dans son appartement. Le phénix lui avoua qu'il avait autrefois voyagé chez les Cimmériens, et qu'il ne reconnaissait plus le pays. « Comment de si prodigieux changements, disait-il, ont-ils pu être opérés dans un temps si court ? Il n'y a pas trois cents ans que je vis ici la nature sauvage dans toute son horreur ; j'y trouve aujourd'hui les arts, la splendeur, la gloire et la politesse. – Un seul homme[1] a commencé ce grand ouvrage, répondit le Cimmérien ; une femme l'a perfectionné ; une femme a été meilleure législatrice que l'Isis des Égyptiens et la Cérès des Grecs[2]. La plupart des législateurs ont eu un génie étroit et despotique[3] qui a resserré leurs vues dans le pays qu'ils ont gouverné ; chacun a regardé son peuple comme étant seul sur la terre, ou comme devant être l'ennemi du reste de la terre. Ils ont formé des institutions pour ce seul peuple, introduit des usages pour lui seul, établi une religion pour lui seul. C'est ainsi que les Égyptiens, si fameux par des monceaux de pierres, se sont abrutis et déshonorés par leurs superstitions barbares. Ils croient les autres nations profanes, ils ne communiquent point avec elles ; et, excepté la cour, qui s'élève quelquefois au-dessus des préjugés vulgaires, il n'y a pas un Égyptien qui voulût manger dans un plat dont un étranger se serait servi. Leurs prêtres sont cruels et absurdes. Il vaudrait mieux n'avoir point de lois, et n'écouter que la nature, qui a gravé dans nos cœurs les caractères du juste et de l'injuste, que de soumettre la société à des lois si insociables[4].

1. Allusion élogieuse à Pierre le Grand dont le règne se caractérise par une politique de travaux considérables et de modernisation du pays, mais dans une atmosphère de brutalité plus que de tolérance et de justice. \ **2.** *Isis* est la mère universelle dans la religion égyptienne, *Cérès* représente, chez les Romains, la déesse de la terre nourricière et de la fécondité. On remarque que le conteur assimile Catherine II à une divinité : elle maniait, certes, habilement les idées des philosophes et avait préparé un code de lois réformiste et progressiste qu'elle allait soumettre en 1768 aux représentants de son empire. \ **3.** *Despotique :* tyrannique. \ **4.** Voltaire affirme dans ce passage que la morale est inscrite dans la nature humaine elle-même et qu'elle ne saurait dépendre des diverses religions qui en font un usage totalitaire.

« Notre impératrice embrasse des projets entièrement opposés : elle considère son vaste État, sur lequel tous les méridiens viennent se joindre, comme devant correspondre à tous les peuples qui habitent sous ces différents méridiens. La première de ses lois a été la tolérance de toutes les religions [1], et la compassion pour toutes les erreurs. Son puissant génie a connu que si les cultes sont différents, la morale est partout la même ; par ce principe elle a lié sa nation à toutes les nations du monde, et les Cimmériens vont regarder le Scandinavien et le Chinois comme leurs frères. Elle a fait plus : elle a voulu que cette précieuse tolérance, le premier lien des hommes, s'établît chez ses voisins ; ainsi elle a mérité le titre de mère de la patrie, et elle aura celui de bienfaitrice du genre humain, si elle persévère [2].

« Avant elle, des hommes malheureusement puissants envoyaient des troupes de meurtriers ravir à des peuplades inconnues et arroser de leur sang les héritages de leurs pères : on appelait ces assassins des héros ; leur brigandage était de la gloire. Notre souveraine a une autre gloire : elle a fait marcher des armées pour apporter la paix, pour empêcher les hommes de se nuire, pour les forcer à se supporter les uns les autres ; et ses étendards ont été ceux de la concorde publique. »

Le phénix, enchanté de tout ce que lui apprenait ce seigneur, lui dit : « Monsieur, il y a vingt-sept mille neuf cents années et sept mois que je suis au monde ; je n'ai encore rien vu de comparable à ce que vous me faites entendre. » Il lui demanda des nouvelles de son ami Amazan ; le Cimmérien lui conta les mêmes choses qu'on avait dites à la princesse chez les Chinois

1. Catherine II a pris la défense des minorités luthériennes et orthodoxes contre la majorité catholique polonaise. Mais Voltaire oublie que ce fut aussi le prétexte pour imposer l'élection de Stanislas Poniatowski et pour annexer la Pologne en 1772. \ **2.** L'histoire donnera tord à Voltaire car le règne de Catherine II évoluera jusqu'en 1796 vers un despotisme croissant.

et chez les Scythes. Amazan s'enfuyait de toutes les cours qu'il visitait sitôt qu'une dame lui avait donné un rendez-vous auquel il craignait de succomber. Le phénix instruisit bientôt Formosante de cette nouvelle marque de fidélité qu'Amazan lui donnait, fidélité d'autant plus étonnante qu'il ne pouvait pas soupçonner que sa princesse en fût jamais informée.

Il était parti pour la Scandinavie[1]. Ce fut dans ces climats que des spectacles nouveaux frappèrent encore ses yeux. Ici[2] la royauté et la liberté subsistaient ensemble par un accord qui paraît impossible dans d'autres États ; les agriculteurs avaient part à la législation, aussi bien que les grands du royaume ; et un jeune prince donnait les plus grandes espérances d'être digne de commander à une nation libre. Là[3] c'était quelque chose de plus étrange : le seul roi qui fût despotique de droit sur la terre par un contrat formel avec son peuple était en même temps le plus jeune et le plus juste des rois.

Chez les Sarmates[4], Amazan vit un philosophe sur le trône : on pouvait l'appeler *le roi de l'anarchie*[5], car il était le chef de cent mille petits rois dont un seul pouvait d'un mot anéantir les résolutions de tous les autres. Éole[6] n'avait pas plus de peine à contenir tous les vents qui se combattent sans cesse, que ce monarque n'en avait à concilier les esprits : c'était un pilote environné d'un éternel orage ; et cependant le vaisseau ne se brisait pas, car le prince était un excellent pilote.

1. *Scandinavie :* région composée des actuelles Suède et Norvège et du Danemark. \ **2.** *Ici :* renvoie à la Suède où le futur Gustave III devait régner à partir de 1772 en « despote éclairé » et partageait le pouvoir avec le Riksdag (le Sénat). \ **3.** *Là :* renvoie au Danemark où, malgré le pouvoir absolu, Christian VII, roi depuis 1766, travaillait à la liberté civile de tous ses sujets. \ **4.** *Les Sarmates :* nomades de l'Antiquité venus s'installer, au IIIe siècle avant J.-C., au nord du Pont-Euxin, soit sur une partie de la Pologne. \ **5.** Allusion à Stanislas-Auguste Poniatowski, dernier roi de Pologne. Si Voltaire le décrit d'une plume optimiste, les observateurs français voyaient son royaume comme une terre d'anarchie qui était une proie facile pour ses puissants voisins. \ **6.** *Éole :* dans la mythologie grecque, dieu maître des vents qu'il maintient enfermés dans un coffret.

En parcourant tous ces pays si différents de sa patrie, Amazan refusait constamment toutes les bonnes fortunes[1] qui se présentaient à lui, toujours désespéré du baiser que Formosante avait donné au roi d'Égypte, toujours affermi dans son inconcevable résolution de donner à Formosante l'exemple d'une fidélité unique et inébranlable.

La princesse de Babylone avec le phénix le suivait partout à la piste, et ne le manquait jamais que d'un jour ou deux, sans que l'un se lassât de courir, et sans que l'autre perdît un moment à le suivre.

Ils traversèrent ainsi toute la Germanie ; ils admirèrent les progrès que la raison et la philosophie faisaient dans le Nord : tous les princes y étaient instruits, tous autorisaient la liberté de penser ; leur éducation n'avait point été confiée à des hommes qui eussent intérêt de les tromper, ou qui fussent trompés eux-mêmes : on les avait élevés dans la connaissance de la morale universelle, et dans le mépris des superstitions[2] ; on avait banni dans tous ces États un usage insensé, qui énervait[3] et dépeuplait plusieurs pays méridionaux : cette coutume était d'enterrer tout vivants, dans de vastes cachots, un nombre infini des deux sexes éternellement séparés l'un de l'autre, et de leur faire jurer de n'avoir jamais de communication ensemble[4]. Cet excès de démence, accrédité pendant des siècles, avait dévasté la terre autant que les guerres les plus cruelles.

Les princes du Nord avaient à la fin compris que, si on voulait avoir des haras, il ne fallait pas séparer les plus forts chevaux des cavales. Ils avaient détruit aussi des erreurs non moins bizarres

1. *Les bonnes fortunes :* les bonnes occasions, comprises ici dans un sens galant. \ **2.** La Germanie se composait à l'époque de Voltaire d'un grand nombre de principautés. Il fait ici l'éloge de certains souverains : on peut penser à Frédéric II de Prusse, Frédéric-Auguste III de Saxe ou encore Charles-Frédéric de Bade. \ **3.** *Énervait :* à comprendre ici au sens propre de priver de nerf, donc d'énergie. \ **4.** Voltaire critique la vie monastique, notamment les vœux de chasteté et le célibat des prêtres. En ce sens, la fermeture des couvents constitue à ses yeux une marque évidente de tolérance.

et non moins pernicieuses. Enfin les hommes osaient être raisonnables dans ces vastes pays, tandis qu'ailleurs on croyait encore qu'on ne peut les gouverner qu'autant qu'ils sont imbéciles.

VII

Amazan arriva chez les Bataves[1]; son cœur éprouva une douce satisfaction dans son chagrin d'y retrouver quelque faible image du pays des heureux Gangarides : la liberté, l'égalité, la propreté, l'abondance, la tolérance ; mais les dames du pays étaient si froides qu'aucune ne lui fit d'avances comme on lui en avait fait partout ailleurs ; il n'eut pas la peine de résister. S'il avait voulu attaquer ces dames, il les aurait toutes subjuguées l'une après l'autre, sans être aimé d'aucune ; mais il était bien éloigné de songer à faire des conquêtes.

Formosante fut sur le point de l'attraper[2] chez cette nation insipide[3] : il ne s'en fallut que d'un moment.

Amazan avait entendu parler chez les Bataves avec tant d'éloges d'une certaine île, nommée Albion[4], qu'il s'était déterminé à s'embarquer, lui et ses licornes, sur un vaisseau qui, par un vent d'orient favorable, l'avait porté en quatre heures au rivage de cette terre plus célèbre que Tyr[5] et que l'île Atlantide[6].

1. *Bataves* : habitants des Pays-Bas, loués par le conteur pour leur tolérance. Ils avaient en effet accordé l'asile aux protestants persécutés. \ **2.** *L'attraper :* le saisir au passage. \ **3.** *Insipide :* ennuyeuse, sans charme. \ **4.** *Albion :* surnom classique de l'Angleterre du fait de la blancheur de ses falaises. \ **5.** *Tyr :* grand port phénicien dans l'Antiquité. \ **6.** *Atlantide :* île fabuleuse de l'Atlantique située au-delà des colonnes d'Hercule. Jadis engloutie, elle a inspiré de nombreux récits légendaires où l'on raconte qu'elle possédait en abondance des métaux fort précieux.

La belle Formosante, qui l'avait suivi au bord de la Duina, de la Vistule, de l'Elbe, du Véser[1], arrive enfin aux bouches du Rhin, qui portait alors ses eaux rapides dans la mer Germanique.

Elle apprend que son cher amant a vogué aux côtes d'Albion ; elle croit voir son vaisseau ; elle pousse des cris de joie dont toutes les dames bataves furent surprises, n'imaginant pas qu'un jeune homme pût causer tant de joie ; et à l'égard du phénix, elles n'en firent pas grand cas, parce qu'elles jugèrent que ses plumes ne pourraient probablement se vendre aussi bien que celles des canards et des oisons de leurs marais. La princesse de Babylone loua ou nolisa[2] deux vaisseaux pour la transporter avec tout son monde dans cette bienheureuse île, qui allait posséder l'unique objet de tous ses désirs, l'âme de sa vie, le dieu de son cœur.

Un vent funeste d'occident s'éleva tout à coup dans le moment même où le fidèle et malheureux Amazan mettait pied à terre en Albion : les vaisseaux de la princesse de Babylone ne purent démarrer[3]. Un serrement de cœur, une douleur amère, une mélancolie profonde, saisirent Formosante : elle se mit au lit, dans sa douleur, en attendant que le vent changeât ; mais il souffla huit jours entiers avec une violence désespérante. La princesse, pendant ce siècle de huit jours, se faisait lire par Irla des romans : ce n'est pas que les Bataves en sussent faire ; mais comme ils étaient les facteurs[4] de l'univers, ils vendaient l'esprit des autres nations[5], ainsi que leurs denrées. La princesse fit acheter chez Marc-Michel Rey[6]

1. *Duina, Vistule, Elbe, Véser :* grands fleuves européens. \ **2.** *Noliser :* terme de marine, synonyme d'affréter, soit prendre un navire en location. \ **3.** *Démarrer :* il faut prendre le verbe dans son sens littéral de rompre ses amarres. \ **4.** *Facteurs :* terme de négoce qui désigne des personnes faisant commerce pour le compte d'autres personnes. \ **5.** Allusion à l'actualité : les Pays-Bas impriment un grand nombre d'ouvrages interdits par la censure en France. \ **6.** *Marc-Michel Rey :* libraire d'Amsterdam, connu pour éditer Rousseau et des textes anticatholiques.

tous les contes que l'on avait écrits chez les Ausoniens[1] et chez les Velches[2], et dont le débit était défendu[3] sagement chez ces peuples pour enrichir les Bataves; elle espérait qu'elle trouverait dans ces histoires quelque aventure qui ressemblerait à la sienne, et qui charmerait sa douleur. Irla lisait, le phénix disait son avis, et la princesse ne trouvait rien dans *La Paysanne parvenue*, ni dans *Le Sopha*, ni dans *Les Quatre Facardins*[4], qui eût le moindre rapport à ses aventures; elle interrompait à tout moment la lecture pour demander de quel côté venait le vent.

VIII

Cependant Amazan était déjà sur le chemin de la capitale d'Albion, dans son carrosse à six licornes, et rêvait à sa princesse. Il aperçut un équipage versé dans un fossé; les domestiques s'étaient écartés pour aller chercher du secours; le maître de l'équipage restait tranquillement dans sa voiture, ne témoignant pas la plus légère impatience, et s'amusant à fumer, car on fumait alors: il se nommait milord *What-then*, ce qui signifie à peu près milord *Qu'importe* en la langue dans laquelle je traduis ces mémoires.

1. *Ausoniens:* habitants de la moyenne et de la basse Italie avant son peuplement par les Latins; c'est une manière détournée de désigner ironiquement les Italiens. \ **2.** *Velches:* en germanique, le mot *Welch* désignait les Gaulois avec un sens négatif marqué. Voltaire le reprend pour se moquer des Français et insister sur leur ignorance et leur balourdise. \ **3.** *Dont le débit était défendu:* dont la vente était interdite. \ **4.** Ces trois ouvrages sont de Mouhy (1735, suite audacieuse du *Paysan parvenu* de Marivaux), de Crébillon (*Tansaï*, sorte de fantaisie japonaise publiée en 1734, le *Sopha*, conte oriental de 1740) et enfin de Hamilton (1730).

Amazan se précipita pour lui rendre service ; il releva tout seul la voiture, tant sa force était supérieure à celle des autres hommes. Milord Qu'importe se contenta de dire : « Voilà un homme bien vigoureux. » Des rustres du voisinage, étant accourus, se mirent en colère de ce qu'on les avait fait venir inutilement, et s'en prirent à l'étranger : ils le menacèrent en l'appelant *chien d'étranger*, et ils voulurent le battre.

Amazan en saisit deux de chaque main, et les jeta à vingt pas ; les autres le respectèrent, le saluèrent, lui demandèrent pour boire : il leur donna plus d'argent qu'ils n'en avaient jamais vu. Milord Qu'importe lui dit : « Je vous estime ; venez dîner avec moi dans ma maison de campagne, qui n'est qu'à trois milles » ; il monta dans la voiture d'Amazan, parce que la sienne était dérangée par la secousse.

Après un quart d'heure de silence, il regarda un moment Amazan, et lui dit : *How dye do* ; à la lettre : *Comment faites-vous faire ?* et dans la langue du traducteur : *Comment vous portez-vous ?* ce qui ne veut rien dire du tout en aucune langue ; puis il ajouta : « Vous avez là six jolies licornes » ; et il se remit à fumer.

Le voyageur lui dit que ses licornes étaient à son service ; qu'il venait avec elles du pays des Gangarides ; et il en prit occasion de lui parler de la princesse de Babylone, et du fatal baiser qu'elle avait donné au roi d'Égypte ; à quoi l'autre ne répliqua rien du tout, se souciant très peu qu'il y eût dans le monde un roi d'Égypte et une princesse de Babylone. Il fut encore un quart d'heure sans parler ; après quoi il redemanda à son compagnon *comment il faisait faire*, et si on mangeait du bon *roastbeef* dans le pays des Gangarides. Le voyageur lui répondit avec sa politesse ordinaire qu'on ne mangeait point ses frères sur les bords du Gange. Il lui expliqua le système qui fut, après tant de siècles, celui de Pythagore, de Porphyre, de

Iamblique[1]. Sur quoi milord s'endormit, et ne fit qu'un somme jusqu'à ce qu'on fût arrivé à sa maison.

Il avait une femme jeune et charmante, à qui la nature avait donné une âme aussi vive et aussi sensible que celle de son mari était indifférente. Plusieurs seigneurs albioniens étaient venus ce jour-là dîner avec elle. Il y avait des caractères de toutes les espèces: car le pays n'ayant presque jamais été gouverné que par des étrangers[2], les familles venues avec ces princes avaient toutes apporté des mœurs différentes. Il se trouva dans la compagnie des gens très aimables, d'autres d'un esprit supérieur, quelques-uns d'une science profonde.

La maîtresse de la maison n'avait rien de cet air emprunté et gauche, de cette roideur, de cette mauvaise honte qu'on reprochait alors aux jeunes femmes d'Albion; elle ne cachait point, par un maintien dédaigneux et par un silence affecté, la stérilité de ses idées et l'embarras humiliant de n'avoir rien à dire: nulle femme n'était plus engageante. Elle reçut Amazan avec la politesse et les grâces qui lui étaient naturelles. L'extrême beauté de ce jeune étranger, et la comparaison soudaine qu'elle fit entre lui et son mari, la frappèrent d'abord[3] sensiblement.

On servit. Elle fit asseoir Amazan à côté d'elle, et lui fit manger des poudings de toute espèce, ayant su de lui que les Gangarides ne se nourrissaient de rien qui eût reçu des dieux le don céleste de la vie. Sa beauté, sa force, les mœurs des Gangarides, les progrès des arts, la religion et le gouvernement, furent le sujet d'une conversation aussi agréable qu'instructive pendant le repas, qui dura jusqu'à la nuit, et pendant lequel milord Qu'importe but beaucoup et ne dit mot.

1. Bien qu'appartenant à des époques fort lointaines les unes des autres, Pythagore (VIe avant J.-C.), Porphyre et Iamblique (IIe et IVe siècles de notre ère) ont un point commun: ils étaient tous trois végétariens car ils croyaient en la réincarnation de l'âme humaine dans des animaux. \ **2.** Allusion à la dynastie de Hanovre. \ **3.** *D'abord:* dans la langue classique dès l'abord, immédiatement.

Après le dîner, pendant que milady versait du thé et qu'elle dévorait des yeux le jeune homme, il s'entretenait avec un membre du parlement : car chacun sait que dès lors il y avait un parlement, et qu'il s'appelait *wittenage-moth*[1], ce qui signifie *l'assemblée des gens d'esprit*. Amazan s'informait de la constitution, des mœurs, des lois, des forces, des usages, des arts, qui rendaient ce pays si recommandable[2] ; et ce seigneur lui parlait en ces termes :

« Nous avons longtemps marché tout nus, quoique le climat ne soit pas chaud. Nous avons été longtemps traités en esclaves par des gens venus de l'antique terre de Saturne[3], arrosée des eaux du Tibre ; mais nous nous sommes fait nous-mêmes beaucoup plus de maux que nous n'en avions essuyé de nos premiers vainqueurs. Un de nos rois[4] poussa la bassesse jusqu'à se déclarer sujet d'un prêtre qui demeurait aussi sur les bords du Tibre, et qu'on appelait *le Vieux des sept montagnes*[5] : tant la destinée de ces sept montagnes a été longtemps de dominer sur une grande partie de l'Europe habitée alors par des brutes[6] !

« Après ces temps d'avilissement sont venus des siècles de férocité et d'anarchie. Notre terre, plus orageuse que les

1. Le *Witte-Gemet* ou *Wite-Nagemot* était une sorte de conseils de sages qui assistait les rois saxons avant la conquête normande. \ **2.** L'éloge de l'Angleterre est un thème fréquent chez Voltaire tant pour son gouvernement que pour sa réussite commerciale et scientifique.\ **3.** *Saturne :* très ancienne divinité de la mythologie romaine que l'on peut assimiler à Chronos chez les Grecs. Chassé du ciel par Jupiter, Saturne se réfugia dans le Latium où il fit fleurir la paix et l'abondance : ce fut alors l'Âge d'or. À travers lui, le seigneur anglais évoque les Romains venus conquérir l'Angleterre sous le règne de Claude (43 de notre ère). \ **4.** Allusion à Jean sans Terre (1167-1217) qui dût se reconnaître vassal du pape. \ **5.** Périphrase pour désigner le pape, en référence aux sept collines de Rome. Il est probable que Voltaire songe aussi au *Vieux de la Montagne*, nom donné par les croisés au chef des Ismaïliens, une secte arabe dont les membres, appelés également « buveurs de haschich », étaient employés comme tueurs à gage quand ils étaient sous l'emprise de la drogue. La périphrase serait alors dévalorisante. \ **6.** *Brutes :* le mot est particulièrement fort et évoque l'animalité et la sauvagerie des peuples primitifs dans ce qu'ils ont de plus éloigné avec l'humanité.

mers qui l'environnent, a été saccagée et ensanglantée par nos discordes. Plusieurs têtes couronnées ont péri par le dernier supplice. Plus de cent princes du sang des rois ont fini leurs jours sur l'échafaud ; on a arraché le cœur de tous leurs adhérents [1], et on en a battu leurs joues. C'était au bourreau qu'il appartenait d'écrire l'histoire de notre île, puisque c'était lui qui avait terminé toutes les grandes affaires [2].

« Il n'y a pas longtemps que, pour comble d'horreur, quelques personnes portant un manteau noir, et d'autres qui mettaient une chemise blanche par-dessus leur jaquette, ayant été mordues par des chiens enragés communiquèrent la rage à la nation entière. Tous les citoyens furent ou meurtriers ou égorgés, ou bourreaux ou suppliciés, ou déprédateurs ou esclaves, au nom du ciel et en cherchant le Seigneur [3].

« Qui croirait que de cet abîme épouvantable, de ce chaos de dissensions, d'atrocités, d'ignorance et de fanatisme, il est enfin résulté le plus parfait gouvernement peut-être qui soit aujourd'hui dans le monde ? Un roi honoré et riche, tout-puissant pour faire le bien, impuissant pour faire le mal, est à la tête d'une nation libre, guerrière, commerçante et éclairée. Les grands d'un côté, et les représentants de la ville de l'autre, partagent la législation avec le monarque.

« On avait vu, par une fatalité singulière, le désordre, les guerres civiles, l'anarchie et la pauvreté, désoler le pays quand les rois affectaient [4] le pouvoir arbitraire [5]. La tranquillité, la richesse, la félicité publique, n'ont régné chez nous que quand

1. Le seigneur anglais évoque les partisans du prince Charles Edouard Stuart qui furent ainsi traités après leur défaite contre les protestants à Culloden en 1746. C'est l'occasion pour Voltaire de dénoncer les horreurs engendrées par le fanatisme religieux. \ **2.** Ces *« affaires »* s'étendent au moins du règne de Henri VIII (début du XVIe siècle) aux événements évoqués dans la note précédente. \ **3.** Allusion à la guerre civile qui opposa sous le règne de Charles Ier (1600-1649) les puritains au manteau noir aux anglicans en chemise blanche. On l'appelle aussi « guerre entre les Cavaliers et les Têtes rondes ». \ **4.** *Affectaient :* recherchaient. \ **5.** *Le pouvoir arbitraire :* le pouvoir absolu, tyrannique.

les rois ont reconnu qu'ils n'étaient pas absolus. Tout était subverti[1] quand on disputait sur des choses inintelligibles[2]; tout a été dans l'ordre quand on les a méprisées. Nos flottes victorieuses portent notre gloire sur toutes les mers; et les lois mettent en sûreté nos fortunes: jamais un juge ne peut les expliquer arbitrairement; jamais on ne rend un arrêt qui ne soit motivé. Nous punirions comme des assassins des juges qui oseraient envoyer à la mort un citoyen sans manifester les témoignages qui l'accusent et la loi qui le condamne.

« Il est vrai qu'il y a toujours chez nous deux partis qui se combattent avec la plume et avec des intrigues; mais aussi ils se réunissent toujours quand il s'agit de prendre les armes pour défendre la patrie et la liberté. Ces deux partis veillent l'un sur l'autre; ils s'empêchent mutuellement de violer le dépôt sacré des lois; ils se haïssent, mais ils aiment l'État: ce sont des amants jaloux qui servent à l'envi la même maîtresse.

« Du même fonds d'esprit qui nous a fait connaître et soutenir les droits de la nature humaine nous avons porté les sciences au plus haut point où elles puissent parvenir chez les hommes. Vos Égyptiens, qui passent pour de si grands mécaniciens; vos Indiens, qu'on croit de si grands philosophes; vos Babyloniens, qui se vantent d'avoir observé les astres pendant quatre cent trente mille années; les Grecs, qui ont écrit tant de phrases et si peu de choses[3], ne savent précisément rien en comparaison de nos moindres écoliers, qui ont étudié les découvertes de nos grands maîtres. Nous avons arraché plus de secrets à la nature dans l'espace de cent années que le genre humain n'en avait découvert dans la multitude des siècles.

1. *Subverti:* bouleversé. \ **2.** Il s'agit peut-être d'une pointe contre la métaphysique que Voltaire rejetait absolument. \ **3.** Cette pointe ne saurait se comprendre qu'à l'encontre des textes métaphysiques de Platon car Voltaire admirait les Grecs.

« Voilà au vrai l'état où nous sommes. Je ne vous ai caché ni le bien, ni le mal, ni nos opprobres[1], ni notre gloire ; et je n'ai rien exagéré. »

Amazan, à ce discours, se sentit pénétré du désir de s'instruire dans ces sciences sublimes dont on lui parlait ; et si sa passion pour la princesse de Babylone, son respect filial pour sa mère, qu'il avait quittée, et l'amour de sa patrie, n'eussent fortement parlé à son cœur déchiré, il aurait voulu passer sa vie dans l'île d'Albion ; mais ce malheureux baiser donné par sa princesse au roi d'Égypte ne lui laissait pas assez de liberté dans l'esprit pour étudier les hautes sciences.

« Je vous avoue, dit-il, que m'ayant imposé la loi de courir le monde et de m'éviter moi-même, je serais curieux de voir cette antique terre de Saturne, ce peuple du Tibre et des sept montagnes à qui vous avez obéi autrefois ; il faut, sans doute, que ce soit le premier peuple de la terre. – Je vous conseille de faire ce voyage, lui répondit l'Albionien, pour peu que vous aimiez la musique et la peinture. Nous allons très souvent nous-mêmes porter quelquefois notre ennui[2] vers les sept montagnes. Mais vous serez bien étonné en voyant les descendants de nos vainqueurs. »

Cette conversation fut longue. Quoique le bel Amazan eût la cervelle un peu attaquée, il parlait avec tant d'agréments, sa voix était si touchante, son maintien si noble et si doux, que la maîtresse de la maison ne put s'empêcher de l'entretenir à son tour tête à tête. Elle lui serra tendrement la main en lui parlant, et en le regardant avec des yeux humides et étincelants qui portaient les désirs dans tous les ressorts de la vie. Elle le retint à souper et à coucher. Chaque instant, chaque parole, chaque regard, enflammèrent sa passion. Dès que tout le monde fut

1. *Opprobres :* déshonneurs, hontes, ignominies. \ **2.** On a ici une représentation traditionnelle du flegme et de la langueur britanniques, qui évolueront au XIXe siècle en *spleen*.

retiré, elle lui écrivit un petit billet, ne doutant pas qu'il ne vînt lui faire la cour dans son lit, tandis que milord Qu'importe dormait dans le sien. Amazan eut encore le courage de résister: tant un grain de folie produit d'effets miraculeux dans une âme forte et profondément blessée.

Amazan, selon sa coutume, fit à la dame une réponse respectueuse, par laquelle il lui représentait la sainteté de son serment, et l'obligation étroite où il était d'apprendre à la princesse de Babylone à dompter ses passions; après quoi il fit atteler ses licornes, et repartit pour la Batavie, laissant toute la compagnie émerveillée de lui, et la dame du logis désespérée. Dans l'excès de sa douleur, elle laissa traîner la lettre d'Amazan; milord Qu'importe la lut le lendemain matin. « Voilà, dit-il en levant les épaules, de bien plates niaiseries [1] »; et il alla chasser au renard avec quelques ivrognes du voisinage.

Amazan voguait déjà sur la mer, muni d'une carte géographique [2] dont lui avait fait présent le savant Albionien qui s'était entretenu avec lui chez milord Qu'importe. Il voyait avec surprise une grande partie de la terre sur une feuille de papier. Ses yeux et son imagination s'égaraient dans ce petit espace; il regardait le Rhin, le Danube, les Alpes du Tyrol, marqués alors par d'autres noms, et tous les pays par où il devait passer avant d'arriver à la ville des sept montagnes; mais surtout il jetait les yeux sur la contrée des Gangarides, sur Babylone, où il avait vu sa chère princesse, et sur le fatal pays de Bassora [3], où elle avait donné un baiser au roi d'Égypte. Il soupirait, il versait des larmes; mais il convenait que l'Albionien, qui lui avait fait présent de l'univers en raccourci, n'avait pas eu tort en disant qu'on était mille fois plus instruit sur les bords de la Tamise que sur ceux du Nil, de l'Euphrate, et du Gange.

1. *Niaiseries :* bêtises, sottises. \ **2.** Au XVIIIe siècle, la cartographie fait d'immenses progrès. \ **3.** *Bassora :* port de l'actuel Irak.

Comme il retournait en Batavie, Formosante volait vers Albion avec ses deux vaisseaux, qui cinglaient à pleines voiles[1] ; celui d'Amazan et celui de la princesse se croisèrent, se touchèrent presque : les deux amants étaient près l'un de l'autre, et ne pouvaient s'en douter. Ah, s'ils l'avaient su ! Mais l'impérieuse[2] destinée ne le permit pas.

IX

Sitôt qu'Amazan fut débarqué sur le terrain égal et fangeux[3] de la Batavie, il partit comme un éclair pour la ville aux sept montagnes. Il fallut traverser la partie méridionale de la Germanie. De quatre milles en quatre milles on trouvait un prince et une princesse, des filles d'honneur, et des gueux[4]. Il était étonné des coquetteries que ces dames et ces filles d'honneur lui faisaient partout avec la bonne foi germanique, et il n'y répondait que par de modestes refus. Après avoir franchi les Alpes, il s'embarqua sur la mer de Dalmatie[5], et aborda dans une ville qui ne ressemblait à rien du tout de ce qu'il avait vu jusqu'alors. La mer formait les rues, les maisons étaient bâties dans l'eau[6]. Le peu de places publiques qui ornaient cette ville était couvert d'hommes et de femmes qui avaient un double visage, celui que la nature leur avait donné, et une face de carton

1. *Cinglaient :* terme de marine, faisaient voile dans une direction. \ **2.** *Impérieuse :* qui commande d'une façon absolue, autoritaire, tyrannique. \ **3.** *Fangeux :* boueux, vaseux. Aux Pays-Bas, le littoral était à l'origine composé de *polders*, des marais protégés de la mer qui ont été asséchés par la suite. \ **4.** *Gueux :* pauvres, miséreux, avec une connotation particulièrement négative. Le conteur raille ainsi l'aristocratie allemande pauvre qui affichait des prétentions nobiliaires ridicules. \ **5.** *Dalmatie :* région de l'ouest des Balkans, le long de la mer Adriatique. \ **6.** Il s'agit de Venise.

mal peint, qu'ils appliquaient par-dessus : en sorte que la nation semblait composée de spectres[1]. Les étrangers qui venaient dans cette contrée commençaient par acheter un visage, comme on se pourvoit ailleurs de bonnets et de souliers. Amazan dédaigna cette mode contre nature ; il se présenta tel qu'il était. Il y avait dans la ville douze mille filles enregistrées dans le grand livre de la république : filles utiles à l'État, chargées du commerce le plus avantageux et le plus agréable qui ait jamais enrichi une nation. Les négociants ordinaires envoyaient à grands frais et à grands risques des étoffes dans l'Orient ; ces belles négociantes faisaient sans aucun risque un trafic toujours renaissant de leurs attraits. Elles vinrent toutes se présenter au bel Amazan, et lui offrir le choix. Il s'enfuit au plus vite en prononçant le nom de l'incomparable princesse de Babylone, et en jurant par les dieux immortels qu'elle était plus belle que toutes les douze mille filles vénitiennes. « Sublime friponne, s'écriait-il dans ses transports, je vous apprendrai à être fidèle ! »

Enfin les ondes jaunes du Tibre, des marais empestés[2], des habitants hâves[3], décharnés et rares[4], couverts de vieux manteaux troués qui laissaient voir leur peau sèche et tannée, se présentèrent à ses yeux, et lui annoncèrent qu'il était à la porte de la ville aux sept montagnes, de cette ville de héros et de législateurs qui avaient conquis et policé[5] une grande partie du globe.

Il s'était imaginé qu'il verrait à la porte triomphale cinq cents bataillons commandés par des héros, et, dans le sénat, une assemblée de demi-dieux, donnant des lois à la terre ; il trouva,

1. Amazan arrive en plein carnaval. \ **2.** *Marais empestés :* ce sont les marais Pontins qui entourent Rome et ne seront asséchés qu'au XXe siècle. \ **3.** *Hâves* : amaigris et pâlis par la faim et la fatigue. \ **4.** *Rares :* le mot ne peut se comprendre si l'on n'y voit pas un latinisme qui évoque une chevelure et une barbe peu fournies et contribue de la sorte à ce tableau de la misère aux portes de Rome. \ **5.** *Policé :* civilisé.

pour toute armée, une trentaine de gredins[1] montant la garde avec un parasol, de peur du soleil. Ayant pénétré jusqu'à un temple qui lui parut très beau, mais moins que celui de Babylone, il fut assez surpris d'y entendre une musique exécutée par des hommes qui avaient des voix de femmes[2].

« Voilà, dit-il, un plaisant pays que cette antique terre de Saturne ! J'ai vu une ville où personne n'avait son visage ; en voici une autre où les hommes n'ont ni leur voix ni leur barbe. » On lui dit que ces chantres[3] n'étaient plus hommes, qu'on les avait dépouillés de leur virilité afin qu'ils chantassent plus agréablement les louanges d'une prodigieuse quantité de gens de mérite. Amazan ne comprit rien à ce discours. Ces messieurs le prièrent de chanter ; il chanta un air gangaride avec sa grâce ordinaire.

Sa voix était une très belle haute-contre[4]. « Ah ! monsignor, lui dirent-ils, quel charmant soprano[5] vous auriez ! Ah ! si… – Comment, si ? Que prétendez-vous dire ? – Ah ! monsignor !… – Eh bien ? – Si vous n'aviez point de barbe ! » Alors ils lui expliquèrent très plaisamment, et avec des gestes fort comiques, selon leur coutume, de quoi il était question. Amazan demeura tout confondu. « J'ai voyagé, dit-il, et jamais je n'ai entendu parler d'une telle fantaisie. »

Lorsqu'on eut bien chanté, le *Vieux des sept montagnes*[6] alla en grand cortège à la porte du temple ; il coupa l'air en quatre avec le pouce élevé, deux doigts étendus et deux autres pliés, en disant ces mots dans une langue qu'on ne parlait plus :

1. *Gredins :* personnes misérables, sans honneur, fripons. Voltaire désigne ici les gardes pontificaux, l'ironie se fait satire virulente. \ **2.** Il s'agit de castrats qui étaient très à la mode au XVIIIe siècle. Voltaire les évoque également dans *Candide*, au cours du chap. XII. \ **3.** *Chantres :* chanteurs spécialisés dans les offices religieux. \ **4.** *Haute-contre :* voix de ténor claire et aiguë, proche de celle du contre-alto. \ **5.** *Soprano :* la plus élevée des voix ; pour un homme, c'est celle des garçons avant la mue que l'on tentait de préserver chez les castrats avec l'opération décrite par le conteur. \ **6.** *Vieux des sept montagnes :* on a ici confirmation de l'hypothèse formulée au chapitre précédent à propos de la périphrase désignant le pape.

À la ville et à l'univers[1]. Le Gangaride ne pouvait comprendre que deux doigts pussent atteindre si loin.

Il vit bientôt défiler toute la cour du maître du monde : elle était composée de graves personnages, les uns en robes rouges, les autres en violet[2] ; presque tous regardaient le bel Amazan en adoucissant les yeux ; ils lui faisaient des révérences, et se disaient l'un à l'autre : *San Martino, che bel ragazzo ! San Pancratio, che bel fanciullo*[3] *!*

Les ardents[4], dont le métier était de montrer aux étrangers les curiosités de la ville, s'empressèrent de lui faire voir des masures[5] où un muletier ne voudrait pas passer la nuit, mais qui avaient été autrefois de dignes monuments de la grandeur d'un peuple roi. Il vit encore des tableaux de deux cents ans, et des statues de plus de vingt siècles, qui lui parurent des chefs-d'œuvre. « Faites-vous encore de pareils ouvrages ?

– Non, Votre Excellence, lui répondit un des ardents ; mais nous méprisons le reste de la terre, parce que nous conservons ces raretés. Nous sommes des espèces de fripiers[6] qui tirons notre gloire des vieux habits qui restent dans nos magasins. »

Amazan voulut voir le palais du prince : on l'y conduisit. Il vit des hommes en violet qui comptaient l'argent des revenus de l'État : tant d'une terre située sur le Danube, tant d'une autre sur la Loire, ou sur le Guadalquivir[7], ou sur la Vistule. « Oh ! oh ! dit Amazan après avoir consulté sa carte de géographie, votre

1. *À la ville et à l'univers : Urbi et orbi*, bénédiction solennelle que le pape donne à la ville de Rome et à la terre entière. Le conteur décrit les gestes rituels de bénédiction. \ **2.** Les cardinaux sont en rouge, les évêques en violet. \ **3.** *San Martino, che bel ragazzo ! San Pancratio, che bel fanciullo ! :* « Quel beau garçon ! Par saint Pancrace, quel bel enfant ! » Voltaire raille, comme il aime à le faire, l'homosexualité des prélats romains. \ **4.** *Les ardents :* membres de la congrégation de Saint-Antoine, qui soignaient les malades atteints du « feu de saint-Antoine », ou « mal des ardents », une maladie infectieuse très douloureuse proche de la gangrène. Ils servaient de guides aux visiteurs étrangers. \ **5.** *Masures :* désignent de façon caricaturale les vestiges romains, ce que confirme la suite du texte. \ **6.** *Fripiers :* marchands qui revendent d'occasion des vêtements et du linge. \ **7.** *Guadalquivir :* fleuve espagnol.

maître possède donc toute l'Europe comme ces anciens héros des sept montagnes ? – Il doit posséder l'univers entier de droit divin, lui répondit un violet ; et même il a été un temps où ses prédécesseurs ont approché de la monarchie universelle[1] ; mais leurs successeurs ont la bonté de se contenter aujourd'hui de quelque argent que les rois leurs sujets leur font payer en forme de tribut[2].

– Votre maître est donc en effet le roi des rois ? C'est donc là son titre ? dit Amazan. – Non, Votre Excellence ; son titre est *serviteur des serviteurs* ; il est originairement poissonnier et portier, et c'est pourquoi les emblèmes de sa dignité sont des clefs et des filets[3] ; mais il donne toujours des ordres à tous les rois. Il n'y a pas longtemps qu'il envoya cent et un commandements à un roi du pays des Celtes, et le roi obéit[4].

– Votre poissonnier, dit Amazan, envoya donc cinq ou six cent mille hommes pour faire exécuter ses cent et une volontés ?

– Point du tout, Votre Excellence ; notre saint maître n'est point assez riche pour soudoyer[5] dix mille soldats ; mais il a quatre à cinq mille prophètes divins distribués dans les autres pays. Ces prophètes de toutes couleurs sont, comme de raison, nourris aux dépens des peuples ; ils annoncent de la part du ciel que mon maître peut avec ses clefs ouvrir et fermer toutes les serrures, et surtout celles des coffres-forts. Un prêtre normand[6], qui avait auprès du roi dont je vous parle la charge de confident de ses pensées, le convainquit qu'il devait obéir sans réplique aux cent et une pensées de mon maître : car il faut que vous

1. Allusion au pape Innocent III qui, au XIIIe siècle, affirma la suprématie du pape sur les rois. \ **2.** *Tribut :* contribution forcée, impôt. \ **3.** *Des clefs et des filets :* successeur de Pierre, le pape a pris pour emblèmes des objets qui rappellent la fonction et le rôle de celui-ci, pêcheur de son état et détenteur des clés du paradis. \ **4.** Allusion à la bulle *Unigenitus* de 1713 par laquelle le pape Clément XI condamnait cent une propositions jansénistes avec l'accord de Louis XIV. \ **5.** *Soudoyer :* payer une solde à des gens de guerre ; le sens n'a rien de négatif dans cet emploi. \ **6.** Allusion au père Michel Le Tellier, souvent évoqué par le conteur, confesseur de Louis XIV.

sachiez qu'une des prérogatives du *Vieux des sept montagnes* est d'avoir toujours raison, soit qu'il daigne parler, soit qu'il daigne écrire[1].

– Parbleu, dit Amazan, voilà un singulier homme ! je serais curieux de dîner avec lui. – Votre Excellence, quand vous seriez roi, vous ne pourriez manger à sa table ; tout ce qu'il pourrait faire pour vous, ce serait de vous en faire servir une à côté de lui plus petite et plus basse que la sienne. Mais, si vous voulez avoir l'honneur de lui parler, je lui demanderai audience pour vous, moyennant la *buona mancia*[2], que vous aurez la bonté de me donner. – Très volontiers », dit le Gangaride. Le violet s'inclina. « Je vous introduirai demain, dit-il ; vous ferez trois génuflexions[3], et vous baiserez les pieds du *Vieux des sept montagnes*. » À ces mots, Amazan fit de si prodigieux éclats de rire qu'il fut près de suffoquer ; il sortit en se tenant les côtés, et rit aux larmes pendant tout le chemin, jusqu'à ce qu'il fût arrivé à son hôtellerie, où il rit encore très longtemps.

À son dîner, il se présenta vingt hommes sans barbe et vingt violons qui lui donnèrent un concert. Il fut courtisé le reste de la journée par les seigneurs les plus importants de la ville : ils lui firent des propositions encore plus étranges que celle de baiser les pieds du *Vieux des sept montagnes*. Comme il était extrêmement poli, il crut d'abord que ces messieurs le prenaient pour une dame, et les avertit de leur méprise avec l'honnêteté la plus circonspecte. Mais, étant pressé un peu vivement par deux ou trois des plus déterminés violets, il les jeta par les fenêtres, sans croire faire un grand sacrifice à la belle Formosante. Il quitta au plus vite cette ville des maîtres du monde, où il fallait baiser

1. Le débat sur le dogme de l'infaillibilité pontificale commence dès cette époque, mais il ne sera proclamé qu'en 1870. \ **2.** *Buona mancia :* pourboire. \ **3.** *Génuflexions :* actions de fléchir les genoux en signe de respect, de soumission et d'adoration.

un vieillard à l'orteil, comme si sa joue était à son pied, et où l'on n'abordait les jeunes gens qu'avec des cérémonies encore plus bizarres[1].

X

De province en province, ayant toujours repoussé les agaceries de toute espèce, toujours fidèle à la princesse de Babylone, toujours en colère contre le roi d'Égypte, ce modèle de constance parvint à la capitale nouvelle des Gaules. Cette ville avait passé, comme tant d'autres, par tous les degrés de la barbarie, de l'ignorance, de la sottise et de la misère. Son premier nom avait été *la boue* et *la crotte*[2] ; ensuite elle avait pris celui d'Isis, du culte d'Isis parvenu jusque chez elle. Son premier sénat avait été une compagnie de bateliers[3]. Elle avait été longtemps esclave des héros déprédateurs[4] des sept montagnes; et, après quelques siècles, d'autres héros brigands, venus de la rive ultérieure du Rhin, s'étaient emparés de son petit terrain[5].

Le temps qui change tout, en avait fait une ville dont la moitié était très noble et très agréable, l'autre un peu grossière et ridicule: c'était l'emblème de ses habitants. Il y avait dans son enceinte environ cent mille personnes au moins qui n'avaient rien à faire qu'à jouer et à se divertir. Ce peuple d'oisifs jugeait

1. Ce passage dénonce à nouveau de façon satirique l'homosexualité des dignitaires de l'Église. \ **2.** *La boue et la crotte:* Voltaire trouve un certain plaisir à dénigrer Paris en adoptant une étymologie fantaisiste (*Lutetia* viendrait de *lutum*, boue et *Parisiis* d'Isis). \ **3.** *Bateliers:* corporation citée par les historiens latins sous Tibère (Ier siècle après J.-C.). \ **4.** *Déprédateurs:* personnes qui commettent des vols et des dégradations. Le conteur désigne, ici, les Romains. \ **5.** Autre moyen de déprécier Paris que d'insister sur les invasions des Romains et des Germains.

des arts que les autres cultivaient. Ils ne savaient rien de ce qui se passait à la cour; quoiqu'elle ne fût qu'à quatre petits milles d'eux, il semblait qu'elle en fût à six cent milles au moins. La douceur de la société, la gaieté, la frivolité, étaient leur importante et leur unique affaire; on les gouvernait comme des enfants à qui l'on prodigue des jouets pour les empêcher de crier. Si on leur parlait des horreurs qui avaient, deux siècles auparavant, désolé leur patrie[1], et des temps épouvantables où la moitié de la nation avait massacré l'autre pour des sophismes[2], ils disaient qu'en effet cela n'était pas bien, et puis ils se mettaient à rire et à chanter des vaudevilles[3].

Plus les oisifs étaient polis, plaisants, et aimables, plus on observait un triste contraste entre eux et des compagnies d'occupés.

Il était, parmi ces occupés, ou qui prétendaient l'être, une troupe de sombres fanatiques, moitié absurdes, moitié fripons, dont le seul aspect contristait la terre[4], et qui l'auraient bouleversée, s'ils l'avaient pu, pour se donner un peu de crédit[5]; mais la nation des oisifs, en dansant et en chantant, les faisait rentrer dans leurs cavernes, comme les oiseaux obligent les chats-huants à se replonger dans les trous des masures.

D'autres occupés, en plus petit nombre, étaient les conservateurs d'anciens usages barbares contre lesquels la nature effrayée réclamait à haute voix[6]; ils ne consultaient que leurs registres rongés des vers. S'ils y voyaient une coutume insensée et horrible, ils la regardaient comme une loi sacrée. C'est par

1. Allusion aux guerres de Religion. \ **2.** *Sophismes:* raisonnements en apparence vrais et rigoureux, mais faux et qui impliquent souvent la mauvaise foi. \ **3.** *Vaudevilles:* chansons populaires à boire ou à thème satirique. \ **4.** Évocation satirique des jansénistes. Dans une lettre à d'Argental du 6 mai 1768, Voltaire reprend la même opposition: « Je suis fâché de voir qu'en France, la moitié de la nation soit frivole et l'autre barbare. Ces barbares sont les jansénistes. » \ **5.** *Se donner du crédit:* se donner de l'autorité, de l'influence. \ **6.** Le terme *« occupés »* désigne cette fois les gens de justice. Le trait est toujours aussi mordant: le conteur laisse entendre que les textes de lois sont dépassés et archaïques.

cette lâche habitude de n'oser penser par eux-mêmes, et de puiser leurs idées dans les débris des temps où l'on ne pensait pas, que, dans la ville des plaisirs, il était encore des mœurs atroces. C'est par cette raison qu'il n'y avait nulle proportion entre les délits et les peines[1]. On faisait quelquefois souffrir mille morts à un innocent pour lui faire avouer un crime qu'il n'avait pas commis[2].

On punissait une étourderie de jeune homme comme on aurait puni un empoisonnement ou un parricide. Les oisifs en poussaient des cris perçants, et le lendemain ils n'y pensaient plus, et ne parlaient que de modes nouvelles.

Ce peuple avait vu s'écouler un siècle entier pendant lequel les beaux-arts s'élevèrent à un degré de perfection qu'on n'aurait jamais osé espérer[3]; les étrangers venaient alors, comme à Babylone, admirer les grands monuments d'architecture, les prodiges des jardins, les sublimes efforts de la sculpture et de la peinture. Ils étaient enchantés d'une musique qui allait à l'âme sans étonner[4] les oreilles.

La vraie poésie, c'est-à-dire celle qui est naturelle et harmonieuse, celle qui parle au cœur autant qu'à l'esprit, ne fut connue de la nation que dans cet heureux siècle. De nouveaux genres d'éloquence déployèrent des beautés sublimes[5]. Les théâtres surtout retentirent de chefs-d'œuvre dont aucun peuple n'approcha jamais. Enfin le bon goût se répandit dans toutes les professions, au point qu'il y eut de bons écrivains même chez les druides[6].

1. Référence à l'ouvrage du juriste italien Beccaria, *Des délits et des peines*, sur lequel Voltaire rédigea un *Commentaire* en 1766. \ **2.** Voltaire songe sans doute à Jean Calas soumis aux tortures, puis au chevalier de La Barre, accusé de sacrilège, dont l'exécution a eu lieu le 1er juillet 1766. \ **3.** Éloge du classicisme, qui sonne en écho au *Siècle de Louis XIV* (1752). \ **4.** *Étonner :* comprendre le mot dans son sens étymologique d'ébranler comme par un coup de tonnerre. \ **5.** Évocation de l'éloquence religieuse de Bossuet, Bourdaloue ou encore Massillon. \ **6.** *Druides :* terme ironique pour désigner les religieux. Voltaire pense ici à Fénelon et au cardinal de Retz.

Tant de lauriers[1], qui avaient levé leurs têtes jusqu'aux nues[2], se séchèrent bientôt dans une terre épuisée. Il n'en resta qu'un très petit nombre dont les feuilles étaient d'un vert pâle et mourant. La décadence fut produite par la facilité de faire et par la paresse de bien faire, par la satiété du beau et par le goût du bizarre. La vanité protégea des artistes qui ramenaient les temps de la barbarie ; et cette même vanité, en persécutant les talents véritables, les força de quitter leur patrie[3] ; les frelons firent disparaître les abeilles[4].

Presque plus de véritables arts, presque plus de génie ; le mérite consistait à raisonner à tort et à travers sur le mérite du siècle passé : le barbouilleur des murs d'un cabaret critiquait savamment les tableaux des grands peintres ; les barbouilleurs[5] de papier défiguraient les ouvrages des grands écrivains. L'ignorance et le mauvais goût avaient d'autres barbouilleurs à leurs gages ; on répétait les mêmes choses dans cent volumes sous des titres différents. Tout était ou dictionnaire ou brochure. Un gazetier[6] druide[7] écrivait deux fois par semaine les annales obscures de quelques énergumènes[8] ignorés de la nation, et de prodiges célestes opérés dans des galetas[9] par de petits gueux et de petites gueuses[10] ; d'autres ex-druides, vêtus de noir[11], prêts

1. *Tant de lauriers :* au sens figuré et métaphorique, les gloires et réussites de l'âge classique. Voltaire vit dans la nostalgie du siècle de Louis XIV. Au XVIIIe siècle, la décadence des lettres et des arts est dénoncée de toutes parts, bien que les raisons soient contradictoires. \ **2.** *Nues :* terme aujourd'hui vieilli et littéraire pour désigner les nuages et donc le ciel. \ **3.** Cette phrase semble s'appliquer à Voltaire lui-même. \ **4.** Allusion à Fréron, critique littéraire (1719-1776), fondateur du journal *L'Année littéraire,* ennemi des encyclopédistes et de Voltaire qui ne cesse de l'attaquer, notamment dans la comédie de l'*Écossaise*, mentionnée au chapitre XI, où il est appelé M. Frelon. \ **5.** *Barbouilleurs :* mauvais peintres donc mauvais écrivains pour les « barbouilleurs de papier ». \ **6.** *Gazetier :* dans la langue classique, personne qui rédige une gazette, écrit périodique contenant des nouvelles. \ **7.** Allusion au journal des *Nouvelles ecclésiastiques,* gazette janséniste et clandestine, qui raconte des miracles survenus chez des personnes proches des jansénistes. \ **8.** *Énergumènes :* dans la langue classique, possédés du démon. \ **9.** *Galetas :* grenier, mansarde et par extension logement misérable. \ **10.** Allusion à l'affaire des convulsionnaires de Saint-Médard en 1729 et 1732 que le conte du *Monde comme il va* évoque aussi. \ **11.** *Ex-druides, vêtus de noir :* les jansénistes qui, bien que condamnés au début du siècle, prêchent encore l'austérité et jouissent de l'impunité.

de mourir de colère et de faim, se plaignaient dans cent écrits qu'on ne leur permît plus de tromper les hommes, et qu'on laissât ce droit à des boucs vêtus de gris[1]. Quelques archi-druides[2] imprimaient des libelles[3] diffamatoires.

Amazan ne savait rien de tout cela ; et, quand il l'aurait su, il ne s'en serait guère embarrassé, n'ayant la tête remplie que de la princesse de Babylone, du roi de l'Égypte, et de son serment inviolable de mépriser toutes les coquetteries des dames, dans quelque pays que le chagrin conduisît ses pas.

Toute la populace légère, ignorante, et toujours poussant à l'excès cette curiosité naturelle au genre humain, s'empressa longtemps autour de ses licornes ; les femmes, plus sensées, forcèrent les portes de son hôtel pour contempler sa personne. Il témoigna d'abord à son hôte quelque désir d'aller à la cour ; mais des oisifs de bonne compagnie, qui se trouvèrent là par hasard, lui dirent que ce n'était plus la mode[4], que les temps étaient bien changés, et qu'il n'y avait plus de plaisirs qu'à la ville. Il fut invité le soir même à souper par une dame dont l'esprit et les talents étaient connus hors de sa patrie[5], et qui avait voyagé dans quelques pays où Amazan avait passé. Il goûta fort cette dame[6] et la société rassemblée chez elle. La liberté y était décente, la gaieté n'y était point bruyante, la science n'y avait rien de rebutant, et l'esprit rien d'apprêté. Il vit que le nom de bonne compagnie n'est pas un vain nom[7], quoiqu'il soit souvent usurpé. Le lendemain il dîna dans une société non moins

1. *Boucs vêtus de gris :* les capucins. \ **2.** *Archi-druides :* évêques. Voltaire déplore dans ce passage l'importance tenue par l'Église dans la vie littéraire : outre les *Nouvelles ecclésiastiques* évoquées note 7, p. 129, il fait allusion à plusieurs évêques ou archevêques qui ont rédigé des textes hostiles aux philosophes et à lui-même. \ **3.** *Libelles :* courts écrits de caractère satirique et diffamatoire. \ **4.** Au XVIIIe siècle, la vie mondaine se déplace effectivement de la cour aux salons parisiens. \ **5.** Allusion à Mme de Geoffrin dont le salon était célèbre dans toute l'Europe et qui avait reçu un accueil triomphal lors de son voyage en Pologne et en Russie en 1766. On lui prêtait comme qualités essentielles bienveillance et pondération. \ **6.** *Goûta fort cette dame :* apprécia sa compagnie. \ **7.** *Un vain nom :* un nom dépourvu de sens.

aimable, mais beaucoup plus voluptueuse. Plus il fut satisfait des convives, plus on fut content de lui. Il sentait son âme s'amollir et se dissoudre comme les aromates de son pays se fondent doucement à feu modéré, et s'exhalent en parfums délicieux.

Après le dîner, on le mena à un spectacle enchanteur, condamné par les druides parce qu'il leur enlevait les auditeurs dont ils étaient les plus jaloux. Ce spectacle était un composé de vers agréables, de chants délicieux, de danses qui exprimaient les mouvements de l'âme, et de perspectives qui charmaient les yeux en les trompant. Ce genre de plaisir, qui rassemblait tant de genres, n'était connu que sous un nom étranger : il s'appelait *Opéra*, ce qui signifiait autrefois dans la langue des sept montagnes *travail, soin, occupation, industrie, entreprise, besogne, affaire*[1]. Cette affaire l'enchanta. Une fille surtout le charma par sa voix mélodieuse et par les grâces qui l'accompagnaient : cette fille d'*affaire*, après le spectacle, lui fut présentée par ses nouveaux amis. Il lui fit présent d'une poignée de diamants. Elle en fut si reconnaissante qu'elle ne put le quitter du reste du jour. Il soupa avec elle, et, pendant le repas, il oublia sa sobriété, et, après le repas, il oublia son serment d'être toujours insensible à la beauté, et inexorable aux tendres coquetteries. Quel exemple de la faiblesse humaine !

La belle princesse de Babylone arrivait alors avec le phénix, sa femme de chambre Irla, et ses deux cents cavaliers gangarides montés sur leurs licornes. Il fallut attendre assez longtemps pour qu'on ouvrît les portes[2]. Elle demanda d'abord si le plus beau des hommes, le plus courageux, le plus spirituel et le plus fidèle, était

1. *Affaire :* le recours au latin permet au conteur de développer un jeu de mot à partir du dernier sens du mot *opera*. En effet, dans la langue classique, « affaire » désignait tout ce qui occupe les soins et la pensée, mais était également utilisé pour signifier relation amoureuse. Plus bas, l'expression « fille d'affaire » appliquée à la chanteuse qui passera la nuit avec Amazan confirme ce double sens. \ **2.** Il s'agit des portes de la ville : Paris était encore à l'époque ceinte de murailles.

encore dans cette ville. Les magistrats[1] virent bien qu'elle voulait parler d'Amazan. Elle se fit conduire à son hôtel ; elle entra, le cœur palpitant d'amour : toute son âme était pénétrée de l'inexprimable joie de revoir enfin dans son amant le modèle de la constance. Rien ne put l'empêcher d'entrer dans sa chambre ; les rideaux étaient ouverts ; elle vit le bel Amazan dormant entre les bras d'une jolie brune. Ils avaient tous deux un très grand besoin de repos.

Formosante jeta un cri de douleur qui retentit dans toute la maison, mais qui ne put éveiller ni son cousin ni la fille d'*affaire*. Elle tomba pâmée entre les bras d'Irla. Dès qu'elle eut repris ses sens, elle sortit de cette chambre fatale avec une douleur mêlée de rage. Irla s'informa qu'elle était cette jeune demoiselle qui passait des heures si douces avec le bel Amazan. On lui dit que c'était une fille d'*affaire* fort complaisante, qui joignait à ses talents celui de chanter avec assez de grâce. « Ô juste ciel, ô puissant Orosmade ! s'écriait la belle princesse de Babylone tout en pleurs, par qui suis-je trahie, et pour qui ! Ainsi donc celui qui a refusé pour moi tant de princesses m'abandonne pour une farceuse des Gaules ! Non, je ne pourrai survivre à cet affront.

– Madame, lui dit Irla, voilà comme sont faits tous les jeunes gens d'un bout du monde à l'autre : fussent-ils amoureux d'une beauté descendue du ciel, ils lui feraient, dans de certains moments, des infidélités pour une servante de cabaret.

– C'en est fait, dit la princesse, je ne le reverrai de ma vie ; partons dans l'instant même, et qu'on attelle mes licornes. » Le phénix la conjura d'attendre au moins qu'Amazan fût éveillé, et qu'il pût lui parler. « Il ne le mérite pas, dit la princesse ; vous m'offenseriez cruellement : il croirait que je vous ai prié de lui faire des reproches, et que je veux me raccommoder avec lui. Si

1. *Magistrats :* fonctionnaires, dans la langue classique ; le mot n'est pas réservé aux emplois de justice.

vous m'aimez, n'ajoutez pas cette injure à l'injure qu'il m'a faite. » Le phénix, qui après tout devait la vie à la fille du roi de Babylone, ne put lui désobéir. Elle repartit avec tout son monde. « Où allons-nous, madame, lui demandait Irla. – Je n'en sais rien, répondait la princesse ; nous prendrons le premier chemin que nous trouverons : pourvu que je fuie Amazan pour jamais, je suis contente. »

Le phénix, qui était plus sage que Formosante, parce qu'il était sans passion, la consolait en chemin ; il lui remontrait avec douceur qu'il était triste de se punir pour les fautes d'un autre ; qu'Amazan lui avait donné des preuves assez éclatantes et assez nombreuses de fidélité pour qu'elle pût lui pardonner de s'être oublié un moment ; que c'était un juste à qui la grâce d'Orosmade avait manqué ; qu'il n'en serait que plus constant désormais dans l'amour et dans la vertu ; que le désir d'expier sa faute le mettrait au-dessus de lui-même ; qu'elle n'en serait que plus heureuse : que plusieurs grandes princesses avant elle avaient pardonné de semblables écarts, et s'en étaient bien trouvées ; il lui en rapportait des exemples, et il possédait tellement l'art de conter que le cœur de Formosante fut enfin plus calme et plus paisible ; elle aurait voulu n'être point sitôt partie : elle trouvait que ses licornes allaient trop vite, mais elle n'osait revenir sur ses pas ; combattue entre l'envie de pardonner et celle de montrer sa colère, entre son amour et sa vanité, elle laissait aller ses licornes ; elle courait le monde selon la prédiction de l'oracle de son père.

Amazan à son réveil, apprend l'arrivée et le départ de Formosante et du phénix ; il apprend le désespoir et le courroux de la princesse ; on lui dit qu'elle a juré de ne lui pardonner jamais. « Il ne me reste plus, s'écria-t-il, qu'à la suivre et à me tuer à ses pieds. »

Ses amis de la bonne compagnie des oisifs accoururent au bruit de cette aventure ; tous lui remontrèrent qu'il valait infiniment mieux demeurer avec eux ; que rien n'était comparable à la douce vie qu'ils menaient dans le sein des arts et d'une volupté tranquille et délicate ; que plusieurs étrangers et des rois mêmes avaient préféré ce repos, si agréablement occupé et si enchanteur, à leur patrie et à leur trône ; que d'ailleurs sa voiture était brisée, et qu'un sellier[1] lui en faisait une à la nouvelle mode ; que le meilleur tailleur de la ville lui avait déjà coupé une douzaine d'habits du dernier goût[2] ; que les dames les plus spirituelles et les plus aimables de la ville, chez qui on jouait très bien la comédie, avaient retenu chacune leur tour pour lui donner des fêtes. La fille d'*affaire*, pendant ce temps-là, prenait son chocolat à sa toilette[3], riait, chantait, et faisait des agaceries[4] au bel Amazan, qui s'aperçut enfin qu'elle n'avait pas le sens d'un oison[5].

Comme la sincérité, la cordialité, la franchise, ainsi que la magnanimité et le courage, composaient le caractère de ce grand prince, il avait conté ses malheurs et ses voyages à ses amis ; ils savaient qu'il était cousin issu de germain de la princesse ; ils étaient informés du baiser funeste donné par elle au roi d'Égypte. « On se pardonne, lui dirent-ils, ces petites frasques[6] entre parents, sans quoi il faudrait passer sa vie dans d'éternelles querelles. » Rien n'ébranla son dessein de courir après Formosante ; mais sa voiture n'étant pas prête, il fut obligé de passer trois jours parmi les oisifs dans les fêtes et dans les plaisirs ; enfin il prit congé d'eux en les embrassant, en leur faisant accepter les diamants de son pays les mieux montés, en leur recommandant d'être toujours légers et frivoles, puisqu'ils n'en étaient que plus aimables et plus heureux. « Les Germains, disait-il, sont les

1. *Sellier :* fabricant de selles et d'ouvrages de selleries, parmi lesquels des coussins et garnitures pour les voitures. \ 2. *Du dernier goût :* de la dernière mode. \ 3. *Toilette :* meuble sur lequel on pose ce qui est nécessaire pour se parer. \ 4. *Agaceries :* mines ou paroles d'une coquetterie provocante, minauderie. \ 5. *N'avait pas le sens d'un oison :* était bête comme une oie. \ 6. *Frasques :* mauvaises plaisanteries.

vieillards de l'Europe ; les peuples d'Albion sont les hommes faits ; les habitants de la Gaule sont les enfants, et j'aime à jouer avec eux.

XI

Ses guides n'eurent pas de peine à suivre la route de la princesse ; on ne parlait que d'elle et de son gros oiseau. Tous les habitants étaient encore dans l'enthousiasme de l'admiration. Les peuples de la Dalmatie et de la Marche d'Ancône éprouvèrent depuis une surprise moins délicieuse quand ils virent une maison voler dans les airs[1] ; les bords de la Loire, de la Dordogne, de la Garonne, de la Gironde, retentissaient encore d'acclamations.

Quand Amazan fut au pied des Pyrénées, les magistrats et les druides du pays lui firent danser malgré lui un tambourin[2] ; mais sitôt qu'il eut franchi les Pyrénées, il ne vit plus de gaieté et de joie. S'il entendit quelques chansons de loin à loin, elles étaient toutes sur un ton triste : les habitants marchaient gravement avec des grains enfilés[3] et un poignard à leur ceinture. La nation, vêtue de noir, semblait être en deuil. Si les domestiques d'Amazan interrogeaient les passants, ceux-ci répondaient par signes ; si on entrait dans une hôtellerie, le maître de la maison enseignait aux gens en trois paroles qu'il n'y

1. Voltaire fait allusion à une légende médiévale selon laquelle la maison de la Vierge, à Nazareth, aurait été transportée par des anges en Dalmatie, puis à Lorette dans les Marches d'Ancône. Se superpose à cette légende un témoignage de l'actualité puisqu'en 1785 devait avoir lieu le premier envol d'un ballon dans les airs. \ **2.** *Tambourin :* danse populaire rythmée par un tambourin. \ **3.** Il s'agit de chapelets, objets de dévotion catholique, formés de grains enfilés et groupés par dizaines que l'on fait glisser entre ses doigts en récitant des prières à Dieu *(Pater)* et à la Vierge *(Ave).*

avait rien dans la maison, et qu'on pouvait envoyer chercher à quelques milles les choses dont on avait un besoin pressant.

Quand on demandait à ces silencieux[1] s'ils avaient vu passer la belle princesse de Babylone, ils répondaient avec moins de brièveté : « Nous l'avons vue, elle n'est pas si belle : il n'y a de beau que les teints basanés ; elle étale une gorge d'albâtre qui est la chose du monde la plus dégoûtante, et qu'on ne connaît presque point dans nos climats. »

Amazan avançait vers la province arrosée du Bétis[2]. Il ne s'était pas écoulé plus de douze mille années depuis que ce pays avait été découvert par les Tyriens[3], vers le même temps qu'ils firent la découverte de la grande île Atlantique, submergée quelques siècles après. Les Tyriens cultivèrent la Bétique, que les naturels du pays laissaient en friche, prétendant qu'ils ne devaient se mêler de rien, et que c'était aux Gaulois leurs voisins à venir cultiver leurs terres. Les Tyriens avaient amené avec eux des Palestins[4], qui, dès ce temps-là, couraient dans tous les climats, pour peu qu'il y eût de l'argent à gagner[5]. Ces Palestins, en prêtant sur gages à cinquante pour cent, avaient attiré à eux presque toutes les richesses du pays. Cela fit croire aux peuples de la Bétique que les Palestins étaient sorciers ; et tous ceux qui étaient accusés de magie étaient brûlés[6] sans miséricorde par une compagnie de druides qu'on appelait *les rechercheurs*, ou *les anthropokaies*[7]. Ces prêtres les revêtaient d'abord d'un habit de

1. *Silencieux :* il s'agit de religieux qui ont fait vœu de silence.\ **2.** *Bétis :* nom latin du Guadalquivir qui a donné son nom à la province de Bétique (*grosso modo* l'Andalousie). \ **3.** *Tyriens :* Romains et Carthaginois, descendants des Tyriens, se sont disputés cette région. \ **4.** *Palestins :* habitants de la Palestine, d'où Juifs. \ **5.** La religion chrétienne interdisait le prêt d'argent, voilà pourquoi les Juifs exerçaient fréquemment la profession de prêteurs sur gage, ce qui fut longtemps une cause d'antisémitisme. \ **6.** Le conteur déplore l'intolérance religieuse qui a fait des Juifs des victimes de l'Inquisition, ce tribunal religieux institué en 1215 pour combattre les hérétiques. La suite du texte décrit les pratiques de ce tribunal qui condamnait ses victimes au bûcher. \ **7.** *Anthropokaies :* mot forgé par Voltaire à partir du grec *kaiein*, brûler ; littéralement mangeurs d'hommes. Quant au mot « rechercheurs », il le fait dériver du sens premier d'« Inquisition » (enquête).

masque, s'emparaient de leurs biens, et récitaient dévotement les propres prières des Palestins tandis qu'on les cuisait à petit feu *por l'amor de Dios*.

La princesse de Babylone avait mis pied à terre dans la ville qu'on appela depuis *Sevilla*[1]. Son dessein était de s'embarquer sur le Bétis pour retourner par Tyr à Babylone revoir le roi Bélus son père, et oublier, si elle pouvait, son infidèle amant, ou bien le demander en mariage. Elle fit venir chez elle deux Palestins qui faisaient toutes les affaires de la cour. Ils devaient lui fournir trois vaisseaux. Le phénix fit avec eux tous les arrangements nécessaires, et convint du prix après avoir un peu disputé.

L'hôtesse était fort dévote, et son mari, non moins dévot, était familier[2], c'est-à-dire espion des druides rechercheurs anthropokaies; il ne manqua pas de les avertir qu'il avait dans sa maison une sorcière et deux Palestins qui faisaient un pacte avec le diable, déguisé en gros oiseau doré. Les rechercheurs, apprenant que la dame avait une prodigieuse quantité de diamants, la jugèrent incontinent[3] sorcière; ils attendirent la nuit pour enfermer les deux cents cavaliers et les licornes, qui dormaient dans de vastes écuries, car les rechercheurs sont poltrons.

Après avoir bien barricadé les portes, il se saisirent de la princesse et d'Irla; mais ils ne purent prendre le phénix, qui s'envola à tire d'ailes: il se doutait bien qu'il trouverait Amazan sur le chemin des Gaules à Sevilla.

Il le rencontra sur la frontière de la Bétique, et lui apprit le désastre de la princesse. Amazan ne put parler: il était trop saisi, trop en fureur. Il s'arme d'une cuirasse d'acier damasquinée[4] d'or, d'une lance de douze pieds, de deux javelots, et

1. *Sevilla:* Séville. \ **2.** *Familier:* nom donné en Italie aux sergents et officiers subalternes du Saint-Office de l'Inquisition chargés d'arrêter les accusés. Dans *Candide*, on rencontre « un petit homme, familier de l'Inquisition » dans le chapitre VI. \ **3.** *Incontinent:* sur le champ. \ **4.** *Damasquinée:* surface métallique sur laquelle est incrusté un fil d'or afin d'en faire un dessin.

d'une épée tranchante, appelée *la fulminante*[1], qui pouvait fendre d'un seul coup des arbres, des rochers et des druides; il couvre sa belle tête d'un casque d'or ombragé de plumes de héron et d'autruche. C'était l'ancienne armure de Magog[2], dont sa sœur Aldée lui avait fait présent dans son voyage en Scythie; le peu de suivants qui l'accompagnaient montent comme lui chacun sur sa licorne.

Amazan, en embrassant son cher phénix, ne lui dit que ces tristes paroles: « Je suis coupable; si je n'avais pas couché avec une fille d'*affaire* dans la ville des oisifs, la belle princesse de Babylone ne serait pas dans cet état épouvantable; courons aux anthropokaies. »

Il entre bientôt dans Sevilla: quinze cents alguazils[3] gardaient les portes de l'enclos où les deux cents Gangarides et leurs licornes étaient renfermés sans avoir à manger; tout était préparé pour le sacrifice qu'on allait faire de la princesse de Babylone, de sa femme de chambre Irla, et des deux riches Palestins.

Le grand anthropokaie, entouré de ses petits anthropokaies, était déjà sur son tribunal sacré; une foule de Sévillois portant des grains enfilés à leurs ceintures joignaient les deux mains sans dire un mot, et l'on amenait la belle princesse, Irla, et les deux Palestins, les mains liées derrière le dos et vêtus d'un habit de masque[4].

---

1. *La fulminante:* littéralement, qui lance la foudre. Le suffixe *-ante* rappelle incontestablement le *Roland furieux* de l'Arioste: de fait, la préparation du combat d'Amazan est largement inspirée de ce récit épique. \ **2.** *Magog:* dans la Genèse, fils de Japhteth et petit-fils de Noé (X, 2). Dans l'Apocalypse, on le retrouve: il figure, avec son frère Gog, les nations païennes des quatre coins de la Terre mobilisées autour de Satan pour l'ultime combat contre la cité de Dieu. En prêtant à son héros l'armure de l'ennemi type du peuple de Dieu, Voltaire combat clairement l'intolérance de l'Église qui atteint son paroxysme avec l'Inquisition. \ **3.** *Alguazils:* officiers de police espagnols. \ **4.** *Habit de masque:* les condamnés par l'Inquisition portaient sur la tête une mitre de papier où étaient représentés les chefs d'accusation et passaient une tunique peinte également, que l'on appelait *San Benito* car elle rappelait l'habit des bénédictins.

Le phénix entre par une lucarne dans la prison où les Gangarides commençaient déjà à enfoncer les portes. L'invincible Amazan les brisait en dehors. Ils sortent tout armés, tous sur leurs licornes ; Amazan se met à leur tête. Il n'eut pas de peine à renverser les alguazils, les familiers, les prêtres anthropokaies ; chaque licorne en perçait des douzaines à la fois. La fulminante d'Amazan coupait en deux tous ceux qu'il rencontrait ; le peuple fuyait en manteau noir et en fraise[1] sale, toujours tenant à la main ses grains bénits *por l'amor de Dios.*

Amazan saisit de sa main le grand rechercheur sur son tribunal, et le jette sur le bûcher qui était préparé à quarante pas ; il y jeta aussi les autres petits rechercheurs l'un après l'autre. Il se prosterne ensuite aux pieds de Formosante. « Ah ! que vous êtes aimable, dit-elle, et que je vous adorerais si vous ne m'aviez pas fait une infidélité avec une fille d'*affaire* ! »

Tandis qu'Amazan faisait la paix avec la princesse, tandis que ses Gangarides entassaient dans le bûcher les corps de tous les anthropokaies, et que les flammes s'élevaient jusqu'aux nues, Amazan vit de loin comme une armée qui venait à lui. Un vieux monarque[2], la couronne en tête, s'avançait sur un char traîné par huit mules attelées avec des cordes ; cent autres chars suivaient. Ils étaient accompagnés de graves personnages en manteau noir et en fraise, montés sur de très beaux chevaux ; une multitude de gens à pied suivait en cheveux gras et en silence.

D'abord Amazan fit ranger autour de lui ses Gangarides, et s'avança, la lance en arrêt. Dès que le roi l'aperçut, il ôta sa couronne, descendit de son char, embrassa l'étrier d'Amazan, et

1. *Fraise :* collerette plissée et empesée que l'on portait au XVIe siècle et au début du XVIIe siècle. À l'époque de Voltaire, la fraise est passée de mode, ce qui revient à montrer indirectement que l'Église est d'une époque révolue. \ **2.** *Vieux monarque :* il s'agit de Charles III, roi d'Espagne de 1759 à 1788, qui incarna le despotisme éclairé ; il mit l'Inquisition au pas en la soumettant au pouvoir civil et expulsa les jésuites en 1767. Voltaire correspondait avec son ministre Aranda.

lui dit : « Homme envoyé de Dieu, vous êtes le vengeur du genre humain, le libérateur de ma patrie, mon protecteur. Ces monstres sacrés [1] dont vous avez purgé la terre étaient mes maîtres au nom du *Vieux des sept montagnes* ; j'étais forcé de souffrir leur puissance criminelle. Mon peuple m'aurait abandonné si j'avais voulu seulement modérer leurs abominables atrocités. D'aujourd'hui je respire, je règne, et je vous le dois. »

Ensuite il baisa respectueusement la main de Formosante, et la supplia de vouloir bien monter avec Amazan, Irla, et le phénix dans son carrosse à huit mules ; les deux Palestins, banquiers de la cour, encore prosternés à terre de frayeur et de reconnaissance, se relevèrent, et la troupe des licornes suivit le roi de la Bétique dans son palais.

Comme la dignité du roi d'un peuple grave exigeait que ses mules allassent au pas, Amazan et Formosante eurent le temps de lui conter leurs aventures. Il entretint aussi le phénix ; il l'admira et le baisa cent fois. Il comprit combien les peuples d'Occident, qui mangeaient les animaux, et qui n'entendaient plus leur langage, étaient ignorants, brutaux et barbares ; que les seuls Gangarides avaient conservé la nature et la dignité primitive de l'homme ; mais il convenait surtout que les plus barbares des mortels étaient ces rechercheurs anthropokaies, dont Amazan venait de purger le monde. Il ne cessait de le bénir et de le remercier. La belle Formosante oubliait déjà l'aventure de la fille d'*affaire*, et n'avait l'âme remplie que de la valeur du héros qui lui avait sauvé la vie. Amazan, instruit de l'innocence du baiser donné au roi d'Égypte, et de la résurrection du phénix, goûtait une joie pure, et était enivré du plus violent amour.

1. *Monstres sacrés :* il ne faut pas comprendre cette expression au sens que lui donne la langue actuelle ; le mot « monstre » est à prendre au sens propre, et « sacré » s'explique par la nature religieuse de l'Inquisition.

On dîna au palais, et on y fit assez mauvaise chère[1]. Les cuisiniers de la Bétique étaient les plus mauvais de l'Europe. Amazan conseilla d'en faire venir des Gaules. Les musiciens du roi exécutèrent pendant le repas cet air célèbre qu'on appela dans la suite des siècles *les Folies d'Espagne*[2]. Après le repas on parla d'affaires.

Le roi demanda au bel Amazan, à la belle Formosante et au beau phénix, ce qu'ils prétendaient devenir. « Pour moi, dit Amazan, mon intention est de retourner à Babylone, dont je suis l'héritier présomptif[3], et de demander à mon oncle Bélus ma cousine issue de germaine, l'incomparable Formosante, à moins qu'elle n'aime mieux vivre avec moi chez les Gangarides.

– Mon dessein, dit la princesse, est assurément de ne jamais me séparer de mon cousin issu de germain. Mais je crois qu'il convient que je me rende auprès du roi mon père, d'autant plus qu'il ne m'a donné permission que d'aller en pèlerinage à Bassora, et que j'ai couru le monde. – Pour moi, dit le phénix, je suivrai partout ces deux tendres et généreux amants.

– Vous avez raison, dit le roi de la Bétique ; mais le retour à Babylone n'est pas si aisé que vous ne le pensez. Je sais tous les jours des nouvelles de ce pays-là par les vaisseaux tyriens, et par mes banquiers palestins, qui sont en correspondance avec tous les peuples de la terre. Tout est en armes vers l'Euphrate et le Nil. Le roi de Scythie redemande l'héritage de sa femme, à la tête de trois cent mille guerriers tous à cheval. Le roi d'Égypte et le roi des Indes désolent[4] aussi les bords du Tigre et de l'Euphrate, chacun à la tête de trois cent mille hommes, pour se venger de ce qu'on s'est moqué d'eux. Pendant que le roi

1. *Fit assez mauvaise chère :* fit un assez mauvais repas. \ **2.** *Les Folies d'Espagne :* air populaire connu sur lequel on dansait et on chantait. \ **3.** *Héritier présomptif :* personne qui du vivant de quelqu'un a vocation de lui succéder. \ **4.** *Désolent :* dans la langue classique, ruinent, dévastent (une terre).

d'Égypte est hors de son pays, son ennemi le roi d'Éthiopie ravage l'Égypte avec trois cent mille hommes, et le roi de Babylone n'a encore que six cent mille hommes sur pied pour se défendre.

« Je vous avoue, continua le roi, que lorsque j'entends parler de ces prodigieuses armées que l'Orient vomit de son sein, et de leur étonnante magnificence ; quand je les compare à nos petits corps de vingt à trente mille soldats, qu'il est difficile de vêtir et de nourrir, je suis tenté de croire que l'Orient a été fait bien longtemps avant l'Occident[1]. Il semble que nous soyons sortis avant-hier du chaos, et hier de la barbarie.

– Sire, dit Amazan, les derniers venus l'emportent quelquefois sur ceux qui sont entrés les premiers dans la carrière. On pense dans mon pays que l'homme est originaire de l'Inde, mais je n'en ai aucune certitude.

– Et vous, dit le roi de la Bétique au phénix, qu'en pensez-vous ? – Sire, répondit le phénix, je suis encore trop jeune pour être instruit de l'antiquité. Je n'ai vécu qu'environ vingt-sept mille ans ; mais mon père, qui avait vécu cinq fois cet âge, me disait qu'il avait appris de son père que les contrées de l'Orient avaient toujours été plus peuplées et plus riches que les autres. Il tenait de ses ancêtres que les générations de tous les animaux avaient commencé sur les bords du Gange. Pour moi, je n'ai pas la vanité d'être de cette opinion. Je ne puis croire que les renards d'Albion, les marmottes des Alpes, et les loups de la Gaule, viennent de mon pays ; de même que je ne crois pas que les sapins et les chênes de vos contrées descendent des palmiers et des cocotiers des Indes.

– Mais d'où venons-nous donc ? dit le roi. – Je n'en sais

1. Dans la pensée de Voltaire, l'hypothèse de l'antériorité de l'Orient sur l'Occident détermine le plan de son *Essai sur les mœurs* : « En vous instruisant en philosophe de ce qui concerne le globe, vous portez d'abord votre vue sur l'Orient, berceau de tous les arts et qui a tout donné à l'Occident » (Avant-Propos).

rien[1], dit le phénix ; je voudrais seulement savoir où la belle princesse de Babylone et mon cher ami Amazan pourront aller. – Je doute fort, repartit le roi, qu'avec ses deux cents licornes il soit en état de percer à travers tant d'armées de trois cent mille hommes chacune. – Pourquoi non ? » dit Amazan.

Le roi de la Bétique sentit le sublime[2] du *Pourquoi non* ; mais il crut que le sublime seul ne suffisait pas contre des armées innombrables. « Je vous conseille, dit-il, d'aller trouver le roi d'Éthiopie ; je suis en relation avec ce prince noir par le moyen de mes Palestins. Je vous donnerai des lettres pour lui. Puisqu'il est l'ennemi du roi d'Égypte, il sera trop heureux d'être fortifié par votre alliance. Je puis vous aider de deux mille hommes très sobres et très braves ; il ne tiendra qu'à vous d'en engager autant chez les peuples qui demeurent, ou plutôt qui sautent au pied des Pyrénées, et qu'on appelle *Vasques* ou *Vascons*[3]. Envoyez un de vos guerriers sur une licorne avec quelques diamants : il n'y a point de Vascon qui ne quitte le castel, c'est-à-dire la chaumière de son père, pour servir. Ils sont infatigables, courageux et plaisants ; vous en serez très satisfait. En attendant qu'ils soient arrivés, nous vous donnerons des fêtes et nous vous préparerons des vaisseaux. Je ne puis trop reconnaître le service que vous m'avez rendu. »

Amazan jouissait du bonheur d'avoir retrouvé Formosante, et de goûter en paix dans sa conversation tous les charmes de l'amour réconcilié, qui valent presque ceux de l'amour naissant.

Bientôt une troupe fière et joyeuse de Vascons arriva en dansant un tambourin ; l'autre troupe fière et sérieuse de Bétiquois était prête. Le vieux roi tanné embrassa tendrement les deux amants ; il fit charger leurs vaisseaux d'armes, de lits, de

1. Le phénix apparaît comme le porte-parole de Voltaire qui préfère renoncer à réfléchir aux problèmes qui dépassent l'entendement humain ; c'est ce qui explique son rejet de la métaphysique. \ **2.** *Le sublime :* la grandeur. \ **3.** *Vascons :* ancien nom des Gascons.

jeux d'échecs, d'habits noirs, de golilles[1], d'oignons, de moutons, de poules, de farine, et de beaucoup d'ail, en leur souhaitant une heureuse traversée, un amour constant, et des victoires.

La flotte aborda le rivage où l'on dit que tant de siècles après la Phénicienne Didon[2], sœur d'un Pygmalion[3], épouse d'un Sichée, ayant quitté cette ville de Tyr, vint fonder la superbe ville de Carthage, en coupant un cuir de bœuf en lanières, selon le témoignage des plus graves auteurs de l'antiquité, lesquels n'ont jamais conté de fables, et selon les professeurs qui ont écrit pour les petits garçons[4]; quoique après tout il n'y ait jamais eu personne à Tyr qui se soit appelé Pygmalion, ou Didon, ou Sichée, qui sont des noms entièrement grecs, et quoique enfin il n'y eût point de roi à Tyr en ces temps-là.

La superbe Carthage n'était point encore un port de mer; il n'y avait là que quelques Numides qui faisaient sécher des poissons au soleil. On côtoya la Byzacène et les Syrtes, les bords fertiles où furent depuis Cyrène et la grande Chersonèse[5].

Enfin on arriva vers la première embouchure du fleuve sacré du Nil. C'est à l'extrémité de cette terre fertile que le port de Canope[6] recevait déjà les vaisseaux de toutes les nations commerçantes, sans qu'on sût si le dieu Canope avait fondé le port, ou si les habitants avaient fabriqué le dieu, ni si l'étoile Canope[7] avait donné son nom à la ville, ou si la ville avait donné le sien à

1. *Golilles:* sortes de collets qu'on avait coutume de porter en Espagne. \ **2.** *Didon:* reine de Carthage à laquelle Virgile consacre un long épisode de l'*Énéide* (chants I et IV). Il raconte comment, pour fonder Carthage, ayant seulement droit au territoire délimité par une peau de bœuf, elle eut l'idée de découper celle-ci en très fines lanières. \ **3.** *Pygmalion:* il ne s'agit pas ici du roi chypriote amoureux de la statue qu'il a réalisée, mais du frère de Didon. \ **4.** L'épisode virgilien permet à Voltaire de se moquer de la façon dont on enseignait alors l'histoire ancienne: il vise certainement Charles Rollin (1661-1741), auteur d'une compilation pédagogique intitulée *Histoire ancienne* (1731-1738) et d'un *Traité des études ou de la manière d'enseigner les belles lettres par rapport à l'esprit et au cœur* (1726-1728). \ **5.** Cela équivaut à la Tunisie, à la Libye et à l'Égypte actuelles. \ **6.** *Canope:* port au nord-est d'Alexandrie, près de l'actuel Aboukir. On ne connaît pas de dieu Canope, peut-être s'agit-il du pilote de Ménélas, roi de Troie dont le conteur aurait fait un roi. \ **7.** *Canope:* étoile située sur la constellation du navire Argo; c'est la plus brillante après Sirius.

l'étoile. Tout ce qu'on en savait, c'est que la ville et l'étoile étaient fort anciennes, et c'est tout ce qu'on peut savoir de l'origine des choses, de quelque nature qu'elles puissent être.

Ce fut là que le roi d'Éthiopie, ayant ravagé toute l'Égypte, vit débarquer l'invincible Amazan et l'adorable Formosante. Il prit l'un pour le dieu des combats, et l'autre pour la déesse de la beauté. Amazan lui présenta la lettre de recommandation d'Espagne. Le roi d'Éthiopie donna d'abord des fêtes admirables, suivant la coutume indispensable des temps héroïques ; ensuite on parla d'aller exterminer les trois cent mille hommes du roi d'Égypte, les trois cent mille de l'empereur des Indes, et les trois cent mille du grand kan des Scythes, qui assiégeaient l'immense, l'orgueilleuse, la voluptueuse ville de Babylone.

Les deux mille Espagnols qu'Amazan avait amenés avec lui dirent qu'ils n'avaient que faire du roi d'Éthiopie pour secourir Babylone ; que c'était assez que leur roi leur eût ordonné d'aller la délivrer ; qu'il suffisait d'eux pour cette expédition.

Les Vascons dirent qu'ils en avaient bien fait d'autres ; qu'ils battraient tout seul les Égyptiens, les Indiens et les Scythes, et qu'ils ne voulaient marcher avec les Espagnols qu'à condition que ceux-ci seraient à l'arrière-garde.

Les deux cents Gangarides se mirent à rire des prétentions de leurs alliés, et ils soutinrent qu'avec cent licornes seulement ils feraient fuir tous les rois de la terre. La belle Formosante les apaisa par sa prudence et par ses discours enchanteurs. Amazan présenta au monarque noir ses Gangarides, ses licornes, les Espagnols, les Vascons, et son bel oiseau.

Tout fut prêt bientôt pour marcher par Memphis, par Héliopolis, par Arsinoé, par Pétra, par Artémite, par Sora, par Apamée[1], pour aller attaquer les trois rois, et pour faire cette

1. On peut remarquer combien cet itinéraire est fantaisiste, comme si le conteur souhaitait clore son conte dans le ton héroïque et merveilleux fort prisé du public de l'époque.

guerre mémorable devant laquelle toutes les guerres que les hommes ont faites depuis[1] n'ont été que des combats de coqs et de cailles.

Chacun sait comment le roi d'Éthiopie devint amoureux de la belle Formosante, et comment il la surprit au lit, lorsqu'un doux sommeil fermait ses longues paupières. On se souvient qu'Amazan, témoin de ce spectacle, crut voir le jour et la nuit couchant ensemble. On n'ignore pas qu'Amazan, indigné de l'affront, tira soudain sa fulminante, qu'il coupa la tête perverse du nègre insolent, et qu'il chassa tous les Éthiopiens d'Égypte. Ces prodiges ne sont-ils pas écrits dans le livre des chroniques d'Égypte ? La renommée a publié de ses cent bouches les victoires qu'il remporta sur les trois rois avec ses Espagnols, ses Vascons et ses licornes. Il rendit la belle Formosante à son père ; il délivra toute la suite de sa maîtresse, que le roi d'Égypte avait réduite en esclavage. Le grand kan des Scythes se déclara son vassal, et son mariage avec la princesse Aldée fut confirmé. L'invincible et généreux Amazan, reconnu pour héritier du royaume de Babylone, entra dans la ville en triomphe avec le phénix, en présence de cent rois tributaires[2]. La fête de son mariage surpassa en tout celle que le roi Bélus avait donnée. On servit à table le bœuf Apis rôti[3]. Le roi d'Égypte et celui des Indes donnèrent à boire aux deux époux, et ces noces furent célébrées par cinq cents poètes de Babylone.

Ô muses ! qu'on invoque toujours au commencement de son ouvrage[4], je ne vous implore qu'à la fin. C'est en vain qu'on me

1. Les éditions contrôlées par Voltaire portaient « les guerres que les hommes ont fait depuis ». Il s'agit donc d'une correction de l'éditeur Jean Van den Heuvel qui a voulu mettre le texte en conformité avec les usages grammaticaux de la langue moderne. \ **2.** *Rois tributaires :* rois soumis à un souverain supérieur. \ **3.** On a ici une nouvelle marque de l'irrespect dans lequel Voltaire tient la religion, mais on ne saurait affirmer avec certitude qu'il raille le sacrement chrétien de la communion par lequel les fidèles mangent symboliquement le corps du Christ. \ **4.** Allusion aux premiers vers de l'*Odyssée* d'Homère et de l'*Énéide* de Virgile.

reproche de dire grâces sans avoir dit *benedicite*[1]. Muses ! vous n'en serez pas moins mes protectrices. Empêchez que des continuateurs téméraires[2] ne gâtent par leurs fables les vérités que j'ai enseignées aux mortels dans ce fidèle récit, ainsi qu'ils ont osé falsifier *Candide, L'Ingénu*, et les chastes aventures de la chaste Jeanne[3], qu'un ex-capucin a défigurées par des vers dignes des capucins, dans des éditions bataves[4]. Qu'ils ne fassent pas ce tort à mon typographe[5], chargé d'une nombreuse famille, et qui possède à peine de quoi avoir des caractères, du papier et de l'encre.

Ô muses ! imposez silence au détestable Coger[6], professeur de bavarderie au collège Mazarin, qui n'a pas été content des discours moraux de Bélisaire et de l'empereur Justinien, et qui a écrit de vilains libelles diffamatoires contre ces deux grands hommes.

Mettez un bâillon au pédant Larcher[7], qui, sans savoir un mot de l'ancien babylonien, sans avoir voyagé comme moi sur les bords de l'Euphrate et du Tigre, a eu l'impudence de soutenir que la belle Formosante, fille du plus grand roi du monde, et la princesse Aldée, et toutes les femmes de cette respectable cour, allaient coucher avec tous les palefreniers de l'Asie pour de l'argent, dans le grand temple de Babylone, par principe de religion. Ce libertin de collège, votre ennemi et

1. *Benedicite:* prière dite par les chrétiens au début du repas, tandis que les *grâces* sont prononcées à la fin. \ **2.** *Continuateurs téméraires :* au XVIIIe siècle, il était courant qu'une œuvre soit continuée par des faussaires. Par exemple, en 1768, on recense trois prétendues suites pour *Candide*. \ **3.** Allusion à la tragédie que Voltaire a consacrée à Jeanne d'Arc, *La Pucelle* (1735) ; l'ex-capucin Maubert de Gouvest lui avait ajouté une suite en 1756. \ **4.** *Bataves :* hollandais. \ **5.** *Typographe :* imprimeur. \ **6.** *Coger :* Voltaire s'en prend à ce célèbre professeur d'éloquence qui avait rédigé un *Examen du Bélisaire de M. Marmontel* (1767), non pour attaquer le général Bélisaire et l'empereur Justinien, mais pour riposter aux attaques de Marmontel contre le christianisme. \ **7.** *Larcher :* helléniste qui avait relevé les erreurs commises par Voltaire dans son *Supplément à la philosophie de l'Histoire* (1767) ; ces erreurs concernaient Hérodote et l'âge de Sara, épouse d'Abraham. Voltaire lui avait répondu par la *Défense de mon oncle*.

celui de la pudeur, accuse les belles Égyptiennes de Mendès[1] de n'avoir aimé que des boucs, se proposant en secret, par cet exemple, de faire un tour en Égypte pour avoir enfin de bonnes aventures.

Comme il ne connaît pas plus le moderne que l'antique, il insinue, dans l'espérance de s'introduire auprès de quelque vieille, que notre incomparable Ninon[2], à l'âge de quatre-vingts ans, coucha avec l'abbé Gédoin, de l'Académie française et de celle des inscriptions et belles-lettres. Il n'a jamais entendu parler de l'abbé de Châteauneuf, qu'il prend pour l'abbé Gédoin. Il ne connaît pas plus Ninon que les filles de Babylone.

Muses, filles du ciel, votre ennemi Larcher fait plus : il se répand en éloges sur la pédérastie ; il ose dire que tous les bambins de mon pays sont sujets à cette infamie. Il croit se sauver en augmentant le nombre des coupables.

Nobles et chastes muses, qui détestez également le pédantisme et la pédérastie, protégez-moi contre maître Larcher[3] !

Et vous, maître Aliboron[4], dit Fréron[5], ci-devant soi-disant jésuite, vous dont le Parnasse est tantôt à Bicêtre et tantôt au cabaret du coin ; vous à qui l'on a rendu tant de justice sur tous les théâtres de l'Europe dans l'honnête comédie de *L'Écossaise*[6] ; vous, digne fils du prêtre Desfontaines[7], qui naquîtes de ses amours avec un de ces beaux enfants qui portent un fer et un bandeau comme le fils de Vénus, et qui s'élancent comme

1. *Mendès :* Hérodote associe cette ville à une prostitution rituelle (*Histoires*, II, C, 46). \ **2.** *Ninon de l'Enclos* était célèbre pour la liberté de ses mœurs et la verdeur de son âge. \ **3.** Cette attaque sur les mœurs de Larcher est totalement dénuée de fondement, mais elle révèle quel degré de violence les querelles littéraires du XVIIIe siècle pouvaient atteindre. \ **4.** *Aliboron :* surnom populaire de l'âne. \ **5.** *Fréron :* une des cibles de prédilection de Voltaire. Il s'agit ici de calomnies car Fréron ne séjourna jamais à la prison de Bicêtre ; il fut embastillé comme d'autres auteurs de l'époque, dont Voltaire. \ **6.** *L'Écossaise :* comédie de Voltaire dans laquelle il attaque Fréron, l'appelant Frelon. \ **7.** *Desfontaines :* prêtre emprisonné pour avoir abusé d'un petit ramoneur ; il fut libéré grâce à Voltaire. Suit la description des ramoneurs dans leur tenue traditionnelle de travail.

lui dans les airs, quoiqu'ils n'aillent jamais qu'au haut des cheminées ; mon cher Aliboron, pour qui j'ai toujours eu tant de tendresse, et qui m'avez fait rire un mois de suite du temps de cette *Écossaise*, je vous recommande ma princesse de Babylone ; dites-en bien du mal afin qu'on la lise.

Je ne vous oublierai point ici, gazetier ecclésiastique, illustre orateur des convulsionnaires, père de l'Église fondée par l'abbé Bécherand[1] et par Abraham Chaumeix[2] ; ne manquez pas de dire dans vos feuilles, aussi pieuses qu'éloquentes et sensées, que *La Princesse de Babylone* est hérétique, déiste et athée. Tâchez surtout d'engager le sieur Riballier[3] à faire condamner *La Princesse de Babylone* par la Sorbonne ; vous ferez grand plaisir à mon libraire, à qui j'ai donné cette petite histoire pour ses étrennes.

1. *L'abbé Bécherand :* l'un des premiers jansénistes convulsionnaires. De 1727 à 1732, après une série de miracles qui se seraient produits au cimetière de Saint-Médard à Paris et à la suite de persécutions contre eux, des fanatiques jansénistes entraient dans des scènes d'hystérie et de convulsions, d'où ils tirent leur nom. \ **2.** *Chaumeix :* auteur d'un ouvrage détracteur de l'*Encyclopédie*, les *Préjugés légitimes.* \ **3.** *Riballier :* docteur de la Sorbonne, alors faculté de théologie, qui condamna un grand nombre d'écrits des philosophes du XVIIIe siècle.

LE TAUREAU BLANC

Traduit du syriaque par Mr. Mamaki[1], *interprète du roi d'Angleterre pour les langues orientales*

1. La première version du conte qui a été publiée à Genève chez Cramer était intitulée : *Le Taureau blanc, traduit du syriaque par Dom Calmet à Memphis*. Dom Calmet avait rédigé en vingt-quatre volumes un *Commentaire littéral des Ancien et Nouveau Testaments* dans lequel il consacrait treize pages à la métamorphose de Nabuchodonosor en bœuf. Sans doute par scrupule, Voltaire supprima la mention de Dom Calmet pour la remplacer par *M. Mamaki*, nom de famille grec bien attesté mais qui ne renvoie à aucun interprète de langues orientales connu à l'époque.

Chapitre premier

Comment la princesse Amaside rencontre un bœuf

La jeune princesse Amaside, fille d'Amasis, roi de Tanis [1] en Égypte, se promenait sur le chemin de Péluse [2] avec les dames de sa suite. Elle était plongée dans une tristesse profonde ; les larmes coulaient de ses beaux yeux. On sait quel était le sujet de sa douleur, et combien elle craignait de déplaire au roi son père par sa douleur même. Le vieillard Mambrès [3], ancien mage et eunuque des pharaons, était auprès d'elle, et ne la quittait presque jamais. Il la vit naître, il l'éleva, il lui enseigna tout ce qu'il est permis à une belle princesse de savoir des sciences de l'Égypte. L'esprit d'Amaside égalait sa beauté ; elle était aussi sensible, aussi tendre que charmante, et c'était cette sensibilité qui lui coûtait tant de pleurs.

La princesse était âgée de vingt-quatre ans ; le mage Mambrès en avait environ treize cents [4]. C'était lui, comme on sait, qui avait eu avec le grand Moïse cette dispute fameuse dans laquelle la victoire fut longtemps balancée entre ces deux profonds philosophes. Si Mambrès succomba, ce ne fut que par la protection visible des puissances célestes, qui favorisèrent son rival : il fallut des dieux pour vaincre Mambrès [5].

---

1. D'après Hérodote, Nabuchodonosor avait détrôné le roi de Tanis au profit d'Amasis son allié (*Histoires*, II, 175-176). \ **2.** *Péluse :* ville située comme Tanis sur le delta du Nil, mais un peu plus à l'ouest. \ **3.** *Mambrès :* l'Exode parle de deux magiciens qui s'opposèrent à Moïse auprès de Pharaon (VIII, 15) ; saint Paul les nomme Jambrès ou Mambrès et Jannès : « Vaincus par Moïse les magiciens dirent alors à Pharaon » (Épître à Thimothée, II, III, 8). \ **4.** On retrouve ici les exagérations du merveilleux traditionnel. \ **5.** Allusion directe au récit de l'Exode : « Et les magiciens dirent à Pharaon : "C'est le doigt de Dieu". » (VIII, 15).

Amasis le fit surintendant[1] de la maison de sa fille, et il s'acquittait de cette charge avec sa sagesse ordinaire : la belle Amaside l'attendrissait par ses soupirs. « Ô mon amant[2] ! mon jeune et cher amant ! s'écriait-elle quelquefois ; ô le plus grand des vainqueurs, le plus accompli, le plus beau des hommes ! quoi ! depuis près de sept ans[3] tu as disparu de la terre ! Quel dieu t'a enlevé à ta tendre Amaside ? tu n'es point mort, les savants prophètes de l'Égypte en conviennent ; mais tu es mort pour moi, je suis seule sur la terre, elle est déserte. Par quel étrange prodige as-tu abandonné ton trône et ta maîtresse ? Ton trône ! il était le premier du monde, et c'est peu de chose ; mais moi, qui t'adore, ô mon cher Na...[4] ! » Elle allait achever. « Tremblez de prononcer ce nom fatal, lui dit le sage Mambrès, ancien eunuque[5] et mage des pharaons. Vous seriez peut-être décelée[6] par quelqu'une de vos dames du palais. Elles vous sont toutes dévouées, et toutes les belles dames se font sans doute un mérite de servir les nobles passions des belles princesses ; mais enfin il peut se trouver une indiscrète[7], et même à toute force une perfide[8]. Vous savez que le roi votre père, qui d'ailleurs vous aime, a juré de vous faire couper le cou si vous prononciez ce nom terrible, toujours prêt à vous échapper. Pleurez, mais taisez-vous. Cette loi est bien dure, mais vous n'avez pas été élevée dans la sagesse égyptienne[9] pour ne savoir pas commander à votre langue. Songez

---

1. *Surintendant :* officier chargé de la surveillance de la maison de la princesse. \ **2.** *Amant :* dans la langue classique, le mot désigne celui qui aime une femme, il est donc l'équivalent de soupirant, prétendant. \ **3.** Le chiffre sept est symbolique dans la Bible. Ce développement vient directement de la Bible, du Livre de Daniel (IV, 25 et 32-34). \ **4.** Allusion plaisante à un jeu très en vogue au XVIIIe siècle, celui des mots interdits sous peine de sanction. \ **5.** *Eunuque :* homme châtré qui gardait les femmes dans les harems. \ **6.** *Décelée :* découverte, dévoilée. \ **7.** *Indiscrète :* qui révèle une chose confiée. L'indiscrétion passe pour une faute très grave dans la mentalité de l'époque. \ **8.** *Perfide :* déloyal, traître. \ **9.** La Bible et les orateurs chrétiens, parmi lesquels Bossuet, vantent la sagesse égyptienne. Le conteur se montre sceptique du fait de sa méfiance permanente envers le texte biblique, mais aussi parce qu'il a découvert l'antériorité des savants indiens auxquels il rend hommage dans *La Princesse de Babylone*.

qu'Harpocrate[1], l'un de nos plus grands dieux, a toujours le doigt sur la bouche. » La belle Amaside pleura, et ne parla plus.

Comme elle avançait en silence vers les bords du Nil, elle aperçut de loin, sous un bocage[2] baigné par le fleuve, une vieille femme couverte de lambeaux gris, assise sur un tertre[3]. Elle avait auprès d'elle une ânesse, un chien, un bouc. Vis-à-vis[4] d'elle était un serpent qui n'était pas comme les serpents ordinaires, car ses yeux étaient aussi tendres qu'animés; sa physionomie était noble et intéressante; sa peau brillait des couleurs les plus vives et les plus douces. Un énorme poisson, à moitié plongé dans le fleuve, n'était pas la moins étonnante personne de la compagnie. Il y avait sur une branche un corbeau et un pigeon. Toutes ces créatures semblaient avoir ensemble une conversation assez animée.

« Hélas ! dit la princesse tout bas, ces gens-là parlent sans doute de leurs amours, et il ne m'est pas permis de prononcer le nom de ce que j'aime ! »

La vieille tenait à la main une chaîne légère d'acier, longue de cent brasses[5], à laquelle était attaché un taureau qui paissait dans la prairie. Ce taureau était blanc, fait au tour[6], potelé, léger même, ce qui est bien rare. Ses cornes étaient d'ivoire. C'était ce qu'on vit jamais[7] de plus beau dans son espèce. Celui de Pasiphaé[8], celui dont Jupiter prit la figure pour enlever Europe[9], n'approchaient pas de ce superbe animal. La charmante génisse en laquelle Isis fut changée[10] aurait à peine été digne de lui.

1. Pour cette représentation d'Harpocrate, Voltaire s'inspire de l'*Histoire ancienne* de Rollin (1731-1738). \ **2.** *Bocage :* petit bois. \ **3.** *Tertre :* butte, monticule. \ **4.** *Vis-à-vis de :* en face de. \ **5.** *Brasse :* ancienne mesure de longueur valant environ 1,60 mètre. \ **6.** *Fait au tour :* dans la langue classique, bien fait (sous-entendu, fait avec le tour d'un potier). \ **7.** *Jamais* a ici le sens positif d'un jour, un temps quelconque ; il ne s'accompagne donc pas de la négation « ne ». \ **8.** *Pasiphaé :* femme de Minos, mère d'Ariane, de Phèdre et du Minotaure. Le bœuf de Pasiphaé désigne le père du Minotaure, un taureau blanc envoyé par Poséidon. \ **9.** *Europe :* jeune fille aimée de Jupiter qui se métamorphosa en taureau blanc pour l'enlever et la conduire en Crète où elle devint mère de Minos. \ **10.** Dans les *Métamorphoses*, Ovide raconte comment Jupiter a changé Io, assimilée à Isis, en génisse (livres I et X).

Dès qu'il vit la princesse, il courut vers elle avec la rapidité d'un jeune cheval arabe qui franchit les vastes plaines et les fleuves de l'antique Saana[1], pour s'approcher de la brillante cavale[2] qui règne dans son cœur, et qui fait dresser ses oreilles. La vieille faisait ses efforts pour le retenir ; le serpent semblait l'épouvanter par ses sifflements ; le chien le suivait et lui mordait ses belles jambes ; l'ânesse traversait son chemin et lui détachait des ruades pour le faire retourner. Le gros poisson remontait le Nil, et, s'élançant hors de l'eau, menaçait de le dévorer ; le bouc restait immobile et saisi de crainte ; le corbeau voltigeait autour de la tête du taureau, comme s'il eût voulu s'efforcer de lui crever les yeux. La colombe seule l'accompagnait par curiosité, et lui applaudissait[3] par un doux murmure.

Un spectacle si extraordinaire rejeta Mambrès dans ses sérieuses pensées. Cependant le taureau blanc, tirant après lui sa chaîne et la vieille, était déjà parvenu auprès de la princesse, qui était saisie d'étonnement et de peur. Il se jette à ses pieds, il les baise, il verse des larmes, il la regarde avec des yeux où régnait un mélange inouï de douleur et de joie. Il n'osait mugir, de peur d'effaroucher la belle Amaside. Il ne pouvait parler. Un faible usage de la voix accordé par le ciel à quelques animaux lui était interdit ; mais toutes ses actions étaient éloquentes. Il plut beaucoup à la princesse. Elle sentit qu'un léger amusement pouvait suspendre pour quelques moments les chagrins les plus douloureux. « Voilà, disait-elle, un animal bien aimable ; je voudrais l'avoir dans mon écurie. »

À ces mots, le taureau plia les quatre genoux, et baisa la terre.

1. Dans l'article « Paradis » qu'il vient de rédiger pour les *Questions sur l'Encyclopédie* (1772), Voltaire parle des jardins de Saana qu'il situe vers l'Arabie Heureuse (région du Yémen sud sur la péninsule arabique). \ **2.** *La brillante cavale :* métaphore pour traduire la passion qui enflamme le cœur du taureau. \ **3.** *Lui applaudissait :* le verbe *applaudir* est ici transitif indirect ; il signifie témoigner une vive approbation, donner son assentiment à quelqu'un.

« Il m'entend ! s'écria la princesse ; il me témoigne qu'il veut m'appartenir. Ah ! divin mage, divin eunuque, donnez-moi cette consolation, achetez ce beau chérubin[1] ; faites le prix avec la vieille, à laquelle il appartient sans doute. Je veux que cet animal soit à moi ; ne me refusez pas cette consolation innocente. » Toutes les dames du palais joignirent leurs instances aux prières de la princesse. Mambrès se laissa toucher, et alla parler à la vieille.

Chapitre second

Comment le sage Mambrès, ci-devant sorcier de pharaon, reconnut une vieille, et comme il fut reconnu par elle

« MADAME, lui dit-il, vous savez que les filles, et surtout les princesses, ont besoin de se divertir. La fille du roi est folle de votre taureau ; je vous prie de nous le vendre, vous serez payée argent comptant.

– Seigneur, lui répondit la vieille, ce précieux animal n'est point à moi. Je suis chargée, moi et toutes les bêtes que vous avez vues, de le garder avec soin, d'observer toutes ses démarches, et d'en rendre compte. Dieu me préserve de vouloir jamais vendre cet animal impayable[2] ! »

1. Note de Voltaire : *Chérub*, en chaldéen et en syriaque, signifie un bœuf. L'information donnée ici par Voltaire vient de Dom Calmet. Le conteur joue sur l'assimilation homme-animal qui fait toute l'intrigue du conte. \ 2. *Impayable :* dans la langue classique, qui n'a pas de prix, inestimable. Cependant, il n'est pas exclu que Voltaire fasse un jeu de mots reposant sur un autre sens du mot qui se répand dans la langue familière dès le début du XVIIIe siècle, celui d'extravagant, de bizarre.

Mambrès, à ce discours, se sentit éclairé de quelques traits de lumière confuse qu'il ne démêlait pas encore. Il regarda la vieille en manteau gris avec plus d'attention : « Respectable dame, lui dit-il, ou je me trompe, ou je vous ai vue autrefois. – Je ne me trompe pas, répondit la vieille, je vous ai vu, seigneur, il y a sept cents ans, dans un voyage que je fis de Syrie en Égypte, quelques mois après la destruction de Troie, lorsque Hiram régnait à Tyr, et Néphel Kerès sur l'antique Égypte[1].

– Ah ! madame, s'écria le vieillard, vous êtes l'auguste pythonisse[2] d'Endor. – Et vous seigneur, lui dit la pythonisse en l'embrassant, vous êtes le grand Mambrès d'Égypte.

– Ô rencontre imprévue ! jour mémorable ! décrets éternels[3] ! dit Mambrès. Ce n'est pas, sans doute, sans un ordre de la Providence universelle que nous nous retrouvons dans cette prairie sur les rivages du Nil, près de la superbe ville de Tanis. Quoi ! c'est vous, madame, qui êtes si fameuse sur les bords de votre petit Jourdain[4], et la première personne du monde pour faire venir des ombres[5]. – Quoi ! c'est vous, Seigneur, qui êtes si fameux pour changer les baguettes en serpents[6], le jour en ténèbres, et les rivières en sang. – Oui, madame ; mais mon grand âge affaiblit une partie de mes lumières et de ma puissance. J'ignore d'où vous vient ce beau taureau blanc, et qui sont ces animaux qui veillent avec vous autour de lui. » La vieille se recueillit, leva les yeux au ciel, puis répondit en ces termes :

1. Les noms sont égyptiens mais la chronologie est totalement fantaisiste. \ **2.** *Pythonisse :* voyante, prophétesse. \ **3.** *Décrets éternels :* décisions venues des puissances éternelles donc des dieux. \ **4.** *Jourdain :* fleuve du Proche-Orient ; né au Liban, il traverse le lac de Tibériade et se jette dans la mer Morte. Il a donc une importance de premier ordre dans la Bible. L'adjectif « petit » qui lui est appliqué révèle les intentions railleuses du conteur. \ **5.** Voltaire a utilisé à la lettre cette expression dans l'article « Enchantement » des *Questions sur l'Encyclopédie*. Dans la langue de l'époque, « la première personne du monde » désignait quelque bienfaiteur. \ **6.** Dans l'Exode, on raconte que les magiciens d'Égypte, tout comme Moïse et Aaron, changèrent les baguettes en serpents et les eaux du Nil en sang ; c'est ce que l'on appelle le « Premier fléau » (7, 14-25).

« Mon cher Mambrès, nous sommes de la même profession ; mais il m'est expressément défendu de vous dire quel est ce taureau. Je puis vous satisfaire sur les autres animaux. Vous les reconnaîtrez aisément aux marques qui les caractérisent. Le serpent est celui qui persuada Ève de manger une pomme, et d'en faire manger à son mari. L'ânesse est celle qui parla dans un chemin creux à Balaam, votre contemporain. Le poisson qui a toujours sa tête hors de l'eau, est celui qui avala Jonas il y a quelques années. Ce chien est celui qui suivit l'ange Raphaël et le jeune Tobie dans le voyage qu'ils firent à Ragès en Médie, du temps du grand Salmanazar[1]. Ce bouc est celui qui expie tous les péchés d'une nation[2]. Ce corbeau et ce pigeon[3] sont ceux qui étaient dans l'arche de Noé, grand événement, catastrophe universelle, que presque toute la terre ignore encore[4] ! Vous voilà au fait. Mais pour le taureau, vous n'en saurez rien. »

Mambrès écoutait avec respect. Puis il dit : « L'Éternel révèle ce qu'il veut et à qui il veut, illustre pythonisse. Toutes ces bêtes, qui sont commises[5] avec vous à la garde du taureau blanc, ne sont connues que de votre généreuse et agréable nation, qui est elle-même inconnue à presque tout le monde. Les merveilles que vous et les vôtres, et moi et les miens, nous avons opérées, seront un jour un grand sujet de doute et de scandale pour les faux sages. Heureusement elles trouveront croyance chez les

1. *Salmanazar :* roi d'Assyrie, il envoya Osée en prison et s'empara d'une grande partie de la Phénicie. Il mourut en 714 avant J.-C.\ **2.** *Le bouc* appartient au rite annuel de purification des Hébreux pour que Dieu pardonne les fautes du peuple (c'est la fête de Kippour). Un premier bouc est offert en sacrifice à Dieu, un second pour Azabel, le démon, chargé de tous les péchés du monde. Ce second bouc, appelé bouc émissaire, est devenu le symbole du rejet d'une responsabilité collective sur un innocent : c'est le sens qu'a le bouc dans ce passage. \ **3.** Tous ces animaux appartiennent au merveilleux biblique que Voltaire entend remettre en cause. \ **4.** Voltaire remarque avec ironie que les historiens ne mentionnent jamais le Déluge, raconté dans la Genèse et l'Exode. C'est déjà une manière de discréditer le récit biblique. \ **5.** *Être commis à quelque chose :* être chargé de quelque chose.

sages véritables qui seront soumis aux voyants[1] dans une petite partie du monde, et c'est tout ce qu'il faut. »

Comme il prononçait ces paroles, la princesse le tira par la manche, et lui dit : « Mambrès, est-ce que vous ne m'achèterez pas mon taureau ? » Le mage, plongé dans une rêverie profonde, ne répondit rien ; et Amaside versa des larmes.

Elle s'adressa alors elle-même à la vieille, et lui dit : « Ma bonne, je vous conjure par tout ce que vous avez de plus cher au monde, par votre père, par votre mère, par votre nourrice, qui sans doute vivent encore, de me vendre non seulement votre taureau, mais aussi votre pigeon, qui lui paraît fort affectionné. Pour vos autres bêtes, je n'en veux point ; mais je suis fille à tomber malade de vapeurs[2] si vous ne me vendez ce charmant taureau blanc, qui fera toute la douceur de ma vie. »

La vieille lui baisa respectueusement les franges de sa robe de gaze[3], et lui dit : « Princesse, mon taureau n'est point à vendre, votre illustre mage en est instruit. Tout ce que je pourrais faire pour votre service, ce serait de le mener paître tous les jours près de votre palais ; vous pourriez le caresser, lui donner des biscuits, le faire danser à votre aise. Mais il faut qu'il soit continuellement sous les yeux de toutes les bêtes qui m'accompagnent, et qui sont chargées de sa garde. S'il ne veut point s'échapper, elles ne lui feront point de mal ; mais s'il essaye encore de rompre sa chaîne, comme il a fait dès qu'il vous a vue, malheur à lui ! je ne répondrais pas de sa vie. Ce gros poisson que vous voyez l'avalerait infailliblement, et le garderait plus de trois jours dans son ventre ; ou bien ce serpent, qui vous a paru peut-être assez doux et assez aimable, lui pourrait faire une piqûre mortelle. »

1. À l'article « Prophète » de son *Dictionnaire*, Dom Calmet explique qu'au commencement, les Hébreux (désignés ici ironiquement par l'expression « toute petite partie du monde ») appelaient les prophètes « voyants ». \ **2.** *Vapeurs :* dans la langue classique, malaise supposé provenir d'exhalaisons du corps montant au cerveau. \ **3.** *Gaze :* tissu léger de soie, de lin ou de laine à armure complexe et fil sinueux.

Le taureau blanc, qui entendait à merveille tout ce que disait la vieille, mais qui ne pouvait parler, accepta toutes ses propositions d'un air soumis. Il se coucha à ses pieds, mugit doucement; et, regardant Amaside avec tendresse, il semblait lui dire: « Venez me voir quelquefois sur l'herbe. » Le serpent prit alors la parole, et dit: « Princesse, je vous conseille de faire aveuglément tout ce que mademoiselle d'Endor vient de vous dire. » L'ânesse dit aussi son mot, et fut de l'avis du serpent. Amaside était affligée que ce serpent et cette ânesse parlassent si bien, et qu'un beau taureau, qui avait les sentiments si nobles et si tendres, ne pût les exprimer[1]. « Hélas! rien n'est plus commun à la cour, disait-elle tout bas; on y voit tous les jours de beaux seigneurs qui n'ont point de conversation, et des malotrus[2] qui parlent avec assurance.

– Ce serpent n'est point un malotru, dit Mambrès; ne vous y trompez pas. C'est peut-être la personne de la plus grande considération. »

Le jour baissait, la princesse fut obligée de s'en retourner, après avoir bien promis de revenir le lendemain à la même heure. Ses dames du palais étaient émerveillées, et ne comprenaient rien à ce qu'elles avaient vu et entendu. Mambrès faisait ses réflexions. La princesse, songeant que le serpent avait appelé la vieille *mademoiselle*, conclut au hasard qu'elle était pucelle[3], et sentit quelque affliction de l'être encore: affliction respectable, qu'elle cachait avec autant de scrupule que le nom de son amant[4].

1. Ce passage montre bien la double inspiration du conteur, biblique et traditionnelle avec le merveilleux animal. \ **2.** *Malotrus :* personnes sans éducation et aux manières grossières.\ **3.** *Pucelle :* le conteur joue sur le double emploi du mot à son époque : comme dans la langue moderne, « mademoiselle » désigne une jeune fille ou une femme célibataire, mais au XVIIIe siècle, il s'employait pour les femmes nobles non titrées. \ **4.** Allusion grivoise du conteur.

Chapitre troisième

Comment la belle Amaside eut un secret entretien avec un beau serpent

La belle princesse recommanda le secret à ses dames sur ce qu'elles avaient vu. Elles le promirent toutes et en effet le gardèrent un jour entier. On peut croire qu'Amaside dormit peu cette nuit. Un charme inexplicable lui rappelait sans cesse l'idée de son beau taureau. Dès qu'elle put être en liberté avec son sage Mambrès, elle lui dit : « Ô sage ! cet animal me tourne la tête. – Il occupe beaucoup la mienne, dit Mambrès. Je vois clairement que ce chérubin[1] est fort au-dessus de son espèce. Je vois qu'il y a là un grand mystère, mais je crains un événement funeste. Votre père Amasis est violent et soupçonneux ; toute cette affaire exige que vous vous conduisiez avec la plus grande prudence.

– Ah ! dit la princesse, j'ai trop de curiosité pour être prudente ; c'est la seule passion qui puisse se joindre dans mon cœur à celle qui me dévore pour l'amant que j'ai perdu. Quoi ! ne pourrai-je savoir ce que c'est que ce taureau blanc qui excite dans moi un trouble si inouï[2] ?

– Madame, lui répondit Mambrès, je vous ai avoué déjà que ma science baisse à mesure que mon âge avance ; mais je me trompe fort, ou le serpent est instruit de ce que vous avez tant d'envie de savoir. Il a de l'esprit, il s'explique en bons termes, il est accoutumé depuis longtemps à se mêler des affaires des dames. – Ah ! sans doute, dit Amaside, c'est ce beau serpent de l'Égypte, qui, en se mettant la queue dans la bouche, est le symbole de l'éternité, qui éclaire le monde dès qu'il ouvre les

1. *Chérub* : voir note 1, page 157. \ **2.** *Inouï :* dans la langue classique, nouveau, inconnu.

yeux, et qui l'obscurcit dès qu'il les ferme[1]. – Non, madame. – C'est donc le serpent d'Esculape[2] ? – Encore moins. – C'est peut-être Jupiter sous la forme d'un serpent ? – Point du tout. – Ah ! je vois, c'est votre baguette, que vous changeâtes autrefois en serpent ? – Non, vous dis-je, madame ; mais tous ces serpents-là sont de la même famille. Celui-là a beaucoup de réputation dans son pays : il y passe pour le plus habile serpent qu'on ait jamais vu. Adressez-vous à lui. Toutefois je vous avertis que c'est une entreprise fort dangereuse. Si j'étais à votre place, je laisserais là le taureau, l'ânesse, le serpent, le poisson, le chien, le bouc, le corbeau, et la colombe. Mais la passion vous emporte ; tout ce que je puis faire est d'en avoir pitié, et de trembler. »

La princesse le conjura de lui procurer un tête-à-tête avec le serpent. Mambrès, qui était bon, y consentit ; et, en réfléchissant toujours profondément, il alla trouver sa pythonisse. Il lui exposa la fantaisie de sa princesse avec tant d'insinuation[3] qu'il la persuada.

La vieille lui dit donc qu'Amaside était la maîtresse ; que le serpent savait très bien vivre, qu'il était fort poli avec les dames ; qu'il ne demandait pas mieux que de les obliger[4], et qu'il se trouverait au rendez-vous.

Le vieux mage revint apporter à la princesse cette bonne nouvelle ; mais il craignait encore quelque malheur, et faisait toujours ses réflexions. « Vous voulez parler au serpent, madame ; ce sera quand il plaira à Votre Altesse. Souvenez-vous qu'il faut beaucoup le flatter, car tout animal est pétri d'amour-propre, et surtout lui. On dit même qu'il fut chassé autrefois d'un beau lieu pour son excès d'orgueil[5]. – Je ne l'ai jamais ouï dire, repartit la

1. Voltaire donne, dans son *Dictionnaire philosophique* (1771), à l'article « Emblème », comme exemple d'emblème, l'image du serpent qui se cache la queue dans la tête. Cette représentation symbolise l'éternité. \ **2.** *Esculape :* dieu romain de la médecine. \ **3.** *Insinuation :* manière habile de faire entendre une chose. \ **4.** *Obliger :* aider, rendre service.\ **5.** Allusion au serpent de la Genèse chassé du Paradis originel pour orgueil ; Dieu l'a alors puni à ramper pour le restant de ses jours.

princesse. – Je le crois bien », reprit le vieillard. Alors il lui apprit tous les bruits qui avaient couru sur ce serpent si fameux. « Mais, madame, quelque aventure singulière qui lui soit arrivée, vous ne pouvez arracher son secret qu'en le flattant. Il passe dans un pays voisin pour avoir joué autrefois un tour pendable aux femmes[1] ; il est juste qu'à son tour une femme le séduise. – J'y ferai mon possible », dit la princesse.

Elle partit donc avec ses dames du palais et le bon mage eunuque. La vieille alors faisait paître le taureau blanc assez loin. Mambrès laissa Amaside en liberté, et alla entretenir sa pythonisse. La dame d'honneur causa avec l'ânesse ; les dames de compagnie s'amusèrent avec le bouc, le chien, le corbeau, et la colombe ; pour le gros poisson, qui faisait peur à tout le monde, il se replongea dans le Nil par ordre de la vieille.

Le serpent alla aussitôt au-devant de la belle Amaside dans le bocage, et ils eurent ensemble cette conversation :

LE SERPENT

Vous ne sauriez croire combien je suis flatté, madame, de l'honneur que Votre Altesse daigne me faire.

LA PRINCESSE

Monsieur, votre grande réputation, la finesse de votre physionomie et le brillant de vos yeux, m'ont aisément déterminée à rechercher ce tête-à-tête. Je sais, par la voix publique (si elle n'est point trompeuse), que vous avez été un grand seigneur dans le ciel empyrée[2].

---

1. Nouvelle allusion à la Genèse : le serpent a abordé la femme, Ève, en lui proposant de manger le fruit de l'arbre de la connaissance contre l'avis divin. Cela avait provoqué la colère de Dieu qui a chassé Adam et Ève du paradis (Genèse, 2, 25 à 3, 24). \ **2.** *Le ciel empyrée :* le ciel conçu comme séjour des dieux (l'empyrée est la plus élevée des quatre sphères célestes qui contenaient les feux éternels, c'est-à-dire les astres).

LE SERPENT

Il est vrai, madame, que j'y avais une place assez distinguée. On prétend que je suis un favori disgracié : c'est un bruit qui a couru d'abord dans l'Inde[1]. Les bracmanes sont les premiers qui ont donné une longue histoire de mes aventures[2]. Je ne doute pas que des poètes du Nord n'en fassent un jour un poème épique bien bizarre, car, en vérité, c'est tout ce qu'on en peut faire[3]. Mais je ne suis pas tellement déchu que[4] je n'aie encore dans ce globe-ci un domaine très considérable. J'oserais presque dire que toute la terre m'appartient.

LA PRINCESSE

Je le crois, monsieur, car on dit que vous avez le talent de persuader tout ce que vous voulez, et c'est régner que de plaire.

LE SERPENT

J'éprouve, madame, en vous voyant et en vous écoutant, que vous avez sur moi cet empire[5] qu'on m'attribue sur tant d'autres âmes.

LA PRINCESSE

Vous êtes, je le crois, un aimable vainqueur. On prétend que vous avez subjugué bien des dames, et que vous commençâtes par notre mère commune, dont j'ai oublié le nom.

1. Note de Voltaire : les bracmanes furent en effet les premiers qui imaginèrent une révolte dans le ciel, et cette fable servit longtemps après de canevas à l'histoire de la guerre des géants contre les dieux et à quelques autres histoires. \ **2.** Mme du Châtelet, dans son *Examen de la Bible*, avait déjà remarqué que la révolte des anges n'était mentionnée que par une épître de Jude dont l'authenticité est plus qu'incertaine. Cela permet toutefois au conteur de marquer l'antériorité des Indiens, thème qu'il affectionne particulièrement.\ **3.** Voltaire pense probablement au *Paradis perdu* de Milton. \ **4.** *Que* a la valeur causale de « puisque ». La négation *« ne »* vient de l'attraction opérée par la principale à la forme négative ; cela était courant dans la langue classique. \ **5.** *Avoir de l'empire sur quelqu'un :* avoir une forte influence.

Le serpent

On me fait tort : je lui donnai le meilleur conseil du monde. Elle m'honorait de sa confiance. Mon avis fut qu'elle et son mari devaient se gorger du fruit de l'arbre de la science. Je crus plaire en cela au maître des choses[1]. Un arbre si nécessaire au genre humain ne me paraissait pas planté pour être inutile. Le maître aurait-il voulu être servi par des ignorants et des idiots ? L'esprit n'est-il pas fait pour s'éclairer, pour se perfectionner ? Ne faut-il pas connaître le bien et le mal pour faire l'un et pour éviter l'autre[2] ? Certainement on me devait des remerciements.

La princesse

Cependant on dit qu'il vous en arriva mal. C'est apparemment depuis ce temps-là que tant de ministres ont été punis d'avoir donné de bons conseils, et que tant de vrais savants et de grands génies ont été persécutés pour avoir écrit des choses utiles au genre humain[3].

Le serpent

Ce sont apparemment mes ennemis, madame, qui vous ont fait ces contes. Ils vont criant que je suis mal en cour. Une preuve que j'y ai un très grand crédit, c'est qu'eux-mêmes avouent que j'entrai dans le conseil quand il fut question d'éprouver[4] le bonhomme Job, et que j'y fus encore appelé quand on y prit la

1. Évocation du récit de la chute. Dieu avait dit au chapitre biblique précédent : « Tu pourras manger de tout arbre du jardin. » Le serpent lui fait dire le contraire et met en avant l'interdit en oubliant le don, il présente donc Dieu comme celui qui empêche et non celui qui permet. Le conteur s'inscrit dans cette perspective pour critiquer l'omniscience d'un Dieu qui se garde pour lui le bon côté de la vie. À noter la périphrase qui témoigne du déisme de Voltaire. \ **2.** Voltaire a déjà exprimé cette idée que la connaissance est nécessaire à la morale dans les *Questions de Zapata* (1767). \ **3.** Voltaire en profite pour glisser une dénonciation de la censure qui combat farouchement les idées nouvelles des Lumières favorables au progrès du genre humain. \ **4.** *Éprouver :* littéralement mettre à l'épreuve.

résolution de tromper un certain roitelet nommé Achab[1] : ce fut moi seul qu'on chargea de cette noble commission.

La princesse

Ah ! monsieur, je ne crois pas que vous soyez fait pour tromper. Mais, puisque vous êtes toujours dans le ministère[2], puis-je vous demander une grâce ? J'espère qu'un seigneur si aimable ne me refusera pas.

Le serpent

Madame, vos prières sont des lois. Qu'ordonnez-vous ?

La princesse

Je vous conjure de me dire ce que c'est que ce beau taureau blanc pour qui j'éprouve dans moi des sentiments incompréhensibles, qui m'attendrissent, et qui m'épouvantent. On m'a dit que vous daigneriez m'en instruire.

Le serpent

Madame, la curiosité est nécessaire à la nature humaine, et surtout à votre aimable sexe : sans elle on croupirait[3] dans la plus honteuse ignorance. J'ai toujours satisfait, autant que je l'ai pu, la curiosité des dames. On m'accuse de n'avoir eu cette complaisance que pour faire dépit au maître des choses[4]. Je vous jure que mon seul but serait de vous obliger ; mais la vieille a dû vous avertir qu'il y a quelque danger pour vous dans la révélation de ce secret.

1. Note de Voltaire : « Le Seigneur dit : "Qui trompera Achab, roi d'Israël, afin qu'il marche en Ramoth de Galaad, et qu'il y tombe ?" Et un esprit s'avança et se présenta devant le Seigneur, et lui dit : "C'est moi qui le tromperai." Et le Seigneur lui dit : "Comment ? Oui, tu le tromperas ; et tu prévaudras. Va, et fais ainsi." » (troisième Livre des Rois, chap. XXII, v. 21 et 22). \ **2.** *Ministère :* dans la langue classique, charge, emploi, fonction. \ **3.** *Croupirait :* demeurerait dans un état pénible ou mauvais. \ **4.** Même renversement du texte biblique que note 1, page 166.

La princesse

Ah ! c'est ce qui me rend encore plus curieuse.

Le serpent

Je reconnais là toutes les belles dames à qui j'ai rendu service.

La princesse

Si vous êtes sensible, si tous les êtres se doivent des secours mutuels, si vous avez pitié d'une infortunée, ne me refusez pas.

Le serpent

Vous me fendez le cœur ; il faut vous satisfaire ; mais ne m'interrompez pas.

La princesse

Je vous le promets.

Le serpent

Il y avait un jeune roi, beau, fait à peindre, amoureux, aimé…

La princesse

Un jeune roi ! beau, fait à peindre, amoureux, aimé ! et de qui ? et quel était ce roi ? quel âge avait-il ? qu'est-il devenu ? où est-il ? où est son royaume ? quel est son nom ?

Le serpent

Ne voilà-t-il pas que vous m'interrompez, quand j'ai commencé à peine. Prenez garde : si vous n'avez pas plus de pouvoir sur vous-même, vous êtes perdue.

La princesse

Ah ! pardon, monsieur, cette indiscrétion ne m'arrivera plus ; continuez, de grâce.

Le serpent

Ce grand roi, le plus aimable et le plus valeureux des hommes, victorieux partout où il avait porté ses armes, rêvait souvent en dormant ; et, quand il oubliait ses rêves, il voulait que ses mages s'en ressouvinssent, et qu'ils lui apprissent ce qu'il avait rêvé, sans quoi il les faisait tous pendre, car rien n'est plus juste. Or il y a bientôt sept ans qu'il songea un beau songe dont il perdit la mémoire en se réveillant ; et un jeune Juif, plein d'expérience, lui ayant expliqué son rêve, cet aimable roi fut soudain changé en bœuf[1] ; car…[2]

La princesse

Ah ! c'est mon cher Nabu…

Elle ne put achever ; elle tomba évanouie. Mambrès, qui écoutait de loin, la vit tomber, et la crut morte.

Chapitre quatrième

Comment on voulut sacrifier le bœuf et exorciser la princesse

Mambrès court à elle en pleurant. Le serpent est attendri : il ne peut pleurer, mais il siffle d'un ton lugubre ; il crie : « Elle est morte ! » L'ânesse répète : « Elle est morte ! » Le corbeau le redit ; tous les autres animaux paraissent saisis de douleur,

1. Note de Voltaire : Toute l'Antiquité employait indifféremment les termes de « bœuf » et de « taureau ». \ **2.** Il s'agit ici de la légende biblique de Nabuchodonosor roi qui a été transformé en bœuf. Ce récit merveilleux à visée édifiante apparaît dans le livre du prophète Daniel, IV, 29. Certains commentaires, dont celui de Dom Calmet, ont parlé de lycanthropie ; Voltaire choisit pour le besoin du conte de prendre la métamorphose au sens propre.

excepté le poisson de Jonas, qui a toujours été impitoyable[1]. La dame d'honneur, les dames du palais, arrivent et s'arrachent les cheveux[2]. Le taureau blanc, qui paissait au loin, et qui entend leurs clameurs, court au bosquet, et entraîne la vieille avec lui en poussant des mugissements dont les échos retentissent. En vain toutes les dames versaient sur Amaside expirante leurs flacons d'eau de rose, d'œillet, de myrte[3], de benjoin[4], de baume de la Mecque, de cannelle, d'amomon[5] de gérofle, de muscade, d'ambre gris[6]. Elle n'avait donné aucun signe de vie; mais, dès qu'elle sentit le beau taureau blanc à ses côtés, elle revint à elle plus fraîche, plus belle, plus animée que jamais. Elle donna cent baisers à cet animal charmant, qui penchait languissamment[7] sa tête sur son sein d'albâtre[8]. Elle l'appelle: « Mon maître, mon roi, mon cœur, ma vie. » Elle passe ses bras d'ivoire autour de ce cou plus blanc que la neige. La paille légère s'attache moins fortement à l'ambre, la vigne à l'ormeau, le lierre au chêne. On entendait le doux murmure de ses soupirs; on voyait ses yeux, tantôt étincelants d'une tendre flamme, tantôt offusqués par ces larmes précieuses que l'amour fait répandre.

On peut juger dans quelle surprise la dame d'honneur d'Amaside et les dames de compagnie étaient plongées. Dès qu'elles furent rentrées au palais, elles racontèrent toutes à leurs amants cette aventure étrange, et chacune avec des circonstances

1. On retrouve, appliqué au récit biblique, le manichéisme des contes, ce qui est le moyen pour Voltaire de ramener la Bible à un texte d'une simplicité affligeante. \ **2.** Manifestations traditionnelles du deuil dans l'Antiquité. \ **3.** *Myrte :* arbrisseau dont on utilise les feuilles comme parfums. \ **4.** *Benjoin :* substance aromatique et résineuse qui provient du styrax benjoin, arbre des Indes.\ **5.** *Amomon :* aujourd'hui amome, plante apparentée au gingembre. \ **6.** Tous ces parfums sont, en fait, évoqués dans les *Mille et Une Nuits* où ils étaient également utilisés comme remèdes, notamment dans l'épisode des Trois Calenders où un personnage amputé de trois doigts est guéri rapidement par du « baume de la Mecque ». Voltaire s'est inspiré de ces contes, en vogue à son époque.\ **7.** *Languissamment :* d'une manière languissante, sans entrain ni énergie. \ **8.** *D'albâtre :* d'une blancheur éclatante.

différentes, qui en augmentaient la singularité, et qui contribuent toujours à la variété de toutes les histoires.

Dès qu'Amasis, le roi de Tanis, en fut informé, son cœur royal fut saisi d'une juste colère. Tel fut le courroux de Minos quand il sut que sa fille Pasiphaé[1] prodiguait ses tendres faveurs au père du minotaure. Ainsi frémit Junon lorsqu'elle vit Jupiter son époux caresser la belle vache Io[2], fille du fleuve Inachus. Amasis fit enfermer la belle Amaside dans sa chambre, et mit une garde d'eunuques noirs à sa porte ; puis il assembla son conseil secret.

Le grand mage Mambrès y présidait, mais il n'avait plus le même crédit qu'autrefois. Tous les ministres d'État conclurent que le taureau blanc était un sorcier. C'était tout le contraire : il était ensorcelé ; mais on se trompe toujours à la cour dans ces affaires délicates.

On conclut à la pluralité des voix qu'il fallait exorciser[3] la princesse, et sacrifier le taureau blanc et la vieille.

Le sage Mambrès ne voulut point choquer l'opinion du roi et du conseil. C'était à lui qu'appartenait le droit de faire les exorcismes ; il pouvait les différer sous un prétexte très plausible. Le dieu Apis[4] venait de mourir à Memphis. Un dieu bœuf meurt comme un autre. Il n'était permis d'exorciser personne en Égypte jusqu'à ce qu'on eût trouvé un autre bœuf qui pût remplacer le défunt.

Il fut donc arrêté dans le conseil qu'on attendrait la nomination qu'on devait faire du nouveau dieu à Memphis.

Le bon vieillard Mambrès sentait à quel péril sa chère princesse était exposée : il voyait quel était son amant. Les

1. Il s'agit d'une erreur de Voltaire car Pasiphaé était la femme et non la fille de Minos. Il a sans doute été abusé par le vers de Racine, extrait de *Phèdre*, « la fille de Minos et de Pasiphaé ». \ **2.** Ce récit de la métamorphose d'Io déjà évoqué par Voltaire dans le conte vient des *Métamorphoses* d'Ovide, I, 588-624. \ **3.** *Exorciser :* chasser les démons du corps des possédés et des ensorcelés à l'aide de gestes rituels et de formules incantatoires. \ **4.** *Apis :* dieu de l'ancienne Égypte que l'on adorait sous la forme d'un taureau sacré.

syllabes *Nabu*, qui lui étaient échappées, avaient décelé tout le mystère aux yeux de ce sage.

La dynastie[1] de Memphis appartenait alors aux Babyloniens : ils conservaient ce reste de leurs conquêtes passées, qu'ils avaient faites sous le plus grand roi du monde, dont Amasis était l'ennemi mortel. Mambrès avait besoin de toute sa sagesse pour se bien conduire parmi tant de difficultés. Si le roi Amasis découvrait l'amant de sa fille, elle était morte : il l'avait juré. Le grand, le jeune, le beau roi dont elle était éprise, avait détrôné son père, qui n'avait repris son royaume de Tanis que depuis près de sept ans qu'on ne savait ce qu'était devenu l'adorable monarque, le vainqueur et l'idole des nations, le tendre et généreux amant de la charmante Amaside. Mais aussi, en sacrifiant le taureau, on faisait mourir infailliblement la belle Amaside de douleur.

Que pouvait faire Mambrès dans des circonstances si épineuses ? Il va trouver sa chère nourrissonne[2] au sortir du conseil, et lui dit : « Ma belle enfant, je vous servirai ; mais je vous le répète, on vous coupera le cou si vous prononcez jamais le nom de votre amant.

– Ah ! que m'importe mon cou, dit la belle Amaside, si je ne puis embrasser celui de Nabucho !... Mon père est un bien méchant homme ! Non seulement il refusa de me donner au beau prince que j'idolâtre, mais il lui déclara la guerre ; et, quand il a été vaincu par mon amant, il a trouvé le secret de le changer

1. Note de Voltaire : Dynastie signifie proprement puissance. Ainsi on peut se servir de ce mot, malgré les cavillations de Larcher. Dynastie vient du phénicien *dunast* et Larcher est un ignorant qui ne sait ni le phénicien, ni le syriaque, ni le cophte. Par cette note, Voltaire, poursuivant une polémique, tente de défendre un emploi indéfendable qu'il avait fait du mot « dynastie ». En effet, il avait parlé, dans *La Défense de mon oncle*, « des dames de la dynastie de Mendès » et Larcher lui avait fait remarquer que le mot ne s'employait en français comme en grec que pour une « suite de rois d'une même famille ». Voltaire s'enferre donc inutilement dans sa note car Larcher avait raison. \ **2.** *Nourrissonne :* à comprendre au sens figuré de disciple (ce sens a aujourd'hui disparu).

en bœuf. A-t-on jamais vu une malice plus effroyable ? Si mon père n'était pas mon père, je ne sais ce que je lui ferais.

– Ce n'est pas votre père qui lui a joué ce cruel tour, dit le sage Mambrès, c'est un Palestin, un de nos anciens ennemis, un habitant d'un petit pays compris dans la foule des États que votre auguste amant a domptés pour les policer. Ces métamorphoses ne doivent point vous surprendre ; vous savez que j'en faisais autrefois de plus belles : rien n'était plus commun alors que ces changements qui étonnent aujourd'hui les sages. L'histoire véritable[1] que nous avons lue ensemble nous a enseigné que Lycaon, roi d'Arcadie, fut changé en loup. La belle Callisto, sa fille, fut changée en ourse ; Io, fille d'Inachus, notre vénérable Isis, en vache ; Daphné, en laurier ; Syrinx, en flûte. La belle Édith[2], femme de Loth, le meilleur, le plus tendre père qu'on ait jamais vu, n'est-elle pas devenue dans notre voisinage une grande statue de sel très belle et très piquante, qui a conservé toutes les marques de son sexe, et qui a régulièrement ses ordinaires[3] chaque mois, comme l'attestent les grands hommes[4] qui l'ont vue[5] ? J'ai été témoin de ce changement dans ma jeunesse. J'ai vu cinq puissantes villes, dans le séjour du monde le plus sec et le plus aride, transformées tout à coup en un beau lac[6]. On

1. Tournure ironique car il s'agit des *Métamorphoses* d'Ovide. L'expression était très utilisée au XVIIIe siècle comme sous-titre accrocheur : bien que l'ayant lui-même utilisée pour l'*Ingénu,* Voltaire se moque de cet usage courant. \ **2.** Évocations de métamorphoses célèbres : deux grecques, celles de Lycaon et de Callisto ; une égyptienne, celle de Syrinx ; deux romaines, celles d'Isis et de Daphné ; et enfin une biblique, la plus importante du passage. \ **3.** Note de Voltaire : Tertullien, dans son poème de *Sodome*, dit : *Dicitur et vivens alio sub corpore sexus / Munificos solito dispungere sanguine menses.* Saint Irénée, liv. IV, dit : *Per naturalia ea quœ sunt consuetudinis feminœ ostendens.* Traduction des citations de la note rédigée par le conteur : « On dit que son sexe, resté vivant sous un autre corps, marque certains jours du mois du sang accoutumé » ; « faisant voir par les parties naturelles les écoulements propres au sexe féminin ». \ **4.** L'attribution à Tertullien du poème sur *Sodome* et l'exactitude de la transcription en latin du texte de saint Irénée sont suspectes, elles viennent de Dom Calmet. \ **5.** Voltaire se moque du prétendu prodige attribué à la statue de sel. \ **6.** Le texte de la Genèse parle seulement de deux villes détruites, l'ajout vient encore de Dom Calmet : « Les voyageurs assurent que lorsque les eaux sont basses, on voit les ruines de ces villes dans la mer Morte. »

ne marchait dans mon jeune temps que sur des métamorphoses.

« Enfin madame, si les exemples peuvent adoucir votre peine, souvenez-vous que Vénus a changé les Cérastes en bœufs[1]. – Je le sais, dit la malheureuse princesse, mais les exemples consolent-ils ? Si mon amant était mort, me consolerais-je par l'idée que tous les hommes meurent[2] ? – Votre peine peut finir, dit le sage ; et puisque votre tendre amant est devenu bœuf, vous voyez bien que de bœuf il peut devenir homme. Pour moi, il faudrait que je fusse changé en tigre ou en crocodile, si je n'employais pas le peu de pouvoir qui me reste pour le service d'une princesse digne des adorations de la terre, pour la belle Amaside, que j'ai élevée sur mes genoux, et que sa fatale destinée met à des épreuves si cruelles. »

Chapitre cinquième

Comment le sage Mambrès se conduisit sagement

Le divin Mambrès ayant dit à la princesse tout ce qu'il fallait pour la consoler, et ne l'ayant point consolée, courut aussitôt à la vieille. « Ma camarade, lui dit-il, notre métier est beau, mais il est bien dangereux ; vous courez risque d'être pendue, et votre bœuf brûlé, ou noyé, ou mangé. Je ne sais pas ce qu'on fera de vos autres bêtes, car, tout prophète que je suis, je sais bien peu de choses ; mais cachez soigneusement le serpent et le poisson ; que l'un ne mette pas la tête hors de l'eau, et que l'autre ne sorte

1. Épisode des *Métamorphoses* d'Ovide, au livre X. \ **2.** Tel est le thème du conte de Voltaire des *Deux Consolés*.

pas se son trou. Je placerai le bœuf dans une de mes écuries à la campagne ; vous y serez avec lui, puisque vous dites qu'il ne vous est pas permis de l'abandonner. Le bouc émissaire pourra dans l'occasion servir d'expiatoire[1] ; nous l'enverrons dans le désert chargé des péchés de la troupe ; il est accoutumé à cette cérémonie, qui ne lui fait aucun mal ; et l'on sait que tout s'expie avec un bouc qui se promène. Je vous prie seulement de me prêter tout à l'heure le chien de Tobie, qui est un lévrier fort agile, l'ânesse de Balaam, qui court mieux qu'un dromadaire, le corbeau et le pigeon de l'arche, qui volent très rapidement. Je veux les envoyer en ambassade à Memphis pour une affaire de la dernière conséquence. »

La vieille repartit au mage : « Seigneur, vous pouvez disposer à votre gré du chien de Tobie, de l'ânesse de Balaam, du corbeau et du pigeon de l'arche, et du bouc émissaire ; mais mon bœuf ne peut coucher dans une écurie. Il est dit qu'il doit être attaché à une chaîne d'acier, "être toujours mouillé de la rosée, et brouter l'herbe sur la terre[2], et que sa portion sera avec les bêtes sauvages". Il m'est confié, je dois obéir. Que penseraient de moi Daniel, Ézéchiel et Jérémie[3], si je confiais mon bœuf à d'autres qu'à moi-même ? Je vois que vous savez le secret de cet étrange animal. Je n'ai pas à me reprocher de vous l'avoir révélé. Je vais le conduire loin de cette terre impure, vers le lac Sirbon, loin des cruautés du roi de Tanis. Mon poisson et mon serpent me défendront : je ne crains personne quand je sers mon maître[4]. »

Le sage Mambrès repartit ainsi : « Ma bonne, la volonté de Dieu soit faite ! Pourvu que je retrouve notre taureau blanc, il ne m'importe ni du lac de Sirbon, ni du lac de Mœris, ni du

1. Allusion au rite juif de Kippour expliqué dans la note 2 page 159. \ **2.** Note de Voltaire : Daniel, chap. V. \ **3.** *Daniel, Ézéchiel et Jérémie :* ce sont trois grands prophètes de la Bible ; les douze autres ayant rédigé des textes plus brefs, leur mission a également été moins importante. \ **4.** Voltaire s'inspire du proverbe : « Qui sert bon maître ne craint personne. »

lac de Sodome ; je ne veux que lui faire du bien, et à vous aussi. Mais pourquoi m'avez-vous parlé de Daniel, d'Ézéchiel et de Jérémie ?

– Ah ! seigneur, reprit la vieille, vous savez aussi bien que moi l'intérêt qu'ils ont eu dans cette grande affaire. Mais je n'ai pas de temps à perdre ; je ne veux point être pendue ; je ne veux point que mon taureau soit brûlé, ou noyé ou mangé. Je m'en vais auprès du lac de Sirbon par Canope[1], avec mon serpent et mon poisson. Adieu ! »

Le taureau la suivit tout pensif, après avoir témoigné au bienfaisant Mambrès la reconnaissance qu'il lui devait.

Le sage Mambrès était dans une cruelle inquiétude. Il voyait bien qu'Amasis, roi de Tanis, désespéré de la folle passion de sa fille pour cet animal, et la croyant ensorcelée, ferait poursuivre partout le malheureux taureau, et qu'il serait infailliblement brûlé, en qualité de sorcier, dans la place publique de Tanis, ou livré au poisson de Jonas, ou rôti, ou servi sur table. Il voulait, à quelque prix que ce fût, épargner ce désagrément à la princesse.

Il écrivit une lettre au grand prêtre de Memphis, son ami, en caractères sacrés, sur du papier d'Égypte qui n'était pas encore en usage[2]. Voici les propres mots de sa lettre :

« Lumière du monde, lieutenant d'Isis, d'Osiris, et d'Horus, chef des circoncis, vous dont l'autel est élevé, comme de raison, au-dessus de tous les trônes ; j'apprends que votre dieu le bœuf Apis est mort. J'en ai un autre à votre service. Venez vite avec vos prêtres le reconnaître, l'adorer, et le conduire dans l'écurie de votre temple. Qu'Isis, Osiris et Horus vous aient

1. L'itinéraire est fantaisiste : pour aller de Tanis au lac Sirbon, on ne passe pas par Canope qui se trouve à l'extrémité occidentale du delta du Nil. \ **2.** Voltaire sait que le papyrus remonte à l'époque d'Alexandre : il attaque ici les anachronismes de la Bible qui n'a pu être écrite qu'à partir des récits oraux et fort longtemps après les événements.

en leur sainte et digne garde ; et vous, messieurs les prêtres de Memphis, en leur sainte garde !

« Votre affectionné ami,
« MAMBRÈS. »

Il fit quatre duplicata de cette lettre, de crainte d'accident[1], et les enferma dans des étuis de bois d'ébène le plus dur. Puis appelant à lui quatre courriers qu'il destinait à ce message (c'étaient l'ânesse, le chien, le corbeau et le pigeon), il dit à l'ânesse : « Je sais avec quelle fidélité vous avez servi Balaam, mon confrère ; servez-moi de même. Il n'y a point d'onocrotale[2] qui vous égale à la course ; allez, ma chère amie, rendez ma lettre en main propre, et revenez. » L'ânesse lui répondit : « Comme j'ai servi Balaam, je servirai monseigneur ; j'irai et je reviendrai. » Le sage lui mit le bâton d'ébène dans la bouche, et elle partit comme un trait.

Puis il fit venir le chien de Tobie, et lui dit : « Chien fidèle, et plus prompt à la course qu'Achille aux pieds légers, je sais ce que vous avez fait pour Tobie, fils de Tobie, lorsque vous et l'ange Raphaël vous l'accompagnâtes de Ninive à Ragès en Médie et de Ragès à Ninive, et qu'il rapporta à son père dix talents[3] que l'esclave Tobie père avait prêtés à l'esclave Gabelus ; car ces esclaves étaient fort riches. Portez à son adresse cette lettre, qui est plus précieuse que dix talents d'argent. » Le chien lui répondit : « Seigneur, si j'ai suivi autrefois le messager Raphaël, je puis tout aussi bien faire votre commission. » Mambrès lui mit la lettre dans la gueule. Il en dit autant à la colombe. Elle lui répondit : « Seigneur, si j'ai rapporté un rameau dans l'arche, je vous apporterai de même votre réponse. » Elle prit la lettre dans son bec. On les perdit tous trois de vue en un instant.

1. Le conteur raille le style et les usages diplomatiques de son temps. \ **2.** *Onocrotale* : confusion avec le mot « onagre », désignant un âne sauvage. \ **3.** Note de Voltaire : vingt mille écus argent de France, au cours de ce jour.

Puis il dit au corbeau : « Je sais que vous avez nourri le grand prophète Élie[1], lorsqu'il était caché auprès du torrent Carith, si fameux dans toute la terre. Vous lui apportiez tous les jours de bon pain et des poulardes[2] grasses ; je ne vous demande que de porter cette lettre à Memphis. »

Le corbeau répondit en ces mots : « Il est vrai, seigneur, que je portais tous les jours à dîner au grand prophète Élie le Thesbite, que j'ai vu monter dans l'atmosphère sur un char de feu traîné par quatre chevaux de feu[3], quoique ce ne soit pas la coutume ; mais je prenais toujours la moitié du dîner pour moi. Je veux bien porter votre lettre, pourvu que vous m'assuriez de deux bons repas chaque jour, et que je sois payé d'avance en argent comptant pour ma commission. »

Mambrès, en colère, dit à cet animal : « Gourmand et malin, je ne suis pas étonné qu'Apollon, de blanc que tu étais comme un cygne, t'ait rendu noir comme une taupe, lorsque dans les plaines de Thessalie tu trahis la belle Coronis, malheureuse mère d'Esculape[4]. Eh ! dis-moi donc, mangeais-tu tous les jours des aloyaux[5] et des poulardes quand tu fus dix mois dans l'arche ?
– Monsieur, nous y faisions très bonne chère, repartit le corbeau. On servait du rôti deux fois par jour à tous les volatiles de mon espèce, qui ne vivent que de chair, comme à vautours, milans, aigles, buses, éperviers, ducs, émouchets, faucons, hiboux, et à la foule innombrable des oiseaux de proie. On garnissait avec une profusion bien plus grande les tables des lions, des léopards, des tigres, des panthères, des onces, des hyènes, des loups, des ours, des renards, des fouines et de tous les quadrupèdes carnivores. Il

1. Note de Voltaire : troisième Livre des Rois, chap. XVII. \ **2.** L'erreur vient de Dom Calmet : Élie se nourrissait en vérité de corbeaux que lui apportait un corbeau envoyé de Dieu. \ **3.** Au cours de sa seconde expérience spirituelle au mont Sinaï, Élie a mystérieusement disparu, emporté sur un char de feu. \ **4.** Épisode raconté au livre II des *Métamorphoses* d'Ovide. \ **5.** *Aloyaux :* région lombaire du bœuf renfermant le filet, le contre-filet et le romsteak.

y avait dans l'arche huit personnes de marque, et les seules qui fussent alors au monde, continuellement occupées du soin de notre table, et de notre garde-robe ; savoir : Noé et sa femme, qui n'avaient guère plus de six cents ans, leurs trois fils et leurs trois épouses. C'était un plaisir de voir avec quel soin, quelle propreté nos huit domestiques servaient plus de quatre mille convives du plus grand appétit, sans compter les peines prodigieuses qu'exigeaient dix à douze mille autres personnes, depuis l'éléphant et la girafe jusqu'aux vers à soie et aux mouches[1]. Tout ce qui m'étonne, c'est que notre pourvoyeur[2] Noé soit inconnu à toutes les nations, dont il est la tige ; mais je ne m'en soucie guère ; je m'étais déjà trouvé à une pareille fête[3] chez le roi de Thrace Xissutre[4]. Ces choses-là arrivent de temps en temps pour l'instruction des corbeaux. En un mot, je veux faire bonne chère, et être très bien payé en argent comptant. »

Le sage Mambrès se garda bien de donner sa lettre à une bête si difficile et si bavarde. Ils se séparèrent fort mécontents l'un de l'autre.

Il fallait cependant savoir ce que deviendrait le beau taureau, et ne pas perdre la piste de la vieille et du serpent. Mambrès ordonna à des domestiques intelligents et affidés[5] de les suivre ; et, pour lui, il s'avança en litière sur le bord du Nil, toujours faisant des réflexions.

1. Cette énumération s'explique par le désir de Voltaire de prouver les invraisemblances du récit de l'arche. À l'époque, il en parle déjà dans les *Questions sur l'Encyclopédie* (article « Déluge universel ») afin de donner la repartie aux apologistes et techniciens de la marine qui, comme le père Fournier, tentaient de prouver la vraisemblance du texte de la Genèse. \ **2.** *Pourvoyeur* : personne qui fournit. \ **3.** Note de Voltaire : Bérose, auteur chaldéen, rapporte en effet que la même aventure advint au roi de Thrace Xissutre : elle était même encore plus merveilleuse, car son arche avait cinq stades de long sur deux de large. Il s'est élevé une grande dispute entre les savants pour démêler lequel est le plus ancien, du roi Xissutre ou de Noé. \ **4.** La source est encore Dom Calmet qui signale la conformité surprenante entre l'histoire de Xissutre et celle de Noé ; l'obsession de Voltaire reste la même : la Bible a-t-elle ou non l'antériorité sur les mythologies païennes ? \ **5.** *Affidés :* à qui l'on peut se fier, confidents.

« Comment se peut-il, disait-il en lui-même, que ce serpent soit le maître de presque toute la terre, comme il s'en vante, et comme tant de doctes[1] l'avouent, et que cependant il obéisse à une vieille ? Comment est-il quelquefois appelé au conseil de là-haut, tandis qu'il rampe sur la terre[2] ? Pourquoi entre-t-il tous les jours dans le corps des gens par sa seule vertu, et que tant de sages prétendent l'en déloger avec des paroles ? Enfin comment passe-t-il chez un petit peuple du voisinage pour avoir perdu le genre humain, et comment le genre humain n'en sait-il rien ? Je suis bien vieux, j'ai étudié toute ma vie : mais je vois là une foule d'incompatibilités que je ne puis concilier. Je ne saurais expliquer ce qui m'est arrivé à moi-même, ni les grandes choses que j'ai faites autrefois, ni celles dont j'ai été témoin. Tout bien pesé, je commence à soupçonner que ce monde-ci subsiste de contradictions : *Rerum concordia discors*, comme disait autrefois mon maître Zoroastre en sa langue[3]. »

Tandis qu'il était plongé dans cette métaphysique obscure, comme l'est toute métaphysique[4], un batelier, en chantant une chanson à boire, amarra un petit bateau près de la rive. On en vit sortir trois graves personnages à demi vêtus de lambeaux crasseux et déchirés, mais conservant sous ces livrées de la pauvreté l'air le plus majestueux et le plus auguste. C'étaient Daniel, Ézéchiel, et Jérémie.

1. *Doctes* : savants. \ **2.** Allusion à une fable de La Fontaine, *Le Gland et la Citrouille* : « C'est dommage, Garo, que tu n'es point entré / Au conseil de celui que prêche ton curé. » \ **3.** Littéralement, « concorde dans la discorde de l'univers ». Plus exactement, il s'agit de Horace, *Épîtres* I, XIJ, 19. L'idée des contradictions du monde est chère au conteur. \ **4.** On voit ici combien Voltaire a la métaphysique en horreur.

Chapitre sixième

Comment Mambrès rencontra trois prophètes, et leur donna un bon dîner

Ces trois grands hommes, qui avaient la lumière prophétique sur le visage, reconnurent le sage Mambrès pour un de leurs confrères, à quelques traits de cette même lumière qui lui restaient encore, et se prosternèrent devant son palanquin[1]. Mambrès les reconnut aussi pour prophètes encore plus à leurs habits qu'aux traits de feu qui partaient de leurs têtes augustes[2]. Il se douta bien qu'ils venaient savoir des nouvelles du taureau blanc ; et, usant de sa prudence ordinaire, il descendit de sa voiture, et avança quelques pas au-devant d'eux avec une politesse mêlée de dignité. Il les releva, fit dresser des tentes et apprêter un dîner dont il jugea que les trois prophètes avaient grand besoin.

Il fit inviter la vieille, qui n'était encore qu'à cinq cents pas. Elle se rendit à l'invitation, et arriva menant toujours le taureau blanc en laisse.

On servit deux potages, l'un de bisque, l'autre à la reine ; les entrées furent une tourte de langues de carpes, des foies de lottes et de brochets, des poulets aux pistaches, de innocents aux truffes et aux olives, deux dindonneaux au coulis d'écrevisses, de mousserons et de morilles, et un chipolata. Le rôti fut composé de faisandeaux, de perdreaux, de gelinottes, de cailles et d'ortolans, avec quatre salades. Au milieu était un surtout dans le dernier goût. Rien ne fut plus délicat que l'entremets ; rien de plus

1. *Palanquin :* chaise ou litière portée à bras d'hommes dans les pays orientaux.
2. *Augustes :* qui inspirent un grand respect, vénérables, sacrées.

magnifique, de plus brillant et de plus ingénieux que le dessert[1].

Au reste, le discret Mambrès avait eu grand soin que dans ce repas il n'y eût ni pièce de bouilli, ni aloyau, ni langue, ni palais de bœuf, ni tétines de vache, de peur que l'infortuné monarque, assistant de loin au dîner, ne crût qu'on lui insultât.

Ce grand et malheureux prince broutait l'herbe auprès de la tente. Jamais il ne sentit plus cruellement la fatale révolution qui l'avait privé du trône pour sept années entières. « Hélas ! disait-il en lui-même, ce Daniel, qui m'a changé en taureau, et cette sorcière de pythonisse, qui me garde, font la meilleure chère du monde ; et moi, le souverain de l'Asie, je suis réduit à manger du foin et à boire de l'eau. »

On but beaucoup de vin d'Engaddi, de Tadmor et de Chiraz[2]. Quand les prophètes et la pythonisse furent un peu en pointe de vin[3], on se parla avec plus de confiance qu'aux premiers services. « J'avoue, dit Daniel, que je ne faisais pas si bonne chère quand j'étais dans la fosse aux lions. – Quoi ! monsieur, on vous a mis dans la fosse aux lions ? dit Mambrès ; et comment n'avez-vous pas été mangé ? – Monsieur, dit Daniel, vous savez que les lions ne mangent jamais de prophètes. – Pour moi, dit Jérémie, j'ai passé toute ma vie à mourir de faim ; je n'ai jamais fait un bon repas qu'aujourd'hui. Si j'avais à renaître, et si je pouvais choisir mon état, j'avoue que j'aimerais cent fois mieux être contrôleur général, ou évêque à Babylone, que prophète à Jérusalem. »

Ézéchiel dit : « Il me fut ordonné une fois de dormir trois cent quatre-vingt-dix jours de suite sur le côté gauche, et de manger

1. Tous ces plats sont d'époque, on en trouve la recette dans *Le Nouveau Cuisinier royal et bourgeois* et *L'École des officiers de bouche* de Massialot (1729). Par la gastronomie, Voltaire introduit le merveilleux dans la vie quotidienne. Les « innocents » dont de jeunes pigeons qui n'ont pas encore couvé et le « chipolata » est un ragoût à l'oignon et à la ciboulette. \ **2.** Voltaire connaît bien ces crus réputés, souvent évoqués dans les *Mille et Une Nuits*. Tadmor est la même ville que Palmyre. \ **3.** *Furent un peu en pointe de vin :* furent échauffés par le vin.

pendant tout ce temps-là du pain d'orge, de millet, de vesces, de fèves et de froment, couvert de[1]… je n'ose pas dire[2]. Tout ce que je pus obtenir, ce fut de ne le couvrir que de bouse de vache. J'avoue que la cuisine du seigneur Mambrès est plus délicate. Cependant le métier de prophète a du bon ; et la preuve en est que mille gens s'en mêlent.

– À propos, dit Mambrès, expliquez-moi ce que vous entendez par votre Oolla et par votre Ooliba, qui faisaient tant de cas des chevaux et des ânes. – Ah ! répondit Ézéchiel, ce sont des fleurs de rhétorique[3]. »

Après ces ouvertures de cœur, Mambrès parla d'affaires. Il demanda aux trois pèlerins pourquoi ils étaient venus dans les États du roi de Tanis. Daniel prit la parole : il dit que le royaume de Babylone avait été en combustion depuis que Nabuchodonosor avait disparu ; qu'on avait persécuté tous les prophètes, selon l'usage de la cour ; qu'ils passaient leur vie tantôt à voir des rois à leurs pieds, tantôt à recevoir cent coups d'étrivières[4] ; qu'enfin ils avaient été obligés de se réfugier en Égypte, de peur d'être lapidés. Ézéchiel et Jérémie parlèrent aussi très longtemps dans un fort beau style, qu'on pouvait à peine comprendre. Pour la pythonisse, elle avait toujours l'œil sur son animal. Le poisson de Jonas se tenait dans le Nil, vis-à-vis de la tente, et le serpent se jouait[5] sur l'herbe.

Après le café, on alla se promener sur le bord du Nil. Alors le taureau blanc, apercevant les trois prophètes ses ennemis, poussa des mugissements épouvantables ; il se jeta impétueusement sur eux, il les frappa de ses cornes, et, comme les prophètes n'ont

1. Note de Voltaire : Ézéchiel, chap. IV. \ **2.** *Je n'ose pas dire :* non sans une certaine lourdeur, Voltaire feint ici de taire ce dont le Seigneur recouvrait les tartines du prophète afin de le suggérer avec force. \ **3.** Le conteur tourne en dérision le style biblique et ses nombreuses images. \ **4.** Étrivières : courroies par lesquelles l'étrier est suspendu à la selle ; l'expression « donner des coups d'étrivières » signifiait dans la langue classique « battre, corriger ». \ **5.** *Se jouait :* dans la langue classique, le verbe était pronominal avec le sens de « s'amuser ».

jamais que la peau sur les os, il les aurait percés d'outre en outre, et leur aurait ôté la vie ; mais le maître des choses, qui voit tout et qui remédie à tout, les changea sur-le-champ en pies ; et ils continuèrent à parler comme auparavant. La même chose arriva depuis aux Piérides, tant la fable a imité l'histoire[1].

Ce nouvel incident produisait de nouvelles réflexions dans l'esprit du sage Mambrès. « Voilà, disait-il, trois grands prophètes changés en pies[2] : cela doit nous apprendre à ne pas trop parler, et à garder toujours une discrétion[3] convenable. » Il concluait que sagesse vaut mieux qu'éloquence, et pensait profondément selon sa coutume, lorsqu'un grand et terrible spectacle vint frapper ses regards.

Chapitre septième

Le roi Tanis arrive.
Sa fille et le taureau vont être sacrifiés

Des tourbillons de poussière s'élevaient du midi au nord. On entendait le bruit des tambours, des trompettes, des fifres, des psaltérions[4], des cythares, des sambuques[5] ; plusieurs

1. Référence aux *Métamorphoses* d'Ovide, livre V, v. 670-8. La fin de la phrase est ironique tout comme l'image donnée des prophètes dans tout ce chapitre. \ **2.** Nouvelle métamorphose, à travers la langue cette fois qui joue sur le sens figuré de l'expression familière « bavarder comme une pie ». C'est particulièrement incisif pour le style biblique et les livres attribués à ces prophètes. \ **3.** *Discrétion :* dans la langue classique, prudence, retenue d'une personne qui sait garder un secret. \ **4.** *Psaltérion :* instrument de musique à cordes pincées ou grattées, de forme triangulaire et à caisse de résonance plate. \ **5.** *Sambuque :* ancien instrument de musique qui désignait, dans la Grèce antique, une sorte de harpe triangulaire à quatre cordes. En France, le mot s'applique tantôt à une harpe, tantôt à une flûte, mais compte tenu de l'évocation du psaltérion, il s'agit sans doute ici d'une flûte.

escadrons avec plusieurs bataillons s'avançaient, et Amasis, roi de Tanis, était à leur tête sur un cheval caparaçonné[1] d'une housse écarlate brochée d'or; et les hérauts[2] criaient: « Qu'on prenne le taureau blanc, qu'on le lie, qu'on le jette dans le Nil, et qu'on le donne à manger au poisson de Jonas; car le roi mon seigneur, qui est juste, veut se venger du taureau blanc, qui a ensorcelé sa fille. »

Le bon vieillard Mambrès fit plus de réflexions que jamais. Il vit bien que le corbeau était allé tout dire au roi, et que la princesse courait grand risque d'avoir le cou coupé. Il dit au serpent: « Mon cher ami, allez vite consoler la belle Amaside, ma nourrissonne; dites-lui qu'elle ne craigne rien, quelque chose qui arrive, et faites-lui des contes pour charmer son inquiétude, car les contes amusent toujours les filles, et ce n'est que par des contes qu'on réussit dans le monde. »

Puis il se prosterna devant Amasis, roi de Tanis, et lui dit: « Ô roi ! vivez à jamais. Le taureau blanc doit être sacrifié, car Votre Majesté a toujours raison; mais le maître des choses a dit: « Ce taureau ne doit être mangé par le poisson de Jonas qu'après que Memphis aura trouvé un dieu pour mettre à la place de son dieu qui est mort. » Alors vous serez vengé, et votre fille sera exorcisée, car elle est possédée. Vous avez trop de piété pour ne pas obéir aux ordres du maître des choses. »

Amasis, roi de Tanis, resta tout pensif; puis il dit: « Le bœuf Apis est mort; Dieu veuille avoir son âme ! Quand croyez-vous qu'on aura trouvé un autre bœuf pour régner sur la féconde Égypte ? – Sire, dit Mambrès, je ne vous demande que huit jours. » Le roi, qui était très dévot, dit: « Je les accorde, et je veux rester ici huit jours; après quoi je sacrifierai le séducteur de ma fille. » Et il fit venir ses tentes, ses cuisiniers, ses

1. *Carapaçonné :* armé, cuirassé. \ 2. *Hérauts :* officiers militaires dont la fonction était la transmission des messages, les proclamations solennelles et l'ordonnance des cérémonies.

musiciens, et resta huit jours en ce lieu, comme il est dit dans Manéthon[1].

La vieille était au désespoir de voir que le taureau qu'elle avait en garde n'avait plus que huit jours à vivre. Elle faisait apparaître toutes les nuits des ombres au roi pour le détourner de sa cruelle résolution. Mais le roi ne se souvenait plus le matin des ombres qu'il avait vues la nuit, de même que Nabuchodonosor avait oublié ses songes[2].

Chapitre huitième

Comment le serpent fit des contes à la princesse, pour la consoler

Cependant le serpent contait des histoires à la belle Amaside pour calmer ses douleurs. Il lui disait comment il avait guéri autrefois tout un peuple de la morsure de certains petits serpents, en se montrant seulement au bout d'un bâton. Il lui apprenait les conquêtes d'un héros[3] qui fit un si beau contraste avec Amphion, architecte de Thèbes en Béotie. Cet Amphion faisait venir les pierres de taille au son du violon : un rigodon et un menuet lui suffisaient pour bâtir une ville ; mais l'autre les détruisait au son du cornet à bouquin ; il fit pendre trente et un rois[4] très puissants dans un canton de quatre lieues de long et de large ; il fit pleuvoir de grosses pierres du

1. Citation fantaisiste que le conteur prétend avoir tirée de Manéthon, historien des pharaons du IIIe siècle avant J.-C. \ **2.** Souvenir biblique du premier Livre de Samuel et du deuxième Livre de Daniel. \ **3.** Selon le Livre de l'Exode, cet Amphion est Josué (XXI, 6-9). \ **4.** Le chiffre de trente et un vient du Livre de Josué (III) mais il n'y est pas écrit que ces rois furent pendus.

haut du ciel sur un bataillon d'ennemis fuyant devant lui ; et, les ayant ainsi exterminés, il arrêta le soleil et la lune en plein midi, pour les exterminer encore entre Gabaon et Aïalon sur le chemin de Bethoron, à l'exemple de Bacchus, qui avait arrêté le soleil et la lune dans son voyage aux Indes[1].

La prudence que tout serpent doit avoir[2] ne lui permit pas de parler à la belle Amaside du puissant bâtard Jephté, qui coupa le cou à sa fille parce qu'il avait gagné une bataille ; il aurait jeté trop de terreur dans le cœur de la belle princesse ; mais il lui conta les aventures du grand Samson, qui tuait mille Philistins avec une mâchoire d'âne, qui attachait ensemble trois cents renards par la queue, et qui tomba dans les filets d'une fille moins belle, moins tendre et moins fidèle que la charmante Amaside[3].

Il lui racontait les amours malheureux de Sichem et de l'agréable Dina, âgée de six ans, et les amours plus fortunés de Booz et de Ruth, ceux de Juda avec sa bru Thamar, ceux de Loth avec ses deux filles qui ne voulaient pas que le monde finît ; ceux d'Abraham et de Jacob avec leurs servantes, ceux de Ruben avec sa mère, ceux de David et de Bethsabée, ceux du grand roi Salomon, enfin tout ce qui pouvait dissiper la douleur d'une belle princesse[4].

1. On retrouve le motif de l'antériorité de la mythologie gréco-romaine sur la Bible. \ **2.** Allusion à la « prudence du serpent » que le Christ recommande à ses disciples (Évangile de Matthieu, X). \ **3.** Ces histoires sont tirées du Livre des Juges, XI, XV et XVI. \ **4.** Tous ces récits sont pris dans la Genèse, dans le deuxième Livre de Samuel et le premier Livre des Rois. Outre leur aspect scandaleux, ils représentent, aux yeux de Voltaire, des histoires à dormir debout.

Chapitre neuvième

Comment le serpent ne la consola point

« Tous ces contes-là m'ennuient, répondit la belle Amaside qui avait de l'esprit et du goût. Ils ne sont bons que pour être commentés chez les Irlandais par ce fou d'Abbadie, ou chez les Velches par ce phrasier d'Houteville[1]. Les contes qu'on pouvait faire à la quadrisaïeule de la quadrisaïeule de ma grand-mère ne sont plus bons pour moi, qui ai été élevée par le sage Mambrès, et qui ai lu l'*Entendement humain* du philosophe égyptien nommé Locke[2], et la *Matrone d'Éphèse*[3]. Je veux qu'un conte soit fondé sur la vraisemblance, et qu'il ne ressemble pas toujours à un rêve. Je désire qu'il n'ait rien de trivial ni d'extravagant. Je voudrais surtout que, sous le voile de la fable, il laissât entrevoir aux yeux exercés quelque vérité fine qui échappe au vulgaire. Je suis lasse du soleil et de la lune dont une vieille dispose à son gré, des montagnes qui dansent, des fleuves qui remontent à leur source, et des morts qui ressuscitent[4]; mais surtout quand ces fadaises sont écrites d'un style ampoulé et inintelligible, cela me dégoûte horriblement. Vous sentez qu'une fille qui craint de voir avaler son amant par un gros poisson, et d'avoir elle-même le cou coupé par son propre père, a besoin d'être amusée; mais tâchez de m'amuser selon mon goût[5].

1. L'apologétique du protestant Abbadie, *Traité de la vérité sur la religion chrétienne*, était souvent utilisée, même par les catholiques. On avait critiqué le style affecté de l'abbé Houteville dans son ouvrage *La Religion chrétienne prouvée par les faits* (1721). \ **2.** Locke n'est évidemment pas égyptien mais est un philosophe anglais des Lumières. \ **3.** *Matrone d'Éphèse* : roman de Pétrone qui a été repris par La Fontaine dans la fable du même nom. Ce récit attire l'attention du conteur en ce qu'il propose une morale naturelle par opposition à une morale fondée sur l'héroïsme romanesque. \ **4.** Ces cas sont tirés des Psaumes. \ **5.** Le goût d'Amaside reflète bien celui de Voltaire : ce passage est capital pour la définition de l'esthétique voltairienne du conte. On pourrait rapprocher de tels propos de la postface des *Deux Amis de Bourbonne* rédigée par Diderot et qui est contemporaine de notre conte.

– Vous m'imposez là une tâche bien difficile, répondit le serpent. J'aurais pu autrefois vous faire passer quelques quarts d'heure assez agréables ; mais j'ai perdu depuis quelque temps l'imagination et la mémoire. Hélas ! où est le temps où j'amusais les filles ! Voyons cependant si je pourrai me souvenir de quelque conte moral [1] pour vous plaire.

« Il y a vingt-cinq mille ans que le roi Gnaof et la reine Patra étaient sur le trône de Thèbes aux cent portes. Le roi Gnaof était fort beau, et la reine Patra encore plus belle ; mais ils ne pouvaient avoir d'enfants. Le roi Gnaof proposa un prix pour celui qui enseignerait la meilleure méthode de perpétuer la race royale.

« La faculté de médecine et l'académie de chirurgie firent d'excellents traités sur cette question importante : pas un ne réussit. On envoya la reine aux eaux ; elle fit des neuvaines ; elle donna beaucoup d'argent au temple de Jupiter Ammon, dont vient le sel ammoniac : tout fut inutile. Enfin un jeune prêtre de vingt-cinq ans se présenta au roi, et lui dit : « Sire, je crois savoir faire la conjuration qui opère ce que Votre Majesté désire avec tant d'ardeur. Il faut que je parle en secret à l'oreille de madame votre femme ; et, si elle ne devient féconde, je consens d'être pendu. – J'accepte votre proposition », dit le roi Gnaof. On ne laissa la reine et le prêtre qu'un quart d'heure ensemble. La reine devint grosse, et le roi voulut faire pendre le prêtre.

– Mon Dieu ! dit la princesse, je vois où cela mène : ce conte est trop commun ; je vous dirai même qu'il alarme ma pudeur. Contez-moi quelque fable bien vraie, bien avérée, et bien morale, dont je n'aie jamais entendu parler, pour achever *de me former l'esprit et le cœur*, comme dit le professeur égyptien Linro [2].

1. Les contes moraux venaient d'être mis à la mode par Marmontel ; Voltaire les trouvait ennuyeux. \ **2.** Allusion à peine masquée à Rollin et à son *Traité des Études* (1726-1728).

– En voici une, madame, dit le beau serpent, qui est des plus authentiques.

« Il y avait trois prophètes, tous trois également ambitieux et dégoûtés de leur état. Leur folie était de vouloir être rois : car il n'y a qu'un pas du rang de prophète à celui de monarque, et l'homme aspire toujours à monter tous les degrés de l'échelle de la fortune. D'ailleurs leurs goûts, leurs plaisirs, étaient absolument différents. Le premier prêchait admirablement ses frères assemblés, qui lui battaient des mains ; le second était fou de la musique, et le troisième aimait passionnément les filles. L'ange Ituriel[1] vint se présenter à eux, un jour qu'ils étaient à table, et qu'ils s'entretenaient des douceurs de la royauté.

« Le maître des choses, leur dit l'ange, m'envoie vers vous pour récompenser votre vertu. Non seulement vous serez rois, mais vous satisferez continuellement vos passions dominantes. Vous, premier prophète, je vous fais roi d'Égypte, et vous tiendrez toujours votre conseil, qui applaudira à votre éloquence et à votre sagesse. Vous, second prophète, vous régnerez sur la Perse, et vous entendrez continuellement une musique divine. Et vous, troisième prophète, je vous fais roi de l'Inde, et je vous donne une maîtresse charmante, qui ne vous quittera jamais. »

« Celui qui eut l'Égypte en partage commença par assembler son conseil privé, qui n'était composé que de deux cents sages. Il leur fit, selon l'étiquette[2], un long discours, qui fut très applaudi, et le monarque goûta la douce satisfaction de s'enivrer de louanges qui n'étaient corrompues par aucune flatterie.

« Le conseil des affaires étrangères succéda au conseil privé. Il fut beaucoup plus nombreux ; et un nouveau discours reçut encore plus d'éloges. Il en fut de même des autres conseils. Il n'y eut pas un moment de relâche aux plaisirs et à la gloire

1. *Ituriel :* il ne s'agit pas d'un ange biblique mais du génie qui dirige le « Département de la Haute Asie » dans *Le Monde comme il va*. \ **2.** *L'étiquette :* la règle, le protocole.

du prophète roi d'Égypte. Le bruit de son éloquence remplit toute la terre.

« Le prophète roi de Perse commença par se faire donner un opéra italien dont les chœurs étaient chantés par quinze cents châtrés[1]. Leurs voix lui remuaient l'âme jusqu'à la moelle des os, où elle réside[2]. À cet opéra en succédait un autre, et à ce second un troisième, sans interruption.

« Le roi de l'Inde s'enferma avec sa maîtresse, et goûta une volupté parfaite avec elle. Il regardait comme le souverain bonheur la nécessité de la caresser toujours, et il plaignait le triste sort de ses deux confrères, dont l'un était réduit à tenir toujours son conseil, et l'autre à être toujours à l'opéra.

« Chacun d'eux, au bout de quelques jours, entendit par la fenêtre des bûcherons qui sortaient d'un cabaret pour aller couper du bois dans la forêt voisine, et qui tenaient sous le bras leurs douces amies dont ils pouvaient changer à volonté. Nos rois prièrent Ituriel de vouloir bien intercéder pour eux auprès du maître des choses, et de les faire bûcherons.

– Je ne sais pas, interrompit la tendre Amaside, si le maître des choses leur accorda leur requête, et je ne m'en soucie guère ; mais je sais bien que je ne demanderais rien à personne si j'étais enfermée tête à tête avec mon amant, avec mon cher Nabuchodonosor. »

Les voûtes du palais retentirent de ce grand nom. D'abord Amaside n'avait prononcé que Na, ensuite Nabu, puis Nabucho ; mais, à la fin, la passion l'emporta, elle prononça le nom fatal tout entier, malgré le serment qu'elle avait fait au roi son père. Toutes les dames du palais répétèrent nabuchodonosor, et le malin

1. *Quinze cents châtrés :* terme plaisant pour désigner les castrats, ces hommes châtrés dans l'enfance pour qu'ils conservent une voix de soprano. Ils étaient très à la mode à l'époque de Voltaire. \ **2.** Voltaire en profite pour remettre en cause le dogme chrétien de séparation de l'âme et du corps. Il renoue avec la conception antique de l'âme considérée comme matérielle.

corbeau ne manqua pas d'en aller avertir le roi. Le visage d'Amasis, roi de Tanis, fut troublé, parce que son cœur était plein de trouble. Et voilà comment le serpent, qui était le plus prudent et le plus subtil des animaux, faisait toujours du mal aux femmes en croyant bien faire.

Or Amasis en courroux envoya sur-le-champ chercher sa fille Amaside par douze de ses alguazils, qui sont toujours prêts à exécuter toutes les barbaries que le roi commande, et qui disent pour raison : « Nous sommes payés pour cela. »

Chapitre dixième

Comment on voulut couper le cou à la princesse, et comment on ne le lui coupa point

Dès que la princesse fut arrivée toute tremblante au camp du roi son père, il lui dit : « Ma fille, vous savez qu'on fait mourir toutes les princesses qui désobéissent aux rois leurs pères, sans quoi un royaume ne pourrait être bien gouverné. Je vous avais défendu de proférer le nom de votre amant Nabuchodonosor, mon ennemi mortel, qui m'avait détrôné, il y a bientôt sept ans, et qui a disparu de la terre. Vous avez choisi à sa place un taureau blanc, et vous avez crié Nabuchodonosor ! Il est juste que je vous coupe le cou. »

La princesse lui répondit : « Mon père, soit fait selon votre volonté ; mais donnez-moi du temps pour pleurer ma virginité[1].
– Cela est juste, dit le roi Amasis ; c'est une loi établie chez tous les princes éclairés et prudents. Je vous donne toute la journée

1. Allusion à la fille de Jephté, dans le Livre des Juges, XI.

pour pleurer votre virginité, puisque vous dites que vous l'avez. Demain, qui est le huitième jour de mon campement, je ferai avaler le taureau blanc par le poisson, et je vous couperai le cou à neuf heures du matin. »

La belle Amaside alla donc pleurer le long du Nil, avec ses dames du palais, tout ce qui lui restait de virginité. Le sage Mambrès réfléchissait à côté d'elle, et comptait les heures et les moments. « Eh bien ! mon cher Mambrès, lui dit-elle, vous avez changé les eaux du Nil en sang, selon la coutume, et vous ne pouvez changer le cœur d'Amasis mon père, roi de Tanis ! Vous souffrirez qu'il me coupe le cou demain à neuf heures du matin ? – Cela dépendra, répondit le réfléchissant[1] Mambrès, de la diligence de mes courriers. »

Le lendemain, dès que les ombres des obélisques[2] et des pyramides marquèrent sur la terre la neuvième heure du jour, on lia le taureau blanc pour le jeter au poisson de Jonas, et on apporta au roi son grand sabre. « Hélas ! hélas ! disait Nabuchodonosor dans le fond de son cœur, moi, le roi, je suis bœuf depuis près de sept ans, et à peine j'ai retrouvé ma maîtresse qu'on me fait manger par un poisson. »

Jamais le sage Mambrès n'avait fait des réflexions si profondes. Il était absorbé dans ses tristes pensées, lorsqu'il vit de loin tout ce qu'il attendait. Une foule innombrable approchait. Les trois figures d'Isis, d'Osiris, et d'Horus, unies ensemble, avançaient portées sur un brancard d'or et de pierreries par cent sénateurs de Memphis, et précédées de cent filles jouant du sistre sacré. Quatre mille prêtres, la tête rasée et couronnée de fleurs, étaient montés chacun sur un hippopotame. Plus loin paraissaient dans la même pompe la brebis de Thèbes, le chien de Bubaste, le chat

1. *Réfléchissant :* l'adjectif verbal est encore largement en usage dans la langue du XVIIIe siècle. \ **2.** *Obélisques :* dans l'art égyptien, colonnes en forme d'aiguilles quadrangulaires surmontées d'un sommet pyramidal.

de Phœbé, le crocodile d'Arsinoé, le bouc de Mendès [1], et tous les dieux inférieurs de l'Égypte, qui venaient rendre hommage au grand bœuf, au grand dieu Apis, aussi puissant qu'Isis, Osiris, et Horus, réunis ensemble.

Au milieu de tous ces demi-dieux, quarante prêtres portaient une énorme corbeille remplie d'oignons sacrés, qui n'étaient pas tout à fait des dieux, mais qui leur ressemblaient beaucoup [2].

Aux deux côtés de cette file de dieux suivis d'un peuple innombrable, marchaient quarante mille guerriers, le casque en tête, le cimeterre [3] sur la cuisse gauche, le carquois sur l'épaule, l'arc à la main.

Tous les prêtres chantaient en chœur, avec une harmonie qui élevait l'âme et qui l'attendrissait :

Notre bœuf est au tombeau,
Nous en aurons un plus beau.

Et, à chaque pause, on entendait résonner les sistres [4], les castagnettes, les tambours de basque, les psaltérions, les cornemuses, les harpes, et les sambuques.

1. Tous ces animaux sont des dieux-animaux des Égyptiens. Certains ont été décrits par Hérodote. Pour composer ce défilé assez carnavalesque, Voltaire a utilisé des éléments d'origine savante qui lui ont été sans doute inspirés par le *Séthos* de l'abbé Terrasson, un roman qui a pour cadre l'Égypte ancienne. \ **2.** Allusion plaisante à cette remarque de Juvénal à propos des pratiques religieuses des Égyptiens et notamment de ce culte pour les oignons : « Saintes nations qui cultivent leurs dieux dans leurs jardins ! » \ **3.** *Cimeterre :* sabre oriental à lame large et recourbée. \ **4.** *Sistres :* instruments de musique à percussion.

Chapitre onzième

Comment la princesse épousa son bœuf

Amasis, roi de Tanis, surpris de ce spectacle, ne coupa point le cou à sa fille : il remit son cimeterre dans son fourreau. Mambrès lui dit : « Grand roi ! l'ordre des choses est changé ; il faut que Votre Majesté donne l'exemple. Ô roi ! déliez vous-même promptement le taureau blanc, et soyez le premier à l'adorer. » Amasis obéit, et se prosterna avec tout son peuple. Le grand prêtre de Memphis présenta au nouveau bœuf Apis la première poignée de foin. La princesse Amaside attachait à ses belles cornes des festons[1] de roses, d'anémones, de renoncules, de tulipes, d'œillets, et d'hyacinthes. Elle prenait la liberté de le baiser, mais avec un profond respect. Les prêtres jonchaient de palmes et de fleurs le chemin par lequel on le conduisait à Memphis. Et le sage Mambrès, faisant toujours ses réflexions, disait tout bas à son ami le serpent : « Daniel a changé cet homme en bœuf, et j'ai changé ce bœuf en dieu. »

On s'en retournait à Memphis dans le même ordre. Le roi de Tanis, tout confus, suivait la marche. Mambrès, l'air serein et recueilli, était à son côté. La vieille suivait tout émerveillée ; elle était accompagnée du serpent, du chien, de l'ânesse, du corbeau, de la colombe, et du bouc émissaire. Le grand poisson remontait le Nil. Daniel, Ézéchiel, et Jérémie, transformés en pies, fermaient la marche.

Quand on fut arrivé aux frontières du royaume, qui n'étaient pas fort loin, le roi Amasis prit congé du bœuf Apis, et dit à sa fille : « Ma fille, retournons dans nos États, afin que je vous y coupe le cou, ainsi qu'il a été résolu dans mon cœur royal, parce

1. *Festons* : guirlandes de fleurs et de feuilles liées en cordon.

que vous avez prononcé le nom de Nabuchodonosor, mon ennemi, qui m'avait détrôné il y a sept ans. Lorsqu'un père a juré de couper le cou à sa fille, il faut qu'il accomplisse son serment, sans quoi il est précipité pour jamais dans les enfers, et je ne veux pas me damner pour l'amour de vous. » La belle princesse répondit en ces mots au roi Amasis : « Mon cher père, allez couper le cou à qui vous voudrez ; mais ce ne sera pas à moi. Je suis sur les terres d'Isis, d'Osiris, d'Horus, et d'Apis ; je ne quitterai point mon beau taureau blanc ; je le baiserai tout le long du chemin, jusqu'à ce que j'aie vu son apothéose[1] dans la grande écurie de la sainte ville de Memphis : c'est une faiblesse pardonnable à une fille bien née[2]. »

À peine eut-elle prononcé ces paroles que le bœuf apis s'écria : « Ma chère Amaside, je t'aimerai toute ma vie ! » C'était pour la première fois qu'on avait entendu parler Apis en Égypte depuis quarante mille ans qu'on l'adorait. Le serpent et l'ânesse s'écrièrent : « Les sept années sont accomplies[3] ! » et les trois pies répétèrent : « Les sept années sont accomplies ! » Tous les prêtres d'Égypte levèrent les mains au ciel. On vit tout d'un coup le dieu perdre ses deux jambes de derrière ; ses deux jambes de devant se changèrent en deux jambes humaines ; deux beaux bras charnus, musculeux et blancs, sortirent de ses épaules ; son muffle de taureau fit place au visage d'un héros charmant ; il redevint le plus bel homme de la terre, et dit : « J'aime mieux être l'amant d'Amaside que dieu. Je suis Nabuchodonosor, roi des rois. »

Cette nouvelle métamorphose étonna tout le monde, hors le réfléchissant Mambrès. Mais ce qui ne surprit personne, c'est

1. *Apothéose :* déification. \ **2.** Allusion à la visite que les femmes de l'ancienne Égypte devaient rendre au nouvel Apis en se présentant à lui « dans un déshabillé dont les prêtres auraient mieux connu les avantages que le dieu », note Diderot dans l'article « Apis » de l'*Encyclopédie*. \ **3.** Dans le Livre du Daniel, la transformation en bœuf de Nabuchodonosor dure sept ans (IV, 29-30).

que Nabuchodonosor épousa sur-le-champ la belle Amaside en présence de cette grande assemblée.

Il conserva le royaume de Tanis à son beau-père, et fit de belles fondations pour l'ânesse, le serpent, le chien, la colombe, et même pour le corbeau, les trois pies et le gros poisson ; montrant à tout l'univers qu'il savait pardonner comme triompher. La vieille eut une grosse pension. Le bouc émissaire fut envoyé pour un jour dans le désert, afin que tous les péchés passés fussent expiés ; après quoi, on lui donna douze chèvres pour sa récompense. Le sage Mambrès retourna dans son palais faire des réflexions. Nabuchodonosor, après l'avoir embrassé, gouverna tranquillement le royaume de Memphis, celui de Babylone, de Damas, de Balbec, de Tyr, la Syrie, l'Asie Mineure, la Scythie, les contrées de Chiraz, de Mosok, du Tubal, de Madaï, de Gog, de Magog, de Javan, la Sogdiane, la Bactriane, les Indes, et les îles[1].

Les peuples de cette vaste monarchie criaient tous les matins : « Vive le grand Nabuchodonosor, roi des rois, qui n'est plus bœuf ! » Et depuis ce fut une coutume dans Babylone que toutes les fois que le souverain, ayant été grossièrement trompé par ses satrapes, ou par ses mages, ou par ses trésoriers, ou par ses femmes, reconnaissait enfin ses erreurs, et corrigeait sa mauvaise conduite, tout le peuple criait à sa porte : « Vive notre grand roi, qui n'est plus bœuf[2] ! »

1. Cette distribution finale rappelle la conclusion de *Candide*, mais l'énumération des contrées est imitée de la Genèse puisque ce sont les noms des clans de la descendance de Noé que Dom Calmet avait tenté de localiser (X, 1-32). \ **2.** Jeu de mots sur le double sens de « bœuf », soit l'animal, soit, d'après le *Dictionnaire* de Furetière, « un homme stupide, grossier tant de corps que d'esprit ».

DOSSIER

LIRE L'ŒUVRE

200 **Questionnaire de lecture**
Le titre
Le genre
Espace et temps
Les personnages
Les objets de la critique

L'ŒUVRE DANS L'HISTOIRE

202 **Le contexte historique : la France entre 1748 et 1772**
Une Europe en guerre
Une Europe économiquement prospère
Le déclin de la monarchie
Une justice en crise
La persistance des conflits religieux

206 **Le contexte culturel : une longue fermentation intellectuelle**
L'esprit des Lumières
Des conditions de vie précaires pour les écrivains
Des sciences en plein essor
Le conte, un genre en vogue

211 **Le contexte biographique**
Un jeune homme brillant et provocateur (1694-1717)
La période heureuse (1718-1744)
La période des désillusions (1744-1758)
Le refuge de Ferney (1758-1778)

216 **La réception des textes : d'un auteur subversif à un auteur classique**

219 **Groupement de textes : la question du mal aux XVIIe et XVIIIe siècles**

L'ŒUVRE DANS UN GENRE

223 ***Le Monde comme il va***
Genèse du conte
Le personnage de Babouc, héros et porte-parole du conteur

228 ***Micromégas***
Genèse du conte
Un récit de voyage

233 ***La Princesse de Babylone***
Genèse du conte
L'influence du conte traditionnel dans *La Princesse de Babylone*

237 ***Le Taureau blanc***
Genèse du conte
Objectivité et voix du conteur dans *Le Taureau blanc*

242 **Groupement de textes : les marques du conte voltairien**

VERS L'ÉPREUVE

244 **L'argumentation dans les contes**
La sagesse de Babouc
Le refus de la métaphysique dans *Micromégas*

248 **Groupement de textes : jugements critiques**

250 **Sujets**
Invention et argumentation
Commentaires
Dissertations

254 BIBLIOGRAPHIE

LIRE L'ŒUVRE

QUESTIONNAIRE DE LECTURE

LE TITRE

1. *Le Monde comme il va* : quel rapport peut-on établir entre ce titre et le contenu du récit ?

2. Pourquoi, dans le deuxième niveau du titre du *Taureau blanc (« Traduit du syriaque par Mr. Mamaki, interprète du roi d'Angleterre pour les langues orientales »)*, Voltaire se retranche-t-il derrière un texte écrit et traduit par un autre ? Par quel moyen ce sous-titre éveille-t-il la curiosité du lecteur ?

3. À quelle sagesse Voltaire nous invite-t-il à travers le titre *Micromégas* ? Cela se confirme-t-il au cours du récit ?

■ Pour répondre
Vous relirez les passages qui traitent de la place de l'homme dans l'univers.

LE GENRE

4. Dans quelle mesure les quatre récits réunis ici se conforment-ils aux caractéristiques principales du conte ?

■ Pour répondre
Vous confronterez les textes à la définition suivante : le conte est un genre littéraire caractérisé par sa brièveté, des personnages schématiques, une structure narrative efficace. Il s'inscrit dans un passé intemporel et des lieux imaginaires et fait souvent intervenir des éléments merveilleux.

5. Chez Voltaire, la fiction, même dans ses passages les plus empreints de fantaisie ou de merveilleux, sert toujours des intentions philosophiques. D'ailleurs, *Micromégas* porte comme sous-titre *« Histoire philosophique »*. Quels éléments des textes peuvent justifier cette appellation ? Qu'en déduisez-vous des objectifs de Voltaire ?

6. Quelles sont les grandes étapes narratives composant *Micromégas* ? Élaborez le schéma narratif.

■ Pour répondre
Pour repérer les grandes étapes d'un récit, on s'appuie sur le schéma narratif qui découpe l'action en différentes séquences.

ESPACE ET TEMPS

7. Dans *Le Taureau blanc*, relevez et classez les différents lieux dans lesquels Amazan s'arrête, en différenciant espaces réels et fictifs. Qu'en déduisez-vous des intentions du conteur ?

8. À quelle époque l'histoire du *Taureau blanc* se déroule-t-elle ? Peut-on déterminer le rôle du dépaysement ?

LES PERSONNAGES

9. Dans *La Princesse de Babylone*, peut-on dire que Formosante évolue au cours du récit ? Pourquoi ?

10. Quelles sont les caractéristiques du personnage de Babouc dans *Le Monde comme il va* ? Quel est son rôle dans le récit ?

Pour répondre

Vous élaborerez le schéma actanciel en définissant le rôle de chaque personnage en fonction de son rôle par rapport à l'histoire : héros, objet de la quête, opposant, adjuvant, destinataire, destinateur.

11. Les personnages de Micromégas et du Saturnien parviennent-ils à être des hommes tout en échappant à la condition humaine ? Que permettent-ils alors au conteur ?

Pour répondre

Vous étudierez les caractéristiques des personnages tout en insistant sur la nature du regard qu'ils portent sur le monde.

LES OBJETS DE LA CRITIQUE

12. Dans *Le Taureau blanc*, quelles sont les critiques que Voltaire adresse au texte biblique ?

13. Quelles sont les différentes cibles de la critique dans *La Princesse de Babylone* ? Vous relèverez les procédés utilisés.

14. Peut-on lire *Micromégas* comme une parodie ?

Pour répondre

La parodie consiste à utiliser de manière impertinente et railleuse une forme littéraire sérieuse. Après vous être renseigné(e) sur les trois genres, vous rechercherez les éléments qui relèvent de la littérature de voyage et qui peuvent apparenter le conte à un roman de formation ou encore au roman sentimental et larmoyant dont les lectrices du XVIIIe siècle raffolaient.

15. En quoi *Le Monde comme il va* est-il emblématique de l'esprit des Lumières ?

L'ŒUVRE DANS L'HISTOIRE

LE CONTEXTE HISTORIQUE : LA FRANCE ENTRE 1748 ET 1772

Voltaire est un écrivain engagé dans son époque. Aussi, malgré tous les éléments qui en font des contes, *Le Monde comme il va*, *Micromégas*, *La Princesse de Babylone* et *Le Taureau blanc* sont-ils remplis de références à l'actualité.

UNE EUROPE EN GUERRE

À l'époque où Voltaire publie ces quatre contes, la France est à peine remise de la guerre de succession d'Autriche qui s'était terminée par une paix décevante en 1748. *Micromégas* fait allusion à ce conflit en évoquant les « deux villages qu'il a fallu rendre » (l. 352), Kehl et Philippsbourg, conquis en 1733 et 1734 puis rendus lors du traité de Vienne du 5 mai 1738. Les rivalités austro-prussiennes et franco-anglaises qui se sont révélées au cours de ce conflit laissent des traces durables dans les relations européennes.

Le 18 mai 1756, à cause d'une rivalité coloniale franco-britannique, l'Europe est à nouveau en guerre. La France s'allie à l'Autriche, aux Russes, appelés « chapeaux » dans *Micromégas*, aux Suédois et aux Polonais contre la Prusse et l'Angleterre. C'est la guerre de Sept Ans. Les batailles sont sanglantes, les défaites terribles. Frappé par cette tuerie, Voltaire dénonce la guerre avec virulence, dans *Candide* bien sûr, mais aussi dans *Micromégas*. En 1762, l'avènement de Catherine II de Russie, qui marche dans les pas de Pierre le Grand et proclame la neutralité russe, apaise le conflit. *La Princesse de Babylone* rend hommage à son esprit éclairé et progressiste : visitant son empire comme l'avait fait l'impératrice en 1767, la reine des Cimmériens, avatar d'Isis et de Cérès, édicte une loi sur la « tolérance de toutes les religions ». En fait, Voltaire s'oppose à l'opinion commune qui accusait Catherine II d'être parvenue au pouvoir à la faveur d'un coup d'État, après avoir commandité l'assassinat de son mari, le tsar Pierre III. La guerre de Sept Ans s'achève le 10 mai 1763 par le traité de Paris, aux termes duquel la France cède le Canada et la plupart de ses possessions indiennes. Tandis que le pays sort affaibli du conflit, la Prusse devient une puissance redoutable et l'Angleterre affirme sa supériorité. En effet, bien qu'à l'époque des Lumières, la langue et la culture françaises soient encore prédominantes dans les milieux cultivés européens, l'Angleterre suscite un profond engouement, ce dont témoigne l'admiration qu'éprouve pour la terre d'Albion Amazan, le héros de *La Princesse de Babylone*.

Si Voltaire rend hommage à Catherine II, dans le même conte, il propose aux lecteurs un tour d'horizon politique des gouvernements européens et témoigne son admiration pour d'autres souverains en qui il voit aussi des despotes éclairés : Gustave III de Suède qui a partagé son pouvoir avec le Sénat, Christian VII du Danemark qui, en 1766, a proclamé la liberté civile de ses sujets (chapitre V) et Charles III, le « vieux monarque » espagnol qui a mis l'Inquisition au pas (chapitre XI).

UNE EUROPE ÉCONOMIQUEMENT PROSPÈRE

Sur le plan économique et social, le XVIIIe siècle semble bien différent du précédent : l'Europe connaît une période de croissance démographique et de prospérité économique. On mange mieux, comme en témoignent les énumérations de plats à la mode auxquelles se livre le conteur dans *Le Taureau blanc* (chapitre VI) ; les épidémies sont moins fréquentes et la médecine progresse. Pourtant, l'image que le conteur laisse de Paris reste celle d'une ville sale et misérable : dans *Le Monde comme il va*, Babouc s'indigne de la saleté de la porte du faubourg Saint-Marceau, une « ancienne entrée, qui était toute barbare [et d'une] rusticité dégoûtante » (l. 89-90), et, dans *La Princesse de Babylone*, Voltaire fait remonter le nom de Lutèce, certes de façon fantaisiste, au latin *lutum*, la boue.

Quant à l'agriculture, elle devient plus productive et participe au développement du commerce international, qui s'organise principalement autour des ports anglais et français. Le métier d'armateur de commerce fait son apparition, ce qui permet à Formosante de louer avec une facilité déroutante les navires sur lesquels elle va suivre la trace du berger de son cœur.

Cependant, la nature n'épargne pas l'Europe : le 1er novembre 1755, des dizaines de milliers de personnes meurent dans le tremblement de terre de Lisbonne. Voltaire apprend la nouvelle le 24 et rédige le *Poème sur le désastre de Lisbonne*.

LE DÉCLIN DE LA MONARCHIE

Le règne de Louis XIV avait marqué l'apogée de la monarchie française, le XVIIIe siècle voit son déclin et sa chute.

Tout commence avec la Régence (1715-1723), période caractérisée par un relâchement des mœurs et de l'autorité. Quant à Louis XV, il ne mérite pas bien longtemps d'être appelé le « bien-aimé », le roi « que nous chérissons » comme le clament les Parisiens rencontrés par Babouc. En effet, l'influence des favorites discrédite le pouvoir et entrave l'action des ministres. Enfin, si Louis XVI, entouré de ministres aussi éclairés que le cardinal Fleury, estimé par Voltaire qui le représente sous les traits du « petit vieillard » dans *Le Monde comme il va*, s'engage avec raison dans la voie des réformes, il se heurte violemment à l'opposition des conservateurs et ne fait pas montre d'assez d'autorité pour se maintenir au pouvoir.

Les difficultés financières ne cessent de s'accroître et s'ajoutent à la corruption, qui se généralise, à Paris comme à Persépolis ou Babylone, au pouvoir absolu, incarné par le tyrannique Amasis dans *Le Taureau blanc* et enfin aux luttes pour le pouvoir, dont on peut lire un écho dans *Micromégas*. Tout cela ne fait qu'accentuer le déclin du pays, un pays où la liberté de pensée n'existe pas et où l'on n'hésite pas à embastiller les intellectuels. Une longue fermentation intellectuelle et sociale apparue dans les salons, les cafés et les clubs, prépare alors la Révolution, et la littérature, le plus souvent militante, se lie étroitement à ces revendications.

UNE JUSTICE EN CRISE

Dans la France de l'époque, le droit n'est guère garanti, ce qui provoque la colère des philosophes. *La Princesse de Babylone* dénonce clairement les carences judiciaires : « il n'y avait nulle proportion entre les délits et les peines. On faisait quelquefois souffrir mille morts à un innocent pour lui faire avouer un crime qu'il n'avait pas commis » (l. 1878-1881). De fait, à l'époque de nos contes, trois affaires significatives bouleversent l'opinion :

– l'affaire Calas : le 13 octobre 1762, Calas, un protestant accusé d'avoir tué son fils qui s'était converti au catholicisme est exécuté. Voltaire s'engage dans la révision du procès et obtient la réhabilitation de Calas le 9 mai 1765 ;
– l'affaire Sirven : protestant accusé de meurtre, Sirven est condamné en 1764. Voltaire s'entêtera à prouver l'erreur judiciaire et obtiendra l'acquittement définitif en novembre 1771 ;
– l'affaire de La Barre : en août 1765, le chevalier de La Barre mutile un crucifix au cours d'une partie de débauche. Il sera brûlé en place publique sans que Voltaire n'obtienne la révision du procès pour ce qu'il désigne dans le conte comme « une étourderie de jeune homme » (l. 1882).

Ces affaires sont intimement liées aux problèmes engendrés par le fanatisme religieux que Voltaire entend combattre sans merci.

LA PERSISTANCE DES CONFLITS RELIGIEUX

Au XVIIIe siècle, du fait de la monarchie de droit divin, l'Église reste politiquement très puissante, ce que ne peut admettre un philosophe comme Voltaire. De plus, les querelles théologiques entre jansénistes et jésuites se poursuivent et se superposent à des conflits politiques. En août 1761, le parlement de Paris, dont la plupart des membres sont proches des jansénistes, prône l'indépendance du clergé par rapport au Vatican et supprime, sur les deux tiers du territoire, la Compagnie de Jésus qui ajoutait aux vœux traditionnels celui de soumission au pape. On trouve un écho à cette affaire dans *Le Monde comme il va*, où un « demi-mage » demande la protection de Babouc contre le « Grand-Lama » (l. 315). En 1764, sous l'influence de Choiseul et de Madame de Pompadour, Louis XV expulse les jésuites, longtemps proches du pouvoir. En dépit de la bulle *Unigenitus* de 1713, évoquée dans *La Princesse de Babylone*[1] (chapitre IX), qui condamne les thèses des jansénistes, ceux-ci retrouvent des postes importants. Surprenant renversement de situation : de persécutés, les jansénistes deviennent persécuteurs, s'en prenant aux jésuites et aux philosophes. C'est ce qui explique pourquoi Voltaire, pourtant ennemi des jésuites qui avaient légitimé la répression et l'intolérance[2],

---

1. Le pape Clément XI condamnait les jansénistes en accord avec le roi Louis XIV. \ **2.** Voltaire avait rompu avec eux en 1759, leur reprochant de pratiquer l'espionnage, la délation et la terreur. Dans *L'Ingénu*, il règle ses comptes avec eux, le héros est en effet arrêté sur l'accusation d'un espion jésuite.

défend ces derniers et raille les jansénistes, les faisant passer pour « demi-mages » dans *Le Monde comme il va*, et les décrivant comme de « sombres fanatiques » dans *La Princesse de Babylone* (chapitre X).

Même s'il multiplie les pointes contre les prédicateurs de son temps, Voltaire dénonce moins ces querelles que l'intolérance religieuse. En effet, le fanatisme religieux perdure et se traduit par des persécutions contre les protestants avec les affaires évoquées plus haut. Mais il y a encore plus grave : l'Église possède son propre tribunal pour faire respecter ses dogmes, l'Inquisition. Si son influence est réduite en France, elle demeure en activité en Espagne et au Portugal, et ce jusqu'à sa dissolution au XIXe siècle. On se souvient de la violence avec laquelle Voltaire la dénonçait dans *Candide*, il le fait non moins efficacement dans *La Princesse de Babylone* lors du séjour d'Amazan en Espagne (chapitre X). Une autre manifestation du fanatisme religieux, qui agita la France de l'époque, est constituée par l'affaire des convulsionnaires de Saint-Médard, largement évoquée dans *Le Monde comme il va* et dans *La Princesse de Babylone* (chapitres X et XI) : de 1727 à 1732, après une série de miracles qui se seraient produits au cimetière Saint-Médard à Paris, et à la suite de persécution contre eux, des fanatiques du parti janséniste entraient dans des crises d'hystérie et de convulsions.

Thème central de la philosophie du XVIIIe siècle, la religion tient une place privilégiée dans ces quatre contes où Voltaire dénonce les vices du clergé, les ravages de l'intolérance et des superstitions (voir « L'argumentation dans les contes », p. 244).

Les allusions à l'actualité ne sont donc pas absentes des quatre contes qui nous intéressent, que ce soit au travers de citations directes, d'allusions transparentes ou d'allusions cryptées.

LE CONTEXTE CULTUREL : UNE LONGUE FERMENTATION INTELLECTUELLE

L'ESPRIT DES LUMIÈRES

Les salons parisiens tel celui de Mme de Geoffrin auquel *La Princesse de Babylone* fait allusion (chapitre X), les cafés et les clubs contribuent largement au bouillonnement des idées que l'on appelle les Lumières.

Ce mouvement intellectuel s'épanouit en Europe et démarre véritablement en France avec la publication de l'*Encyclopédie* en 1751[1].

L'objectif de la littérature du XVIIIe siècle n'est plus exclusivement, comme au siècle précédent, une réflexion sur l'homme dans ses passions et ses défauts, mais une analyse des mécanismes sociaux et politiques. Les écrivains désignés sous le nom de philosophes, comme Voltaire, Montesquieu, Rousseau et Diderot, s'engagent et mènent une vaste entreprise de contestation dans trois domaines, la politique, la société et la religion. Les philosophes des Lumières s'opposent surtout au despotisme politique, à l'intolérance religieuse, à la superstition et affirment la primauté de la raison, de la science, de l'éducation, de la liberté et de l'égalité. Dans ses contes, Voltaire conteste l'absolutisme et sa justice arbitraire (dans *Le Monde comme il va*, notamment), lui oppose le fonctionnement harmonieux de la monarchie anglaise *(La Princesse de Babylone)* et vante les mérites du « despote éclairé ». *Le Taureau blanc* et *La Princesse de Babylone* remettent en cause la crédibilité de la parole biblique, la réalité des miracles, l'autorité des dogmes et surtout l'intolérance de l'Église. Sur le plan social, Voltaire truffe ses quatre textes de remarques où il exprime son indignation face aux prérogatives de la noblesse : qu'elle soit française ou allemande, perse ou espagnole, la noblesse est, à ses yeux, incapable de rendre aucun service à l'État ni au peuple.

DES CONDITIONS DE VIE PRÉCAIRES POUR LES ÉCRIVAINS

Au XVIIIe siècle, la publication d'ouvrages d'inspiration philosophique représente une entreprise risquée du fait de la censure qui restreint considérablement la liberté de pensée. En effet, pour publier un ouvrage, il faut une habilitation accordée par les censeurs de la conservatrice Sorbonne, avec laquelle Voltaire règle ses comptes à la fin de *La Princesse de Babylone*. Notre conteur s'élève souvent contre les atteintes à la liberté d'expression. Dans *Micromégas*, il tourne en ridicule le grand muphti de Sirius qui fait bannir le héros pour avoir composé un livre hérétique sur la différence de nature entre les puces et les colimaçons.

---

1. *Encyclopédie* : destinée à réaliser la synthèse des connaissances de l'époque, elle réunit environ cent trente auteurs autour de Diderot et D'Alembert.

En 1757, un édit stipule que ceux qui auront imprimé et diffusé des livres interdits sont passibles des galères ou de la peine de mort. C'est l'une des raisons pour lesquelles Voltaire, qui a déjà eu maille à partir avec les censeurs, a situé ces quatre contes en Orient à une époque fort ancienne afin de faire passer des idées subversives sans être inquiété. Si les auteurs recourent à des pseudonymes ou publient anonymement, la plupart du temps, la diffusion des idées nouvelles se fait depuis les pays étrangers, grâce à la protection de despotes éclairés et surtout grâce à des éditeurs comme Marc-Michel Rey, mentionné dans *La Princesse de Babylone* (chapitre VII) pour avoir publié des textes interdits chez les Ausoniens et les Velches.

DES SCIENCES EN PLEIN ESSOR

Le XVIIIe siècle apparaît comme le siècle d'or des découvertes scientifiques. Les philosophes des Lumières étaient particulièrement admiratifs des progrès de la science, notamment en matière d'astronomie. Voilà pourquoi Voltaire évoque largement les récentes découvertes de son temps, dans *Micromégas* essentiellement. Par exemple, il reprend les spéculations de Wolff pour calculer la circonférence de Jupiter et évoque les travaux de Derham, auteur de l'*Astro-Theology* (1715), qui présente la Voie lactée, non comme un amas d'étoiles et de planètes mais comme une lumière émanée du ciel. Il reprend en substance le débat opposant les tout récents travaux de Newton sur la lumière et les théories du père Castel qui, dans son *Traité de la pesanteur universelle* (1724), défend le système de Descartes. Et lorsque le nain affirme que le globe terrestre est « plat aux pôles » (l. 275), il se range aux côtés de Newton dans la querelle qui, pendant un demi-siècle, l'a opposé aux partisans de Cassini pour lesquels la Terre est ovale. L'hypothèse de Newton est d'ailleurs confirmée par les voyages de La Condamine au Pérou (1735) et de Maupertuis en Laponie (1736), expéditions auxquelles le conte fait allusion. *La Princesse de Babylone*, elle non plus, n'est pas étrangère à l'engouement de son auteur pour les découvertes astronomiques : le conte évoque le planétarium réalisé par Georges Graham en 1730 et présente les travaux de D'Alembert sur la « précession des équinoxes » (l. 533). Si Voltaire se montre soucieux d'exposer avec clarté les théories scientifiques dans un souci de vulgarisation propre au mouvement de pensée auquel il appartient, il se permet parfois des calculs totalement fantaisistes qui nous ramènent tout droit dans la sphère du conte. C'est le cas, dans *Micromégas*, lorsque le Saturnien prétend qu'il a vécu cinq cents grandes révolutions du Soleil : or, on ignore encore si le Soleil accomplit une grande révolution ou s'il se déplace suivant une marche déterminée.

Dans *Micromégas*, Voltaire ne s'intéresse pas qu'à l'astronomie mais témoigne également son admiration aux savants qui font avancer notre connaissance de la nature : il nomme les travaux sur la reproduction des naturalistes hollandais Leuwenhoeck (1682-1723) et Hartshoecker (1657-1725) et présente les études sur les insectes de Swammerdam (1637-1680) et de Réaumur (1683-1757).

LE CONTE, UN GENRE EN VOGUE

Essentiellement oral à son origine, le conte est un genre littéraire qui est passé de la tradition populaire à la littérature. Il existait déjà dans l'Antiquité gréco-latine et en Orient avec la double vocation que lui donne Voltaire, divertir et instruire.

De l'Antiquité à la Renaissance

Attesté à Rome par *L'Âne d'or* d'Apulée (IIe siècle), le conte se développe durant le Moyen Âge sous une forme orale lors des veillées, mais aussi à travers les fabliaux, des petits récits à rire porteurs de morales. À la Renaissance, il se rapproche de la nouvelle, notamment avec l'*Heptaméron* de Marguerite de Navarre (1548), inspiré du *Décaméron* de Boccace (1348) : le recueil regroupe des récits brefs commentés par des personnages qui sont tour à tour récitants et auditeurs.

Les contes de fées du XVIIe siècle

La société du XVIIe siècle et du début du XVIIIe siècle, revenue aux valeurs traditionnelles, profondément religieuse et respectueuse des hiérarchies, n'accorde plus ses faveurs aux contes à rire, satiriques et volontiers grossiers, et se tourne vers le conte de fées. Avec Perrault, Madame d'Aulnoy et Madame de Murat, la fin du XVIIIe siècle est par excellence l'époque du conte de fées, caractérisé par un merveilleux très schématisé et son cortège de sorcières, de rois, de princes, de mégères. L'arrière-plan social ou historique demeure très vague, mais la vocation du conte est bien là : il s'agit d'aider le lecteur, souvent jeune, à acquérir et assimiler des notions morales et sociales qui figurent dans les moralités finales. En somme, derrière l'apparente simplicité se cache un univers complexe devant aider l'enfant à trouver des repères et des limites dans le monde qui l'entoure. De plus, dans une époque marquée par la rigueur et le strict classement des genres littéraires, le conte de fées favorise l'émancipation de la fantaisie et permet à l'auteur, libéré des impératifs de vraisemblance du roman et de la nouvelle, de modeler la matière fictive en toute liberté.

Le conte oriental

Les *Mille et Une Nuits*, traduites par Galland en 1704, connaissent aussitôt un immense succès ; on leur ajoute de nombreuses suites, les *Mille et Un Jours* ou encore les *Mille et Une Heures*. Le recueil constitue une variante du conte de fées, mais lui apporte l'exotisme oriental, étrange, fabuleux et sensuel, et une conception du destin opaque et incompréhensible qui impose au héros de s'adapter inlassablement grâce à sa sagacité. *Le Taureau blanc* témoigne de cet engouement pour les *Mille et Une Nuits*. On y retrouve l'évocation des parfums d'Orient, mais surtout Voltaire reprend l'épisode des « Trois Calenders » (chapitre IV). Non seulement l'Orient joua un rôle important dans la réflexion philosophique des Lumières, mais il élargit considérablement le champ de l'imagination française : le dépaysement géographique autorise une plus grande liberté d'invention. Les contes orientaux se multiplient alors et influencent de nombreux auteurs, parmi lesquels Voltaire pour *Le Monde comme il va*, *La Princesse de Babylone* et surtout *Le Taureau blanc*.

Si notre auteur profite de la mode du conte oriental pour toucher un large public, comme d'autres auteurs animés d'intentions satiriques, il utilise aussi cet éloignement géographique pour déjouer la censure et faire passer des idées subversives (voir « L'œuvre dans un genre », p. 223). Le XVIIIe siècle donne donc une dimension critique et dénonciatrice au conte, notamment avec Voltaire qui développe une conception si particulière du genre qu'on parlera de « conte voltairien » (voir « L'œuvre dans un genre », p. 223) : parfois conçu comme un roman en chapitres tels

La Princesse de Babylone ou *Le Taureau blanc*, il utilise les péripéties et les caractéristiques du conte traditionnel tout en conduisant le lecteur à remettre en cause les idées admises. Comme l'expose Amaside dans *Le Taureau blanc*, la double vocation divertissante et didactique du conte se met au service de la cause philosophique (chapitre IX).

Parallèlement, les contes moraux de Marmontel, de Louis-Sébastien Mercier ou de Madame de Genlis qui célèbrent la vertu sont très appréciés bien qu'Amaside, l'héroïne du *Taureau blanc*, les présente comme ennuyeux.

LE CONTEXTE BIOGRAPHIQUE

Par ses dates (1694-1778), la vie de Voltaire coïncide à peu près avec le siècle. Par sa pensée et son action, l'homme et l'écrivain incarnent les aspirations et les progrès d'une période de l'Histoire de France qui s'ouvre sur le déclin de la monarchie absolue et se termine par la Révolution.

UN JEUNE HOMME BRILLANT ET PROVOCATEUR (1694-1717)

Le 21 novembre 1694 naît à Paris François-Marie Arouet, fils d'un notaire et aîné d'une famille de trois enfants. Sa mère meurt très tôt, en 1701.

Dès 1704, il reçoit une formation intellectuelle de qualité chez les jésuites : de cette instruction fondée sur l'humanisme classique, il conservera le goût de la clarté des idées, de la simplicité de l'expression, de la rapidité dans la narration, la maîtrise d'aller à l'essentiel et de poser les questions avec netteté, des qualités que l'on retrouve dans *Le Monde comme il va*, *Micromégas*, *Le Taureau blanc* et *La Princesse de Babylone*.

En 1712, suivant la tradition familiale, il commence des études de droit et devient clerc de procureur. Son parrain l'abbé de Châteauneuf, son maître en polémique mais aussi en libertinage, l'introduit dans la bonne société, les salons littéraires, et dans le palais du Temple, hanté par des libres-penseurs. Il se lance alors dans la littérature et manifeste déjà une attitude contestataire et un sens de la dérision qui lui vaudront quelques déboires. En effet, lorsqu'il s'en prend au régent Philippe d'Orléans, il se retrouve exilé à Sully-sur-Loire en 1716, puis embastillé en 1717.

LA PÉRIODE HEUREUSE (1718-1744)

En 1718, à la Bastille, François-Marie Arouet prend le pseudonyme de Voltaire (anagramme d'A-R-O-U-E-T Le jeune) et marque ainsi son entrée dans la lutte philosophique. Au même moment, il écrit la tragédie *Œdipe* qui lui vaudra un succès triomphal à la Comédie-Française.

Libéré en avril 1718, commence pour lui une période de réussite et de succès mondains. Sa gloire de poète dramatique sera confortée par le grand succès de *Zaïre* (1732) et de *Mérope* (1743). Il y joint, après la publication de son épopée *La Ligue* (1723), la réputation de grand poète épique que la France attend depuis longtemps, mais le nouveau roi Louis XV en décline la dédicace et l'ouvrage sort à Rouen dans la clandestinité. Témoignage de l'estime royale, il est nommé poète officiel de la cour, avec la charge des divertissements pour le mariage du roi en 1725. Cependant, il entretient des rapports ombrageux avec l'aristocratie qui n'apprécie guère son esprit frondeur. Ainsi, en 1726, à la suite d'une rivalité amoureuse avec le chevalier de Rohan, il est à nouveau embastillé durant deux semaines, puis autorisé à s'exiler en Angleterre où il reste jusqu'en novembre 1728. Ce séjour est pour lui l'occasion d'apprendre l'anglais, de découvrir la littérature et le rationalisme philosophique, mais surtout de découvrir la liberté de pensée, la tolérance religieuse et la monarchie constitutionnelle dont il vante les mérites dans *La Princesse de Babylone*.

De retour en France, il s'enrichit dans des opérations financières, écrit des tragédies, une œuvre historique, l'*Histoire de Charles XII* (1731) et un essai de critique littéraire, *Le Temple du goût* (1733). La même année, il rencontre celle qu'il appelle « la belle Émilie » dans *Le Monde comme il va*, Madame du Châtelet ; leur liaison à la fois amoureuse et intellectuelle durera seize ans. En 1734, il rédige les *Lettres philosophiques ou Lettres anglaises*, fruit de ses observations et de son expérience à Londres. Leur publication provoque un nouveau scandale à cause des critiques et des idées réformatrices qu'il y exprime. Une lettre de cachet ordonne son arrestation et son embastillement. Il se réfugie au château de Cirey chez Madame du Châtelet. Il connaît là une période heureuse et paisible, entièrement dévouée à l'étude des sciences, des lettres et des religions. *Micromégas*, composé à cette époque, reflète ce climat d'effervescence intellectuelle. Installé à Cirey, il reçoit ses admirateurs et fait des apparitions à Paris pour y susciter le scandale et prendre immédiatement la fuite ; il en va ainsi à la parution du poème burlesque *La Pucelle* (1735), des tragédies *La Mort de Brutus* et *Alzire* (1736), mais surtout du *Mondain*, poème impertinent qui célèbre les plaisirs de la vie avec un optimisme provocateur et tourne en dérision le rigorisme catholique (1736).

L'année 1736 marque une étape importante dans la vie de Voltaire car elle voit se nouer sa correspondance avec Frédéric, prince royal de Prusse, futur Frédéric II. Devenu roi de Prusse en 1740, celui-ci l'invite à séjourner dans son pays : Voltaire se rend à Berlin et accepte les missions dont le charge Frédéric II tout en refusant de s'installer en Prusse.

LA PÉRIODE DES DÉSILLUSIONS (1744-1758)

De 1744 à 1753, Voltaire connaît une vie agitée. Dans un premier temps, en faveur à la cour grâce à la protection de Madame de Pompadour et de son ami ministre, le marquis d'Argenson, il est nommé historiographe du roi en 1745, puis devient en 1746 « gentilhomme ordinaire de la chambre du roi ». D'Argenson l'utilise pour des missions diplomatiques et il est élu à l'Académie française en 1746. Durant cette période, il fait la connaissance de Diderot et de D'Alembert. Cependant, son indépendance d'esprit lui attire des ennemis et un mot malheureux entraîne sa disgrâce en 1747. Il quitte à nouveau Paris et se réfugie chez Madame du Châtelet. *Le Monde comme il va* et *Zadig* (1748) rendent compte de ses mésaventures à la cour et le deuxième conte pose le problème de la providence, de l'équilibre du bien et du mal.

La mort de Madame du Châtelet, en 1749, décide Voltaire à partir pour la Prusse et à entrer au service du roi Frédéric II. À cette époque, il voit en lui le modèle du despote éclairé. C'est alors que paraît son grand ouvrage historique, *Le Siècle de Louis XIV*, remarquable par la solidité de sa documentation. Le séjour commence bien, mais très vite les premiers tiraillements commencent à crisper les relations du souverain et du philosophe : esprit cultivé qui a le goût de la conversation et de la philosophie, Frédéric II est aussi un roi autoritaire qui prend grand soin d'entretenir une armée puissante, comme en témoigne le passage de *Candide* qui raconte l'enrôlement forcé du héros et les rigueurs de la discipline. Voltaire a bientôt l'impression d'être utilisé comme alibi, la présence d'un philosophe à la cour permettant de donner l'image d'un monarque éclairé sans renoncer au despotisme. Les deux hommes se brouillent et Voltaire quitte précipitamment Berlin en 1753.

Chassé de Prusse et interdit de séjour à Paris, Voltaire reste en Alsace dans la vaine attente d'une autorisation de revenir à Paris. De plus en plus, il jette sur le monde un regard aigu et juge son époque incohérente et douloureuse. Survenu en 1755, le tremblement de terre de Lisbonne, qui fait plus de vingt mille morts, l'émeut profondément et renforce son pessimisme. Doutant du sens de la destinée, il réagit en composant le *Poème sur le désastre de Lisbonne* (1756) et rendra également compte de la catastrophe dans *Candide* (1758), un récit qui témoigne de l'évolution de sa pensée sur le problème du mal et du désespoir qu'il éprouve.

Il part s'installer en Suisse, dans la République de Genève ; il acquiert une propriété, « Les Délices », où il pense trouver le repos et la sécurité. Mais là encore il est inquiété par les autorités françaises : engagé dans l'entreprise de l'*Encyclopédie*, il subit les attaques dont sont victimes les philosophes des Lumières. Ses œuvres lui valent aussi des haines féroces.

LE REFUGE DE FERNEY (1758-1778)

À la fin de 1758, il achète le domaine de Ferney, en territoire français près de la frontière suisse. Commence alors pour lui une période particulièrement active. Il reçoit des visiteurs venus de toute l'Europe et entretient une correspondance avec un grand nombre de personnages illustres comme Frédéric II avec lequel il est réconcilié et Catherine II dont il fait l'éloge dans *La Princesse de Babylone*. Il manifeste dans tous les domaines un dynamisme infatigable.

Par son action concrète, tout d'abord, Voltaire réalise la mise en valeur du pays : il fait défricher les landes, assécher les marais, développe l'agriculture, introduit des semoirs mécaniques, ouvre une tannerie, une fabrique de bas et un atelier de montres. En 1759, il obtient du ministre Turgot la suppression de la gabelle pour le pays de Gex. Loin de se retirer dans son château, Voltaire s'engage comme jamais auparavant dans les affaires de son temps et poursuit sans relâche sa lutte contre l'intolérance. « Écrasons l'Infâme », telle est sa devise. Il harcèle inlassablement ses adversaires, lutte sans merci contre les abus du fanatisme religieux et de l'arbitraire politique et judiciaire. Pour cela, il ne cesse de rédiger des brochures, des articles et des pamphlets. Il s'engage notamment dans la défense et la réhabilitation des protestants Sirven et Jean Calas, ainsi que du jeune chevalier de La Barre, affaires auxquelles il fait allusion dans *La Princesse de Babylone* (chapitre X). Durant cette période, il ne cesse d'écrire : *Candide*, écrit en 1758 et publié sous un pseudonyme en 1759, reçoit les foudres de la censure ; le *Traité sur la tolérance* (1763), le *Dictionnaire philosophique*, commencé depuis dix années, sort en 1764. Il compose *Jeannot et Colin*, *L'Ingénu* (1767) ainsi que les contes de *L'Homme aux quarante écus* et *La Princesse de Babylone* (1768), mais aussi les *Questions sur l'Encyclopédie* (1170-1774) auxquelles il fait de nombreuses allusions dans *Le Taureau blanc*, publié en 1772.

Il rentre triomphalement à Paris au début du règne de Louis XVI : on célèbre en lui l'auteur dramatique, le conteur et le défenseur des opprimés et il meurt le 30 mai 1778 en laissant ce billet : « Je meurs en adorant Dieu, en aimant mes amis, en ne haïssant pas mes ennemis et en détestant la superstition. » Les querelles se poursuivent à son sujet : dans un premier temps, son inhumation en terre chrétienne est refusée mais son neveu, l'abbé Mignot, parvient à le faire enterrer dans son abbaye de Scellières. Le 11 juillet 1791, le transfert de ses cendres au Panthéon est l'occasion d'une fête révolutionnaire en l'honneur de celui qui a toujours combattu la double tyrannie de l'Église et de la monarchie.

Avec le recul du temps, les querelles ont fini par s'apaiser autour de Voltaire qui apparaît aujourd'hui comme le premier exemple de l'écrivain engagé.

LA RÉCEPTION DES TEXTES : D'UN AUTEUR SUBVERSIF À UN AUTEUR CLASSIQUE

Voltaire a écrit vingt-six contes qui ont contribué pour beaucoup à sa gloire littéraire. Pourtant lui-même, méfiant à l'endroit de la fiction, attendait davantage la renommée des grands genres classiques auxquels il s'adonna. Il appelait ses contes « brimborions », « rogatons » : c'est dire qu'ils relevaient dans son esprit d'un genre mineur. Dès 1767, cependant, il propose de faire un « petit recueil de contes » qui rassemblerait « tous les contes en vers et en prose[1] ». Ce n'est qu'en 1771 que les éditions Cramer proposent de rassembler sous le titre *Contes philosophiques* l'ensemble des récits. Il est difficile de mesurer la diffusion des contes du vivant de Voltaire ; mais il est sûr que, pris à la fois comme des amusements personnels et comme des outils de propagande philosophique, ils furent à chaque fois en circulation dans toute l'Europe.

Au XIXe siècle, Voltaire ne fut guère apprécié des romantiques, à la fois pour ses positions antichrétiennes (ils ont donc particulièrement délaissé *Le Taureau blanc*, *Micromégas* et *La Princesse de Babylone*) et pour son rationalisme. Par exemple, dans *Le Génie du christianisme*, Chateaubriand lui reproche de ne montrer que « le côté ridicule des choses et des temps » « sous un jour hideusement gai ». Toutefois, le romantisme ne parvient pas à faire oublier Voltaire et on continue à lire ses textes tout au long du siècle en réévaluant même l'importance des contes philosophiques. À l'inverse, l'engagement de Voltaire en faveur des opprimés ne pouvait que plaire à Zola et Michelet. Le XIXe siècle aura assuré la promotion des contes ; cette tendance ne fait que se confirmer au siècle suivant durant lequel les tragédies de Voltaire sombrent peu à peu dans l'oubli. Les contes font aujourd'hui partie des monuments littéraires et ont leur place dans la prestigieuse Bibliothèque de la Pléiade[2]. De plus, la révolution du livre de poche a mis à la portée de tous les lecteurs l'intégralité des contes de Voltaire qui ont longtemps été présentés sous forme d'extraits et dans des versions expurgées. La critique moderne,

1. Lettre de Voltaire à son éditeur Lacombe, citée dans l'édition Garnier des *Contes* par S. Ménant. \ 2. *Romans et Contes*, édition de F. Deloffre et J. Van den Heuvel, Paris, Gallimard, Bibliothèque de la Pléiade, 1986.

quant à elle, loue la modernité des contes et se montre sensible, soit comme J. Goulemot au mélange de fantaisie et de philosophie[1], soit comme R. Pomeau et J. Van den Heuvel à la poétique de l'efficacité qui utilise habilement le merveilleux et la pure fiction pour la construction argumentative des textes[2].

BABOUC, DU SUCCÈS À L'OUBLI

Le Monde comme il va, lu à la duchesse du Maine avant d'être édité la première fois chez Walther en 1748, figure dans toutes les éditions des *Œuvres* de Voltaire publiées de son vivant, ce qui atteste de son grand succès. D'ailleurs Madame Leprince de Beaumont, auteur du conte *La Belle et la Bête*, l'a publié dans son périodique *Le Nouveau Magasin français ou Bibliothèque instructive et amusante*. Le succès est tel que Choderlos de Laclos en publie une continuation en 1789 sous le pseudonyme M.C.D.L., *Le Retour de Babouc ou la suite du Monde comme il va*, un violent pamphlet contre l'armée et la société d'Ancien Régime. Par la suite, le récit sombre peu à peu dans l'oubli, du fait des inquiétudes qu'il véhicule. Le public privilégiera ce qui pouvait aller dans le sens d'une morale optimiste, c'est la raison pour laquelle *Candide* s'est imposé. Il faut attendre 1965 pour que *Le Monde comme il va* refasse surface, date à laquelle un grand spécialiste de Voltaire, J. Van den Heuvel[3], l'a remis à sa place en le présentant comme un « moment important » de la vie intellectuelle de son auteur. Au même moment, A. Cuniot a adapté le conte au cinéma sous le titre *L'Or et le Plomb ou Paris comme il va* avec Emmanuelle Riva et Max-Paul Fouchet. Depuis, il est souvent publié avec *Zadig*, son contemporain.

LE RETENTISSEMENT DE *MICROMÉGAS*

Micromégas a été publié pendant le séjour de Voltaire en Prusse, dans une édition séparée destinée à amuser la cour. Les premières éditions datent de 1752. Voltaire retravaille peu son texte qui trouve son état

---

1. J. Goulemot, A. Magnan et D. Masseau, *Inventaire Voltaire*, Paris, Quarto, Gallimard, 1995. \ **2.** R. Pomeau, *Voltaire par lui-même*, collection « Écrivains de toujours », Seuil, nombreuses réimpressions ; J. Van den Heuvel, *Voltaire dans ses Contes*, Genève, Slatkine reprints, 1998. \ **3.** J. Van den Heuvel, *Voltaire dans ses Contes*, Genève, Slatkine reprints, 1998.

définitif en 1754 et connaît un succès jamais démenti. Preuve de son retentissement immense, il a ensuite donné son nom à deux périodiques modernes, l'un français de 1936 à 1954, l'autre italien, lancé en 1974. Le conte a été adapté par deux fois au théâtre : une première fois en 1841 dans une version féerique de G. Janéty et E. Bonnetière, l'autre en 1988, dans une version lyrique composée de sept scènes, sous la plume de J. Dautremoy.

LA PRINCESSE DE BABYLONE ET *LE TAUREAU BLANC*, DEUX TEXTES À REDÉCOUVRIR

Offert à son libraire pour ses étrennes, le conte sort fin mars 1768 chez Cramer à Genève. Il se nomme simplement *La Princesse de Babylone*, sans indication d'auteur et sans indication d'origine, sage précaution pour éviter la censure. Dans une lettre à Madame du Deffand datée du 30 mars 1768, Voltaire prétend même avoir reçu ce récit auquel il préfère les *Quarante écus*. Œuvre satirique et militante, le conte a rapidement sombré dans l'oubli : les romantiques lui reprochaient ses moqueries contre la religion et l'Église, les écrivains engagés de la fin du XIXe siècle n'y voyaient que peu de dénonciation sociale. Aujourd'hui, bien qu'il soit encore le plus souvent publié dans un choix de contes, il retrouve peu à peu une place dans les lectures scolaires.

Le sort du *Taureau blanc* est à peu près le même. Le récit est attesté dès juin 1772, date où le prince Galitzin séjourne à Ferney : Voltaire l'avait offert à son hôte dans un cahier, mais ce dernier ne voulut pas l'emporter, prétextant le caractère irrévérencieux du texte. *Le Taureau blanc* paraît dans la *Correspondance littéraire* en décembre 1773 et janvier 1774, « *traduit du syriaque* » et en onze chapitres. Simultanément sort chez Cramer à Genève un *Taureau blanc* « *traduit du syriaque par Dom Calmet à Memphis* ». C'est sans doute par un scrupule que Voltaire supprima la mention de Dom Calmet dans les éditions autorisées. Jugé extrêmement irrévérencieux envers le texte biblique, ce conte a rapidement été oublié au XIXe siècle. Aujourd'hui encore, sa lecture demeure rare, sans doute du fait de la grande érudition biblique qu'elle suppose.

GROUPEMENT DE TEXTES : LA QUESTION DU MAL AUX XVIIe ET XVIIIe SIÈCLES

Après avoir lu l'ensemble des textes 1 à 4 ci-dessous, vous répondrez aux questions suivantes.

1. Quelle est, selon les différents textes, l'origine du mal ?

2. Comment peut-on définir l'originalité de Voltaire face aux systèmes philosophiques opposés que sont le jansénisme exprimé par Pascal et l'optimisme de Leibniz ?

3. Vous rechercherez le *Poème sur le désastre de Lisbonne* (1755) et la réponse qu'y apporte Rousseau dans sa lettre du 18 août 1756. Après avoir lu ces textes, vous lirez le texte 3 qui confronte les positions de Rousseau et de Voltaire sur le mal, puis vous comparerez les solutions apportées par Rousseau et Diderot à celles de Voltaire.

TEXTE 1 • Blaise Pascal, *Pensées*, 434 (1669)

Classement Brunschvicg.

Le jansénisme, qui élabore la théorie du péché originel à la base de la question du mal, trouve son expression littéraire la plus célèbre à travers les écrits de Pascal.

Car il est sans doute qu'il n'y a rien qui choque plus notre raison que de dire que le péché du premier homme ait rendu coupables ceux qui étant si éloignés de cette source semblent incapables d'y participer. Cet écoulement ne nous paraît pas seulement impossible. Il nous semble même très injuste car qu'y a-t-il de plus contraire aux règles de notre misérable justice que de damner éternellement un enfant incapable de volonté pour un péché où il paraît avoir si peu de part, qu'il est commis six mille ans avant qu'il fût en être. Certainement rien ne nous heurte plus rudement que cette doctrine. Et cependant dans ce mystère, le plus incompréhensible de tous, nous sommes incompréhensibles à nous-mêmes. Le nœud de notre condition prend ses replis et ses tours dans cet abîme. De sorte que l'homme est plus inconcevable sans ce mystère, que ce mystère n'est inconcevable à l'homme.

TEXTE 2 • Gottfried Leibniz, *Essais de Théodicée sur la bonté de Dieu, la liberté de l'homme et l'origine du mal* (1710)

Première partie, paragraphe 1.

Leibniz prend le parti de l'optimisme et justifie l'existence du mal par l'existence de Dieu.

On peut prendre le mal métaphysiquement, physiquement et moralement. Le mal métaphysique consiste en la simple imperfection, le mal physique dans la souffrance et le mal moral dans le péché. Or, quoique le mal physique et le mal moral ne soient pas nécessaires, il suffit qu'en vertu des vérités éternelles ils soient possibles. Et comme cette région immense des vérités contient toutes les possibilités, il faut qu'il y ait une infinité de mondes possibles, que le mal entre dans plusieurs d'entre eux, et que même le meilleur de tous en renferme : c'est ce qui a déterminé Dieu à permettre le mal.

TEXTE 3 • Sébastien Faure, *C'est la faute à Voltaire-Rousseau !*, troisième mouvement (2004)

Collection « Lettres et le Savoir », Compagnie Les Goulus.

Jean-Jacques Rousseau, blessé par les diffusions de pamphlets anonymes, notamment *La Lettre au docteur Pansophe et Sentiment des citoyens*, interpelle, dans une rencontre fictive, l'auteur du *Poème sur le désastre de Lisbonne*, alors que ce dernier répète sa prochaine conférence sur l'optimisme.

ROUSSEAU : À la relecture de votre Poème sur le tremblement de terre qui a frappé Lisbonne et que vous nommez « Désastre », il m'a semblé capital de vous faire entendre ma réaction.

VOLTAIRE : Bien sûr, Grand Docteur, mais que pourriez-vous objecter de plus face à la Providence ?

ROUSSEAU : Oh, rien, cher maître, les objections de part et d'autre sont toujours insolubles, parce qu'elles roulent sur des choses dont les hommes n'ont point de véritable idée.

VOLTAIRE : Point d'idée ? Mais rendez-vous donc à Lisbonne, mon cher philosophe. Accourez, contemplez ces ruines affreuses, ces débris, ces lambeaux, ces cendres malheureuses, ces femmes, ces enfants l'un sur l'autre entassés, sous ces marbres rompus ces membres dispersés ; cent mille infortunés que la terre dévore, qui, sanglants, déchirés et palpitants encore, enterrés sous leurs toits, terminent sans secours dans l'horreur des tourments leurs lamentables jours ! Direz-vous, en voyant cet amas de victimes : « Dieu s'est vengé, leur mort est le prix de leur crime » ?

ROUSSEAU : Non, bien sûr que non. Mais « Homme, prends patience, me disent Pope et Leibniz. L'Être éternel et bienfaisant qui gouverne notre univers nous garantit que tous ces maux sont un effet nécessaire à la constitution même de cet univers. De toutes les économies possibles, Il a choisi celle qui réunissait le moins de mal et le plus de bien » ; ou, pour dire la même chose encore plus crûment, s'il le faut, s'Il n'a pas mieux fait, c'est qu'Il ne pouvait mieux faire.

VOLTAIRE : Je ne reprends pas les idées des autres, Jean-Jacques. Je me fie à ma raison. Ma raison seule dicte ma réflexion. Croyez-moi, quand la terre entrouvre ses abîmes, ma plainte est innocente et mes cris légitimes.

ROUSSEAU : Innocente ! Vous entretenez l'humanité dans son rôle de victime ; vous la confortez dans son orgueil par votre plainte raisonnable. Qu'apportez-vous à la Pensée lorsque vous écrivez, en alexandrins formidables, qu'il eut été préférable que ce tremblement de terre, que ce gouffre infernal se fût ouvert ailleurs, au fin fond d'un désert ?

VOLTAIRE : Je respecte mon Dieu et j'aime l'univers. Quand l'homme ose gémir d'un fléau si terrible, il n'est point orgueilleux, hélas, il est sensible.

ROUSSEAU : Chansons que tout cela ! Chansons consolantes, dictées par votre seule raison pour votre seul profit. Pour ma part, je suis aussi sensible qu'orgueilleux et je crois en Dieu tout aussi fermement que je crois une autre vérité, parce que croire et ne pas croire sont les choses du monde qui dépendent le moins de moi ; que l'état de doute est un état trop violent pour mon âme ; que ma raison flotte, ma foi ne peut rester longtemps en suspens et se détermine sans elle ; qu'enfin mille sujets de référence m'attirent du côté le plus consolant et joignent le poids de l'espérance à l'équilibre de la raison.

VOLTAIRE : L'espérance… Le beau mot que voilà !

TEXTE 4 • Denis Diderot, *Pensées philosophiques*, IX (1746)

Sur le portrait qu'on me fait de l'Être suprême, sur son penchant à la colère, sur la rigueur de ses vengeances, sur certaines comparaisons qui nous expriment en nombres le rapport de ceux qu'il laisse périr, à ceux à qui il daigne tendre la main, l'âme la plus droite serait tentée de souhaiter qu'il n'existât pas. L'on serait assez tranquille en ce monde si l'on était bien assuré que l'on n'a rien à craindre dans l'autre : la pensée qu'il n'y a point de Dieu n'a jamais effrayé personne, mais bien celle qu'il y en a un tel que celui qu'on me peint.

L'ŒUVRE DANS UN GENRE

Dans les lignes qui suivent, on s'attachera à montrer comment les choix d'écriture identifiables dans les quatre contes réunis ici permettent de cerner de plus près la spécificité du conte philosophique voltairien. Ce type de conte a recours à un héros dont la construction et la fonction sont bien particulières *(Le Monde comme il va)* ; il joue aussi – dans un but didactique et critique – de sa ressemblance avec d'autres genres comme le conte merveilleux ou le récit de voyage ou de formation *(Micromégas)* ; il recycle et parodie enfin des éléments du conte traditionnel *(La Princesse de Babylone)* sans jamais oublier une vocation critique et satirique, qui s'exerce y compris contre les textes sacrés *(Le Taureau blanc)*. Il s'agit donc, tout en rendant compte de la spécificité de chacun de ces quatre récits, de voir aussi en quoi ils contribuent à la mise en évidence des traits spécifiques d'un genre sur lequel Voltaire a profondément imprimé sa marque.

LE MONDE COMME IL VA

GENÈSE DU CONTE

C'est l'un des premiers contes publiés par Voltaire en 1748. Sur les circonstances de composition, l'auteur se montre aussi discret que sur celles des autres contes, mais si l'on se réfère à sa correspondance, on trouve des analogies surprenantes entre certaines lettres de 1739 et le sujet du *Monde comme il va*, ce qui nous autorise à faire remonter à cette date l'idée initiale du conte. On suppose donc qu'il a été esquissé dès 1739, année de la publication des *Discours en vers sur l'homme*, où Voltaire exprime la même indignation face à l'existence du mal. Cette date marque aussi le retour de Voltaire à Paris : comme Babouc, il est happé par le tourbillon des mondanités et ses méfiances ont tôt fait de se muer en indulgences, mais comme pour Babouc, qui découvre la puanteur des quartiers populaires, fréquente la belle société, va au théâtre et découvre les usages de Persépolis, au plaisir et à la joie se mêlent vite la déception et la critique. À Caylus, Voltaire déclare en effet : « Paris est comme la statue de Nabuchodonosor, en partie or, en partie fange ». L'image sera reprise au terme de la vision de Babouc.

Cette espèce de chronique de la vie parisienne transposée dans un Orient fictif suit l'actualité des années 1740-1745 pendant lesquelles Voltaire jouit de la faveur officielle. L'image du Paris en guerre de 1741 se profile dès le début du conte et c'est à ce propos que Voltaire, obligé par ses fonctions à écrire l'histoire de la guerre de succession d'Autriche, prend la mesure de l'absurdité du destin et de l'inconséquence des hommes. Le problème de la vénalité des charges, soulevé avec insistance dans le conte, reste d'une vive actualité.

Le texte affiche un orientalisme fort à la mode et tout à fait transparent pour aborder la société de son temps. Le procédé n'est pas nouveau : en 1721, Montesquieu l'avait utilisé pour ses *Lettres persanes*. À la fiction orientale s'ajoute une autre inspiration perceptible à travers la reprise d'un abrégé d'un dicton de couvent, « acceptons le monde comme il va » (l. 532). L'intrigue vient en effet des livres d'Esdras et de Jonas dans la Bible, mais Voltaire donne un but profane à l'histoire sainte en détournant la figure de l'ange envoyé en mission sur terre. De plus, on perçoit dans *Le Monde comme il va* la double influence du roman picaresque et du roman d'apprentissage très en vogue dans une époque d'agitations et de dangers : Babouc, qui vit selon une philosophie de l'instant, récapitule sans cesse sa vie et ses expériences afin d'« apprendre ». Enfin, à cette époque, Voltaire s'intéresse au mouvement de pensée représenté par Locke, Shaftesbury, Bolingbroke, Pope et Mandeville, pour qui les contradictions de la société ne sont que la manifestation même de la vie sociale[1]. On constate donc la diversité des courants qui aboutissent à ce conte, dans un mélange parfois paradoxal des genres afin de servir l'expression d'une pensée raisonnable.

Lu en 1747 à la duchesse du Maine chez laquelle Voltaire séjourne, le conte paraît d'abord sous le titre *Le Monde comme il va*. La formulation définitive, *Le Monde comme il va, Vision de Babouc écrite par lui-même*, n'apparaît qu'en 1764. Or, bien que le terme « vision » connote la fantaisie et insiste sur la subjectivité du regard étranger, ce sous-titre ne convient

1. C'est aussi le moment où Voltaire écrit le *Discours sur les contradictions de ce monde* qui deviendra l'article « Contradictions » du *Dictionnaire philosophique* en 1764.

pas vraiment au contenu du texte : Voltaire voulait-il se moquer de l'autobiographie naissante ?

LE PERSONNAGE DE BABOUC, HÉROS ET PORTE-PAROLE DU CONTEUR

Les héros des contes voltairiens présentent certaines constantes, que le rôle et la place de Babouc dans la structure du *Monde comme il va* mettent en pleine lumière. En effet, tout en possédant les traits d'un héros traditionnel, Babouc a une fonction qui correspond à une conception nouvelle de l'art narratif.

Les caractéristiques d'un héros traditionnel

Comme dans les récits traditionnels dont s'est inspiré Voltaire, Babouc est le personnage qui occupe le devant de la scène, assure l'unité du récit et donne son titre au conte. De plus, Babouc impose sa présence à tous les instants du récit et son voyage à Persépolis fournit le thème central du *Monde comme il va*.

Les héros de la littérature de l'époque se distinguent le plus souvent par des qualités hors du commun : Voltaire dote Babouc de la jeunesse et de la pureté. La façon même dont il fait son entrée dans le récit témoigne de son caractère exceptionnel : il reçoit la visite du génie Ituriel, avatar de l'ange Gabriel, et cette visite au cours de laquelle il est investi d'une mission lui confère le statut d'élu. Voltaire signale d'entrée de jeu la modestie et la générosité de son personnage qui offre des présents à ceux qu'il côtoie, depuis le soldat du champ de bataille et la femme de l'officier jusqu'au financier collectant les impôts. Pourtant, parfois, sa naïveté et sa pureté se retournent contre lui. Par exemple, il comprend à ses dépens que la malhonnêteté peut se cacher sous un voile d'honnêteté lorsque le marchand qui lui rapporte la bourse oubliée sur le comptoir avoue l'avoir beaucoup escroqué.

Babouc subit donc des échecs et sa situation finale est loin d'être triomphante. Très vite il se laisse ébranler dans ses certitudes par les séductions de Persépolis : ainsi, quand la paix est déclarée, oublie-t-il l'abomination dont il a été témoin pour participer à la liesse collective, ainsi se laisse-t-il convaincre par les intentions du « mage » lors de sa seconde visite au temple, ainsi participe-t-il avec beaucoup d'enthousiasme au dîner galant donné en l'honneur du mari trompé. Sur ce point, Voltaire s'écarte donc du conte traditionnel où les héros ressortent vainqueurs de leurs épreuves. De fait, au terme de son séjour, Babouc, séduit par Persépolis, verse dans une sorte d'acceptation résignée de la médiocrité, « Si tout n'est pas bien, tout est passable » (l. 533), et il lui faut décider d'un subterfuge pour convaincre Ituriel. On peut interpréter cette partialité du héros comme un échec à sa mission et la décision d'Ituriel, dictée par Babouc, sonne comme un abandon et un renoncement. Certes, on ne peut pour autant parler d'inversion par rapport au conte traditionnel, comme dans *Candide*, puisque des personnages vils et méprisables[1] n'obtiennent pas ici le bonheur aux dépens des personnages vertueux.

Babouc, le Scythe

Babouc apparaît comme une des expressions du personnage voltairien privilégié : le visiteur lointain qui s'étonne des usages d'une terre inconnue. Voltaire a doté son héros d'un caractère approprié à cette situation. Comme Memnon et Candide, Babouc a la pureté et la naïveté, ce qui le préserve d'une vision sélective et intéressée mais favorise une appréhension uniforme du monde et des hommes. Cela permet au conteur d'insister sur les oppositions, les contradictions de la société qui n'est alors plus regardée selon un angle de vue choisi. Nous en avons un exemple pertinent lorsque Babouc fait son entrée à Persépolis, et, en toute innocence, confond un temple avec un marché : il ne comprend ni les « sons mal articulés » (l. 106), ni cette coutume d'enterrer les morts dans un lieu sacré ; la vision de la religion qui en ressort n'en est que plus critique. De la même façon, au cours d'un dîner dans le grand monde il découvre, sans réellement le comprendre, le principe de la vénalité des charges[2]. Enfin, seul Babouc, l'étranger, voit l'envers des choses en rencontrant le ministre et découvre que la tromperie est plus dans son

1. La marquise de Parolignac et l'abbé périgourdin dupent le jeune Candide, le bon Jacques périt dans un naufrage tandis que l'odieux matelot auquel il a sauvé la vie survit. On peut trouver des exemples similaires dans l'*Ingénu* où l'odieuse dévote et le père Tout-à-tous, responsables tous deux du drame des héros, sont récompensés à la fin du conte. \ **2.** La vénalité des charges ou des offices constituait, sous l'Ancien Régime, un système complémentaire de l'hérédité des offices, qui donnait au titulaire la possibilité de reporter sur autrui sa charge contre une somme d'argent.

antichambre que dans son cabinet. De ce point de vue, le conte se révèle bel et bien comme une entreprise philosophique de dévoilement et de remise en cause. D'ailleurs, la composition du *Monde comme il va* apparente la mission de Babouc à une expérience, un apprentissage au terme duquel il acquiert la philosophie. Ainsi son penchant pour le jansénisme, très affirmé au début du récit, se trouve vite ébranlé par la séduisante Persépolis. En ce sens, Babouc apparaît bien comme l'instrument de l'enquête voltairienne, un instrument naïf confronté aux questions les plus difficiles de la vie. Voilà qui explique l'attitude de Babouc, qui se caractérise tout le long du conte par l'oscillation : il passe du pour au contre, de l'attirance à la répulsion, de la méfiance à la tentation, de l'inquiétude à la certitude à mesure qu'il découvre les différents aspects de la brillante Persépolis.

Le porte-parole du conteur

On peut déplorer l'absence de psychologie profonde de Babouc, mais ce serait méconnaître les nécessités de l'esthétique du conte[1] : le personnage de conte doit abolir son individualité pour acquérir une sorte de transparence, celle de l'étrangeté et de la naïveté pour avoir sur le monde une vision pure, exempte de tout préjugé idéologique. À cela s'ajoute une absence de description physique. En somme, Babouc doit devenir diaphane afin que puisse se jouer le spectacle de la société de Persépolis. On mesure donc, grâce au personnage de Babouc, combien l'auteur modèle sa fiction à sa pensée et combien le personnage permet à l'auteur de se dédoubler. En effet, Babouc n'est pas l'objet du conte, mais bien l'instrument et le moyen d'expression d'une philosophie selon laquelle il faut vivre sans chercher à outrepasser les limites de la nature et éviter le mal autant que faire se peut.

En créant un personnage positif et sensible aux malheurs d'autrui, mais, comme la plupart des héros voltairiens, inadapté à un monde mal fait où règne le vice et le mal, Voltaire use d'un moyen habile pour mettre en lumière les absurdités, les injustices, les préjugés que l'on finit par ne plus voir quand on les côtoie en permanence. Il est, ainsi, le seul convive

1. Voir Vladimir Propp, *Morphologie du conte*, coll. « Points Essais », Paris, Seuil, 1970, pp. 35 à 86.

à remarquer l'hypocrisie de la veuve au cours du dîner donné par la femme de l'officier. Le regard scandalisé de Babouc permet au conteur de développer une satire de la société contemporaine. En effet, le regard étonné d'un étranger naïf et pur éveille non seulement le rire mais aussi l'esprit critique du lecteur[1]. Cela est particulièrement net au tout début de la mission de Babouc : on le voit s'horrifier du spectacle de la guerre et s'étonner de l'explication du général, tant lui semble considérable la disproportion entre la cause et l'effet ; les intentions satiriques se perçoivent bien, il s'agit de dénoncer l'absurdité de la guerre. Autre exemple, seul le regard étranger de celui qui méconnaît les usages peut justifier le rapprochement de la « basilique » et du théâtre : Babouc confond l'office et une représentation théâtrale, dans une joyeuse fascination qui met en lumière les artifices de la religion et la confusion des valeurs spirituelles et des valeurs temporelles.

MICROMÉGAS

GENÈSE DU CONTE

Publié en 1752, ce conte reprend un récit que Voltaire envoya en 1739 à Frédéric de Prusse. Ce conte, dont on n'a jamais retrouvé le manuscrit, s'intitulait la *Relation du voyage de Monsieur le Baron de Gangan*[2], et était accompagné de ce commentaire : « Cette fadaise philosophique ne doit être lue que comme on se délasse d'un travail sérieux avec les bouffonneries d'Arlequin[3] ». Onze ans plus tard, quand pour des raisons encore obscures, Voltaire pense à le publier, il lui donna un titre plus court qui correspondait mieux à l'idée illustrée dans le récit, *Micromégas*.

---

1. Pascal, au XVIIe siècle, dans *Les Provinciales* et Montesquieu un peu avant Voltaire avaient déjà utilisé ce procédé du spectateur naïf : le provincial découvrait l'hypocrisie des jésuites et le Persan les travers de la société française. \ **2.** Nom emprunté à un ouvrage de l'abbé Bordelon, *Gomgam ou l'homme prodigieux, transporté dans l'air, sur terre et sur les eaux*, Paris, 1711. \ **3.** Ce « travail sérieux » renvoie sans doute au *Traité de métaphysique* (1734) inspiré de Locke ou aux *Éléments de la philosophie de Newton* (1738).

L'action du récit se situe vers 1737-1738, comme en témoignent les allusions à l'actualité et les mises en scènes de Fontenelle et du père Castel, qui avaient mal accueilli les *Éléments de la philosophie de Newton* (1738).

Il est probable que *Micromégas* fut aussi un divertissement que Voltaire offrit à ses amis de Cirey, qui partageaient son enthousiasme pour la physique et la cosmologie newtoniennes[1]. Quand on n'y parlait pas sciences et philosophie, on jouait quelque tragédie ou on organisait une séance de marionnettes ou de lanterne magique. Certes, on ne peut affirmer avec certitude qu'avant d'être le conte que nous savons *Micromégas* donna lieu à une séance de lanterne magique, mais l'hypothèse est séduisante car aucun conte de Voltaire ne ressemble autant, sur le plan de la conduite du récit, à une représentation de cette sorte : un meneur de jeu qui parle à la première personne et qui s'adresse à un auditoire connu présente en les commentant les cinq tableaux qui composent une histoire suivie : sur Sirius, les démêlés de Micromégas avec le muphti et son départ à travers l'espace, sur Saturne, l'entretien avec le président de l'académie des sciences et leur départ à tous deux pour un « voyage philosophique », la visite de différentes étoiles avec les comètes pour véhicules, la visite de la Terre, et enfin la conversation avec les hommes.

Voltaire qualifie lui-même son conte de fantaisie : à cette fin, il a mis en œuvre les influences les plus diverses, l'appareil scientifique que lui fournissait l'étude de l'astronomie qu'il poursuivait depuis cinq ans, ses méditations sur Pascal, Pope et Locke, et l'actualité politique, scientifique, littéraire et mondaine dont on s'entretenait à Cirey. Dans *Micromégas*, la science et l'actualité la plus récente fusionnent avec le procédé de l'œil neuf, déjà éprouvé dans *Le Monde comme il va* pour décrire la société française, mais surtout se mêlent à la tradition du voyage interplanétaire, très en vogue depuis *Un homme dans la lune* de Godwin (1638), *L'Histoire comique des États et Empires de la Lune et de la République du Soleil* de Cyrano de Bergerac (1657) et enfin *Les Voyages de Gulliver* de Swift (1726).

1. Maupertuis, qui faisait partie du cercle, a entrepris la mesure du méridien pour vérifier l'hypothèse de Newton sur la forme de la Terre au niveau des pôles.

UN RÉCIT DE VOYAGE

Tout d'abord, il convient de remarquer que, dans *Micromégas*, Voltaire inverse la formule traditionnelle du voyage interplanétaire : ce n'est pas l'homme qui part à la rencontre des extraterrestres, mais bien des habitants de Sirius et de Saturne qui viennent observer la Terre. Le voyage devient une sorte d'expérience par laquelle le lecteur, à travers le regard étranger des personnages, observe son univers.

Le voyage : un lien entre les différents tableaux

La structure narrative de *Micromégas* reprend la plupart des étapes du traditionnel récit de voyage : enfance, études, départ vécu comme une épreuve, rencontre d'un compagnon de route (chapitres I et II), pérégrinations (chapitre III) découverte et exploration de contrées inconnues (chapitres IV à VII).

En fait, le voyage de Micromégas vers des mondes de moins en moins grands sert à lier les différents tableaux dont se compose le récit. La descente vers le plus petit se fait par paliers, jusqu'à ce que le géant finisse par rencontrer les hommes. Mais, une fois le contact établi avec eux, on assiste à une rapide remontée vers le plus grand : la grandeur de l'intelligence humaine fait vite oublier la disproportion qui existe entre les corps, et les hommes font alors jeu égal avec les visiteurs de l'espace. De plus, la grandeur de Micromégas et du Saturnien et la petitesse des hommes ne prennent réellement leur sens que par rapport à une échelle convenue dont ils constituent les extrémités, qui s'ouvrent elles-mêmes sur d'autres abîmes : Micromégas se sait petit par rapport à d'autres mondes qu'il a visités et les hommes, grâce au microscope, se découvrent très grands par rapport à d'autres créatures. Le voyage permet donc de mettre en récit le schéma pascalien des deux infinis[1] : chaque être constitue un milieu entre tout et rien.

1. Avec une rigueur mathématique, Pascal découvre l'existence des infinis et veut montrer à l'homme son néant. Il cherche à bouleverser la quiétude de son lecteur en posant l'énigme de l'homme « flottant » entre deux infinis, l'infiniment grand et l'infiniment petit (*Pensées*, 72, édition Brunschvicg).

Un voyage merveilleux au service de l'esprit critique

Dans *Micromégas*, nul décor exotique, nul monstre, nul enchanteur : le merveilleux vient seulement de l'origine des deux voyageurs, de leur gigantisme et de leur facilité à se déplacer entre les planètes. Ce merveilleux ne représente pas une fin en soi, mais constitue un moyen par lequel Voltaire tente d'exciter la lucidité et l'esprit critique du lecteur. En renversant la perspective traditionnelle du récit de voyage, il confère à la satire une plus forte virulence. Le héros voyageur du conte sert essentiellement à prendre des distances avec l'homme pour mieux le soumettre à un examen critique. Autrement dit, si l'invraisemblance du conte libère l'imaginaire, c'est pour donner davantage d'efficacité à l'esprit critique.

On n'adhère donc jamais totalement à la fiction du conte. Par exemple, quand les deux voyageurs arrivent sur Jupiter, Voltaire brise immédiatement l'élan du merveilleux en évoquant le fanatisme des inquisiteurs de son temps : « ils apprirent de fort beaux secrets, qui seraient actuellement sous presse sans messieurs les inquisiteurs » (l. 205-206). De même, on ne sait pas grand-chose des modes de transports de l'habitant de Sirius, qui voyage tantôt à l'aide d'un rayon de soleil, tantôt sur une comète. Voltaire ne s'attarde pas sur ces prodiges, il entend plutôt montrer combien il est facile à son géant de communiquer avec toutes les parties de l'univers. Autre exemple : au moment de la rencontre avec les habitants de l'autre monde, il escamote totalement l'épisode obligé où le héros ne parvient à se faire comprendre qu'au terme de longues difficultés. Micromégas entre au contraire directement en contact avec les hommes, apprenant le français avec une rapidité déconcertante (chapitre IV).

Le voyage de Micromégas et les aventures qui en résultent participent donc bel et bien d'une intention didactique, cherchant à provoquer une prise de conscience du lecteur.

Un voyage newtonien

Grâce à leurs pouvoirs merveilleux, nos deux voyageurs se déplacent facilement dans l'univers, passant d'une planète à l'autre sans aucun embarras. Cependant, leur itinéraire ne doit rien au hasard mais s'appuie au contraire sur les connaissances astronomiques que Voltaire a acquises en étudiant les écrits de Newton [1] et qu'il entend diffuser dans un souci de vulgarisation scientifique. En effet, le voyage qui mène Micromégas de Sirius à Saturne, puis de Saturne à la Terre, respecte des calculs que Voltaire expose à la même époque dans ses *Éléments de la philosophie de Newton*. Ainsi, la taille de Saturne « neuf cents fois » (l. 533) plus grosse que la Terre ou les « cent cinquante millions de lieues » que les géants parcourent avant d'atteindre les « satellites de Jupiter » (l. 202-203) correspondent aux dernières recherches astronomiques en cours.

Dans ce récit, Voltaire présente également la conception de l'univers développée par le savant anglais. Notre héros maîtrise « merveilleusement les lois de la gravitation [2] » (l. 56-57). Newton a la certitude que les lois de la physique et des mathématiques régissent l'univers ; ce dernier se présente alors au savant de façon cohérente : on peut tout comparer et analyser, aucune réalité, si éloignée soit-elle, ne peut échapper aux calculs et aux mesures. Cette certitude s'étend à notre conte et justifie l'atmosphère de légèreté qui reflète l'enthousiasme de Voltaire pour les idées libératrices de Newton : d'une planète à l'autre, on entre aisément en communication, on se comprend, on fraternise parce que l'on se compare et que l'on établit de justes proportions, parce que tous les êtres sont unis par un même goût pour la mesure et la précision. Ainsi les Siriens, les Saturniens et les Terriens trouvent vite, grâce aux mathématiques, des intérêts communs, seule les distingue une différence de proportion. Dans le conte, le cosmos se trouve en effet régi par une sorte de civilité universelle. Par exemple, quand le vaisseau tombe dans « une poche de la culotte du Saturnien » (l. 605), les deux géants cherchent l'équipage et le rajustent « fort proprement » (l. 607).

Et voilà comment notre philosophe met la fantaisie du voyage au service non seulement de la vulgarisation scientifique mais de l'esprit critique en exposant son idéal de civilisation, le cosmopolitisme [3].

1. *Newton* : physicien et astronome anglais (1642-1727) qui découvrit les lois de l'attraction universelle, inventa le télescope et travailla sur la composition de la lumière blanche. \ **2.** *Gravitation* : phénomène par lequel deux corps quelconques s'attirent réciproquement. \ **3.** *Cosmopolitisme* : attitude de celui qui se considère comme un citoyen de l'univers.

LA PRINCESSE DE BABYLONE

GENÈSE DU CONTE

Après l'échec de sa pièce, *Les Scythes*, Voltaire lâche la bride à son imaginaire et s'abandonne aux invraisemblances et aux délices de l'Orient. Il s'inspire largement de l'Arioste[1] (1474-1533), auteur de prédilection dont il sait des passages entiers. Voltaire trouvait chez l'auteur italien une liberté de ton, un sens de la raillerie, une verve et une insolence proches de son esprit.

Les « Voyages et aventures d'une princesse babylonienne pour servir de suite à ceux de Scarmentado par un vieux philosophe qui ne radote pas toujours » renferment toute une série de légendes et déploient les charmes d'un merveilleux où la vraisemblance n'a pas cours. Voltaire y accueille largement la tradition : arc de Nemrod, phénix, Apis, philtres magiques, licornes, canapés volants, mais aussi pittoresque éblouissant, luxe et exotisme. Les héros paraissent à la mesure du cadre. Amazan représente un modèle de perfection masculine et Formosante éclipse toutes les beautés féminines. On a donc un récit merveilleux à la manière orientale déjà rencontré dans *Zadig* et dans *Le Blanc et le Noir*. Leur poursuite à travers le monde, largement inspirée de l'Arioste, permet également au conteur de développer un voyage philosophique et critique dont la lignée va de *Scarmentado* à l'*Éloge historique de la raison*, évoquant presque à chaque page les enjeux des querelles qui traversent le siècle des Lumières.

Offerte à son libraire pour ses étrennes, la « petite histoire » paraît le 15 mars 1768 chez Cramer, sans indication d'origine et sans nom d'auteur.

1. *L'Arioste :* auteur du *Roland furieux*, l'une des lectures préférées de Voltaire ; dans cet immense poème de 40 000 vers, Roland, un des preux de Charlemagne, découvrant que la belle Angélique lui préfère le jeune soldat sarrasin Médor, perd la raison et se met à errer de par le monde.

L'INFLUENCE DU CONTE TRADITIONNEL DANS *LA PRINCESSE DE BABYLONE*

Utilisation et parodie du conte

L'édition posthume de 1784 a intégré *La Princesse de Babylone* à un recueil intitulé *Romans et Contes*[1]. Voltaire donne en effet à ce récit l'aspect d'un conte, brièveté, recul temporel, référence à l'Orient, ainsi que certains thèmes et caractéristiques formelles importantes.

Dans le conte, les personnages se réduisent à des rôles stéréotypés : roi, princesse, fée, marâtre ou sorcière… Ils ne remplissent qu'une fonction structurale. Il en va de même dans *La Princesse de Babylone* : si le roi, le père de Formosante, se montre cruel en obligeant un prince charmant à surmonter des épreuves avant d'épouser la princesse, sa fille, et s'il force celle-ci à partir en pèlerinage, ce n'est pas à la suite d'une réflexion sur les qualités du prince, ni d'une analyse sur le caractère de sa fille ou sur l'avenir du royaume, mais simplement parce que le déroulement de ce récit, à l'instar du conte traditionnel, est fondé sur le retard initial du mariage, sans lequel Amazan et Formosante ne connaîtraient aucune aventure.

Ensuite, sur le plan de l'amour, toutes les apparences du conte sont préservées : Amazan sait conquérir sa bien-aimée grâce aux qualités de l'amant parfait, la force qu'il révèle lors du tournoi, l'esprit qu'il manifeste dans le madrigal et la résolution d'énigmes. Cependant la parodie[2] ne cesse de brouiller cette belle image car, dans l'univers épuré du conte, Voltaire introduit certains événements réalistes que le lecteur perçoit comme des incongruités, la sensualité et la trahison. En effet, au lieu de demeurer fidèle à son serment, Amazan succombe dans les bras d'une fille d'opéra : l'expression « fille d'affaire » (l. 1962) ainsi que l'allusion aux diamants reçus en cadeau soulignent le caractère vil de cette créature. De plus, la dernière phrase de la description (« Ils avaient tous deux un très grand besoin de repos », l. 1980-1981) insiste sur l'aspect purement physique de leur relation.

---

1. *Romans et Contes :* le premier recueil paru en 1775 du vivant de Voltaire s'intitulait *Romans allégoriques, philosophiques*, etc. Ce titre a été abandonné au profit du second. \ **2.** *Parodie :* elle consiste à exagérer ou transformer les caractéristiques d'un style littéraire.

Dans ses contes, Voltaire recourt assez souvent à l'imagerie merveilleuse, composée d'objets magiques, d'animaux surnaturels et de personnages dotés de pouvoirs hors du commun. *La Princesse de Babylone* illustre parfaitement cette tendance. Dès l'introduction, le palais de la princesse est décrit comme un lieu extraordinaire. Le premier épisode, celui du concours, contribue aussi à créer cette atmosphère de conte de fées : pour gagner la main de la princesse, il faut bander un arc légendaire et seul Amazan, monté sur une licorne, réussit l'exploit. D'autres détails suivent, la métamorphose du phénix, les animaux qui parlent, le carrosse tiré par des licornes… Mais pour amuser son lecteur, le conteur parodie le merveilleux en utilisant un procédé efficace : ancrer l'extraordinaire dans le quotidien, à l'exemple des tapis volants qui sont ici de confortables canapés pourvus de tiroirs bien pratiques. Voltaire traite donc avec une indéniable désinvolture le merveilleux traditionnel. Cette scène est particulièrement éloquente : pour renouveler son serment de fidélité, Formosante invoque les cendres du phénix qui se trouvent… dans sa poche (chapitre IV). Autre exemple d'alliance saugrenue du merveilleux et du quotidien, une divinité aussi vénérable que le bœuf Apis est utilisée comme simple moyen de locomotion, et finit même en plat principal lors d'un banquet.

Si Voltaire se moque souvent des poncifs littéraires et feint de respecter les lois du conte, c'est pour les parodier et les utiliser dans un sens critique.

L'invraisemblance comme arme critique

Il serait réducteur de ne voir dans ce récit plaisant qu'une œuvre burlesque jouant systématiquement du contraste entre la tradition du conte et le prosaïsme des préoccupations des personnages. Sous le voile de la fiction se cache en effet le projet critique de l'auteur.

Les événements, rendus absurdes par l'accumulation invraisemblable du conte, sont très souvent des événements réels empruntés à l'histoire, que le conteur prend soin de transposer, et les personnages qui gravitent autour du couple héroïque sont des rois de pays réels (voir « L'œuvre dans l'histoire », p. 202). C'est pourquoi Voltaire opère un mélange entre les époques antiques et modernes : les pays traversés par Amazan et Formosante portent des noms anciens, mais les faits observés au cours du voyage sont contemporains de l'auteur. On reconnaît sous le masque des Cimmériens les réformes de Catherine II de Russie, sous celui de l'île d'Albion le régime politique anglais. De cette façon, les événements, présentés comme invraisemblables, sont en fait véritables et liés aux problèmes sociaux du temps. De cette alliance inattendue se dégage une violente accusation qui fait de *La Princesse de Babylone* une œuvre de combat : les anachronismes flagrants, ceux notamment qui signalent le clergé sous le déguisement du druide, les amalgames entre la barbarie des uns, la sottise des autres et la folie de tous, les nombreuses allusions aux dogmes et aux préjugés sont autant d'attaques ciblées contre le clergé, le roi, les courtisans et des rivaux littéraires comme maître Larcher.

Évoquant à chaque page ou presque les enjeux de la réflexion des Lumières, ce récit de voyage dans l'espace et le temps nous propose une véritable leçon politique. En effet, en parcourant l'Europe et l'Asie, Amazan a le souci de cerner l'esprit de leurs lois et recueille l'exposé didactique d'un personnage compétent comme un seigneur cimmérien ou un membre du parlement. L'intérêt des visites du prince charmant gangaride se porte, en fait, sur le message idéologique qui s'en dégage. En effet, la préoccupation dominante du conteur est le degré de civilisation ou de barbarie observée parmi les peuples traversés et le degré de « lumières » atteintes par les souverains. Il annonce d'ailleurs clairement la couleur de son propos : « Si les cultes sont différents, la morale est partout la même » (l. 1339). On peut opérer un classement des États européens du XVIIIe siècle. Tout d'abord, il y a les monarchies protestantes de l'Europe du Nord auxquelles le conteur associe la Russie de Catherine II. Viennent ensuite les monarchies de droit divin dominées par la papauté (l'Italie) et l'Inquisition (l'Espagne). La France occupe, elle, une place intermédiaire qui rappelle qu'il y a des choix à faire et des décisions à prendre.

Pour exprimer ses conceptions sur l'organisation politique des nations, Voltaire ne se limite pas au procédé indirect de la parodie du conte, mais en ajoute un autre qui lui permet de développer son idéal politique, la description d'États modèles, soit empruntés à la réalité, comme la Chine, la Russie ou l'Angleterre, soit imaginaires et parfaits telle la nation gangaride. Sur ce point, force est de constater que l'Orient, certes mythique ici, paraît bien en avance sur l'Occident en terme de despotisme éclairé. La peinture des Gangarides rappelle le vieux mythe de l'Âge d'or : l'éloignement du pays considéré comme le berceau de l'humanité, l'âge de ses habitants, leur simplicité rustique, l'abondance naturelle, la communication entre les hommes et les animaux, leur façon d'éviter la guerre en soignant les agresseurs, tout concourt à composer une image idyllique. Bien sûr, ce paradis offre une image volontairement irréelle de la société mais il nous renseigne sur les aspirations de Voltaire car il reprend, en les exagérant, les idées développées ailleurs sur le mode réaliste. Dans cette présentation des pays – dont on doit cependant nuancer l'exactitude – apparaissent les grands thèmes de la pensée voltairienne : le plaidoyer pour la tolérance fondée sur le respect des lois naturelles, l'appel à la raison dans l'organisation politique et la vie religieuse.

Cependant, la dénonciation de la cruauté et de l'absurdité ne laisse jamais la place à un exposé précis de ce que devrait être l'État idéal. *La Princesse de Babylone* s'impose avant tout comme un récit plaisant, celui d'un homme du XVIIIe siècle pour qui le passage d'une société féodale, fondée sur les privilèges des nobles et du clergé, à une société entreprenante et bourgeoise constitue le progrès fondamental.

LE TAUREAU BLANC

GENÈSE DU CONTE

L'histoire de ce conte est complexe. Il est attesté dès juin 1772, date où le prince Galitzin séjourne à Ferney : Voltaire en avait fait présent à son hôte, mais ce dernier ne voulut pas l'emporter et le laissa sur la table de sa chambre. Il paraît dans la *Correspondance littéraire* en décembre 1773-janvier 1774, « traduit du syriaque » et en onze chapitres. Simultanément sort à Genève chez Cramer un *Taureau blanc*, « traduit du syriaque par Dom Calmet à Memphis » en huit chapitres. Dans ce dernier, Voltaire s'était largement inspiré d'une dissertation de Dom Calmet[1]

1. *Dom Calmet* : auteur d'un *Commentaire littéral sur tous les livres de l'Ancien et du Nouveau Testaments.*

sur la métamorphose de Nabuchodonosor en bœuf. La version en onze chapitres prétendument traduite par Mr. Mamaki suivit de peu.

Voltaire avait été particulièrement marqué par la lecture de la Bible qu'il avait pratiquée à Cirey avec Mme du Châtelet, qui avait consigné toutes leurs remarques dans un *Examen de la Bible*. Plus tard, dans l'entourage de Frédéric, Voltaire s'en moqua et fit passer nombre de plaisanteries et sarcasmes dans plusieurs textes. Après les articles du *Dictionnaire philosophique* (1764) et des *Questions sur l'Encyclopédie* (1771), on pouvait alors croire sa verve antibiblique épuisée. Tout au contraire, en 1773, avec *Le Taureau blanc*, il reprend l'ensemble de ses critiques contre les invraisemblances, les cruautés et les fautes de goût de l'Ancien Testament.

On peut également considérer ce récit comme un badinage que Voltaire semble avoir écrit après une grave crise de strangurie[1] (février 1773).

Parmi les animaux vénérés en Égypte, le bœuf Apis, auquel Voltaire avait consacré un article du *Dictionnaire philosophique* et qui apparaît aussi dans *La Princesse de Babylone*, est le plus célèbre. Mais il est un autre bœuf connu en Égypte grâce à la Bible, celui qui résulte de la métamorphose de Nabuchodonosor en bœuf et que l'on trouve dans le *Livre de Daniel*, IV, 29. Sans doute serait-il passé inaperçu de Voltaire si Dom Calmet ne lui avait consacré treize pages en commentant cette version de la *Vulgate*[2], « Tu mangeras du foin comme un bœuf ». Dom Calmet, comme la plupart des commentateurs, ne voyait dans cet événement qu'un cas de lycanthropie[3]. Dans une remarque au chapitre XII du *Traité de la tolérance*, Voltaire avait pris la métamorphose au sens propre, ce qui lui avait valu l'opposition farouche de l'abbé Guénée dans les *Lettres de quelques juifs* (1772). Non seulement Voltaire ne s'avoua pas vaincu, mais il récidiva en imaginant toute une histoire autour de la prétendue métamorphose de Nabuchodonosor : le projet du *Taureau blanc* avait vu le jour.

1. *Strangurie :* sensation d'étouffement provoquée par une crise d'angoisse. \ 2. *Vulgate :* traduction latine de la Bible réalisée par saint Jérôme. Elle est la version officielle de l'Église de Rome après son approbation par le concile de Trente en 1546. \ 3. *Lycanthropie :* forme de délire selon lequel l'individu se croit transformé en animal, le plus souvent en loup-garou.

OBJECTIVITÉ ET VOIX DU CONTEUR DANS *LE TAUREAU BLANC*

Puisque c'est la Bible qui est visée, on peut s'étonner du choix d'un cadre égyptien pour *Le Taureau blanc*. La première raison est sans doute d'ordre tactique, car écrire un conte se déroulant au temps de Moïse permettait de juger avec une apparente objectivité le monde biblique, à peu près comme Amabed et Adaté jugeaient Rome dans les *Lettres d'Amabed*.

Les marques d'objectivité

Afin de se faire oublier, Voltaire tire parti de la distinction entre auteur et narrateur[1] en l'accentuant volontairement. Le narrateur est présenté, dès le sous-titre, comme un énonciateur syriaque anonyme qu'aurait traduit un certain « Mr. Mamaki, interprète du roi d'Angleterre » ; aucune confusion possible avec Voltaire. Mais c'est surtout en adoptant la forme du récit à la troisième personne que Voltaire confère au *Taureau blanc* une apparence d'objectivité. En effet, ce narrateur que Voltaire prend soin de distinguer de lui-même est en outre exclu de l'histoire qu'il relate, puisqu'il n'incarne aucun personnage. De plus, on ne trouve aucune marque de la subjectivité du narrateur ; autrement dit, celui-ci mène son récit sans termes appréciatifs et sans modalisateurs, la ponctuation elle-même est neutre. La fiction acquiert une certaine autonomie et apparaît davantage comme une réalité objective que comme le produit d'une énonciation subjective. Cela permet donc au conteur de se mettre à distance de la critique de la Bible développée dans le récit.

Pour renforcer encore l'objectivité apparente du texte, Voltaire utilise un troisième procédé, le changement de voix narrative. En somme, le narrateur se décharge parfois de la responsabilité de l'énonciation sur un des personnages. Par exemple, c'est le serpent qui assume la remise en cause du dogme du péché originel et non le narrateur (chapitre III). De la même façon, c'est Amaside qui expose le programme de Voltaire conteur quand elle répond au serpent, qui tente de la distraire avec des contes traditionnels : « Tous ces contes-là m'ennuient » (l. 821), « Je veux qu'un conte soit fondé sur la vraisemblance, et qu'il ne ressemble pas toujours à un

1. Dans toute narration, il ne faut pas confondre l'auteur, personne réelle dont le nom figure sur la couverture, et le narrateur, être de papier donné dans le texte comme source de l'énonciation.

rêve. Je désire qu'il n'ait rien de trivial ni d'extravagant. Je voudrais surtout que, sous le voile de la fable, il laissât entrevoir aux yeux exercés quelque vérité fine qui échappe au vulgaire. » (l. 828-833). Bien sûr, ce transfert est motivé par certaines circonstances de l'histoire, les rencontres notamment. Le narrateur se limite alors aux aventures d'Amaside et de Mambrès. Quant aux personnages secondaires, ils se substituent au narrateur lorsqu'ils croisent la princesse. C'est ainsi que l'ânesse de Balaam, le chien de Tobie et le corbeau racontent leur propre histoire avant de partir pour la mission que leur confie Mambrès (chapitre V). De la même façon, les trois prophètes disent eux-mêmes leurs aventures lors du dîner donné par Mambrès en leur honneur (chapitre VI). L'apparition de ces narrateurs secondaires, qui diffèrent du narrateur principal dans la mesure où ils sont en même temps personnages et qu'ils s'expriment à la première personne, entraîne la présence de récits secondaires dans le récit principal[1].

Les marques de la critique voltairienne

Dans *Le Taureau blanc*, Voltaire entreprend une critique virulente du texte biblique; les procédés narratifs qui tendent à suggérer l'objectivité sont donc là pour contrebalancer le caractère subversif de ses attaques.

Les accusations ne vont donc pas être prononcées par le narrateur : elles vont être suggérées par l'éclairage ironique que celui-ci donne aux événements, éclairage qui consiste surtout à inverser la présentation attendue de la réalité à l'instar de ce bœuf qui ne cesse de se comporter non en bovin mais en amant éperdu d'amour. L'ironie se trouve ici distillée lentement à travers des procédés qui instaurent une réelle complicité avec le lecteur. De fait, l'ironie l'incite à comprendre que la vraie pensée de l'auteur s'avère le contraire de ce qu'il affirme. Par exemple, au tout début du conte, le narrateur évoque la dispute entre Moïse et Mambrès en des termes guerriers qui ne conviennent ni à la sagesse de Mambrès ni à la nature pacifique de Moïse affirmée dans la Bible (chapitre I). Voltaire prend également le contre-pied de la tradition biblique qui fait passer le serpent pour une créature maléfique : il est ici fort courtois et galant, distrait

1. L'insertion de récits « en abîme », héritée des *Nouvelles amoureuses* de Boccace, connaît une grande vogue aux XVIIe et XVIIIe siècles avec *Le Roman comique* de Scarron (1651), *Zaïde* de Madame de La Fayette (1670) ou encore *La Vie de Marianne* de Marivaux (1731-1742).

Amaside, la soutient et renverse totalement la logique du péché originel (chapitre III). Autre exemple, lorsque Voltaire présente les trois prophètes en train de faire bombance (chapitre VI), il faut dépasser la lecture littérale : les paroles des prophètes s'opposent tout à fait au comportement que l'on attendrait d'eux et laissent entrevoir le scandale de l'hypocrisie des religieux qui ne savent pas respecter leur vœu de pauvreté.

On reconnaît surtout l'ironie qui vise le texte biblique à l'usage des périphrases dont regorge le texte : ainsi Ève devient-elle par exemple « notre mère commune » (l. 308). Outre le fait qu'elles affirment le déisme de Voltaire, ces formules servent surtout à parodier le style biblique qui use beaucoup de périphrases et s'inscrivent par conséquent dans une démarche de dévalorisation. Cependant, dans notre conte, l'ironie a pour principal signal l'exagération qui frôle souvent l'incohérence, à commencer par le sujet du conte : l'amour d'une princesse pour un taureau blanc. Nous avons beaucoup de situations absurdes et cocasses qui malmènent le récit biblique en en pointant les invraisemblances. L'exemple le plus marquant semble apporté par le récit de la métamorphose de la femme de Loth en statue de sel (chapitre IV) : après avoir réduit le récit biblique à un simple conte merveilleux en le présentant au milieu d'autres récits de métamorphoses, Voltaire, qui pourtant parle d'« histoire véritable », ajoute un détail qui dénonce l'invraisemblance de l'épisode, la statue « a conservé toutes les marques de son sexe, et [...] a régulièrement ses ordinaires » (l. 471-472). L'aspect naïf et ridicule du merveilleux biblique est ainsi mis en évidence par le décalage entre le miracle prétendu et le prosaïsme du détail, l'affirmation de vérité et l'incongruité de la situation. Le dénouement joue également du grotesque dans le récit de l'apothéose de Nabuchodonosor : les détails triviaux nous éloignent de la délivrance biblique ! Soumis à de tels procédés, le mystère chrétien risque de s'effondrer et l'Incarnation de paraître une métamorphose merveilleuse comme les autres. Telles semblent bien être les intentions de Voltaire qui prête ces mots au sage Mambrès : « Daniel a changé cet homme en bœuf, et j'ai changé ce bœuf en dieu » (l. 1011-1012).

En obligeant le lecteur à découvrir le vrai sous les fausses apparences du texte, l'ironie inscrit tout à fait le conte dans une stratégie d'écriture de combat.

GROUPEMENT DE TEXTES : LES MARQUES DU CONTE VOLTAIRIEN

TEXTE 5 • *Le Monde comme il va*

Babouc, fort incertain [...] l'avaient ravi en admiration.

PAGES 18-21, LIGNES 291-396

La leçon du conte

1. Relevez toutes les expressions figurées qui servent à dévaluer les lettrés et expliquez leur caractère négatif.

2. De quoi Babouc fait-il ici l'expérience ? Quelle est la morale de la scène ?

3. La religion semble-t-elle avoir une influence sur les mœurs ? De quelle façon la présence de l'auteur se manifeste-t-elle ?

TEXTE 6 • *Micromégas*, chapitre II

Après que Son Excellence [...] dans ce monde.

PAGES 33-34, LIGNES 1-132

Micromégas, représentant des Lumières

1. Quelle attitude intellectuelle distingue Micromégas de son interlocuteur ? Sur quoi fonde-t-il ses remarques et ses affirmations ?

2. Sur quels aspects de la condition humaine les deux personnages insistent-ils ?

3. Quels aspects de Micromégas font de lui un représentant des Lumières ?

TEXTE 7 • *Micromégas*, chapitre VII

À ce discours [...] remercier Dieu solennellement.

PAGES 48-50, LIGNES 480-515

Une satire de la guerre

1. En quels termes le conteur évoque-t-il la guerre ? Quelles critiques de la guerre sont formulées dans ce dialogue ?

2. Relevez et commentez trois procédés de l'ironie et de la satire.

3. Quel est le rôle de la métaphore animale ?

TEXTE 8 • *La Princesse de Babylone*, chapitre IX

Sitôt qu'Amazan […] encore plus bizarres.

PAGES 120-126, LIGNES 1682-1831

Une leçon politique

1. Relevez les critiques indirectes de la France.

2. Quelle leçon se dégage de l'évolution qui a mené l'Angleterre du « chaos des dissensions » au « plus parfait gouvernement » ?

3. Soulignez la rapidité et la vivacité de l'enchaînement des événements. Quel est l'effet produit ?

TEXTE 9 • *Le Taureau blanc*, chapitre I

La jeune princesse Amaside […] ô mon cher Na… !

PAGES 153-154, LIGNES 1-31

Des personnages de conte

1. Établissez le portrait des deux personnages.

2. Relevez les éléments composant la couleur orientale du passage : quel est leur rôle ?

3. À quoi sert l'allusion à Moïse ?

TEXTE 10 • *Le Taureau blanc*, chapitre IX

Tous ces contes-là m'ennuient […] pour vous plaire.

PAGES 188-189, LIGNES 821-846

Le programme du conteur

1. Que pense Amaside des contes traditionnels ?

2. Définissez les « contes d'esprit et de goût » à partir du passage et déduisez-en le programme du conteur.

3. Le conteur intervient-il dans le récit ? Pourquoi ?

VERS L'ÉPREUVE

ARGUMENTER, CONVAINCRE, RÉDIGER

L'étude de l'argumentation dans l'œuvre intégrale privilégie deux objets :

- L'argumentation dans l'œuvre. *Chaque genre littéraire, chaque œuvre intégrale exprime un point de vue sur le monde. Un roman, une pièce de théâtre, un recueil de poésies peuvent défendre des thèses à caractère esthétique, politique, social, philosophique, religieux, etc. Ordonner les épisodes d'une œuvre intégrale, élaborer le système des personnages, recourir à tel ou tel procédé de style, c'est aussi, pour un auteur, se donner les moyens d'imposer un point de vue ou d'en combattre d'autres. Ce premier aspect est étudié dans une présentation synthétique, adaptée à la particularité de l'œuvre considérée.*

- L'argumentation sur l'œuvre. *Après publication, les œuvres suscitent des sentiments qui s'expriment dans des lettres, des articles de presse, des ouvrages savants… Chaque réaction exprime donc un point de vue sur l'œuvre, loue ses qualités, blâme ses défauts ou ses excès, éclaire ses enjeux. Une série d'exercices permet d'analyser des réactions publiées à différentes époques, dans lesquelles les lecteurs de l'œuvre, à leur tour, entendent faire partager leurs enthousiasmes, leurs doutes ou leurs réserves.*

Quelle vision du monde, quelles valeurs une œuvre véhicule-t-elle, et comment se donne-t-elle les moyens de les diffuser ? Quelles réactions a-t-elle suscitées, et comment les lecteurs successifs ont-ils voulu imposer leurs points de vue ? L'étude de l'argumentation dans l'œuvre et à propos de l'œuvre permet de répondre à cette double série de questions.

L'ARGUMENTATION DANS LES CONTES

Les études précédentes ont révélé la volonté critique de Voltaire qui saisit toutes les occasions pour dénoncer la bêtise et le scandale, l'ironie lui permettant d'exprimer ses conceptions sans utiliser la forme du discours philosophique.

Chacun des contes, alors apparenté à un apologue[1], semble centré autour d'un problème particulier : *Le Monde comme il va* réfléchit au problème du mal, *La Princesse de Babylone* apparaît plutôt comme une étude systématique des formes de gouvernement, *Micromégas* dénonce les théories anthropocentriques et *Le Taureau blanc* s'attaque au texte biblique. Cependant cette spécificité des contes n'est qu'apparente : les problèmes philosophiques, politiques et religieux sont présents dans les quatre contes, seul l'éclairage diffère.

L'étude de l'argumentation s'articulera autour du vaste problème de la grandeur et de la misère de l'homme posé par deux contes : *Le Monde comme il va* et *Micromégas*.

Le mal est-il lié à notre nature ? Ce problème se pose avec acuité dans une société façonnée par la conscience chrétienne. Comment un Dieu infiniment bon et puissant a-t-il pu faire de l'homme une créature faible, à ce point faillible et condamnée à une vie de souffrance, d'erreur, de vieillesse et de mort ? La théologie chrétienne répond qu'avant la chute, l'homme vivait dans un état de bonheur et de vérité. C'est l'homme lui-même qui, par orgueil, voulant égaler la connaissance divine, a provoqué son propre malheur. Cette faute originelle continue à peser sur les générations : si le mal existe sur terre, c'est donc l'homme qui en porte toute la responsabilité.

La position de Voltaire sur cette question du bien et du mal a d'abord été celle d'un optimiste raisonnable : ou le mal a une cause purement historique, par l'enchaînement de passions mal contrôlées, ou il relève d'accidents particuliers du hasard, tandis qu'un déterminisme général continue d'assurer la cohérence du monde. Voltaire a ainsi été séduit par l'optimisme (voir « L'œuvre dans l'histoire », p. 212). Très vite, pourtant, il s'est heurté au fatalisme des défenseurs de ce système et à leur indifférence face à la souffrance des autres.

LA SAGESSE DE BABOUC

Une étude des couleurs du *Monde comme il va* révèle rapidement une palette sombre et une nette domination des méfaits dans le récit. Pourtant, à la fin, le bilan n'est pas si négatif. En fait, le conte suit un mouvement

1. *Apologue :* récit bref et imagé, qu'il faut interpréter pour en dégager la visée morale. L'apologue relève donc de l'argumentation indirecte en proposant un discours didactique sous un discours narratif.

dialectique qui oscille entre l'obscurité et la lumière et rappelle la démarche de l'apologétique pascalienne[1]. En témoigne l'apologue final de la statue qui n'acquiert sa force qu'en regard de l'idée pascalienne de la grandeur et de la misère de l'homme, inconciliables et incompréhensibles hors de la solution chrétienne. C'est que confronté au problème du mal, notamment sous sa forme sociale, Voltaire s'est rapproché de Pascal. Selon ce dernier, la nature de l'homme est double, mélange de grandeur par son esprit, apte à comprendre le monde, et de petitesse par sa place infime dans l'univers. Cette contradiction cause sa souffrance : c'est le péché originel qui lui a fait perdre sa grandeur dont il porte en lui la douloureuse nostalgie, relégué dans un coin de l'univers, condamné à une connaissance bornée et à l'ignorance de son destin.

Cependant, si l'expérience amère de Babouc prend quelques accents pascaliens, Voltaire refuse le désespoir du philosophe janséniste : il est d'une nature trop positive pour s'abandonner à une vision pessimiste de la condition humaine. Sa force est de réagir au mal en rejetant la solution pascalienne et en procédant à la fusion des contraires. Dans ce récit, les méfaits, les maux trouvent leur sens au-delà de l'apparence ; ils renferment souvent des biens cachés et sont parfois même nécessaires à leur manifestation. Le personnage du commerçant en offre un exemple pertinent : d'abord pris pour un fripon, il se révèle ensuite un serviteur de la société. Dans le même esprit, la nécessité de faire rendre la justice par des hommes jeunes « non prévenus » justifie le principe de la vénalité des charges et l'institution des fermiers généraux prouve son utilité lorsque la société a besoin d'argent. On voit alors comment le mal est intégré à la marche de l'univers. Mais les maux ne peuvent pas toujours être récupérés dans un sens bénéfique, Voltaire trouve alors un moyen pour compenser : la splendeur de certains quartiers relativise la sordidité des faubourgs, les mages vertueux rachètent le fanatisme et les vices des autres, et même la guerre, fléau entre tous, permet aux plus hautes âmes de révéler leur grandeur.

1. Optimiste, tourné vers la vie et les plaisirs, Voltaire a rejeté Pascal et sa morale désespérante qui pousse l'homme à se défaire de ses élans les plus naturels.

Le lecteur peut avoir rapidement l'impression d'assister à des acrobaties rhétoriques, et cette volonté de démontrer à tout prix que toute apparence a un sens est plutôt sombre, le mal moral apparaissant alors dans toute sa puissance. Voltaire a rompu avec l'optimisme et l'expérience de Babouc, qui se heurte à ce mal, traduit son inquiétude sur l'homme. La sagesse finalement proposée, qui préconise de réagir au mal par la lutte et au désespoir par l'action, prend des accents désabusés en proposant d'accepter l'opacité de la nature humaine.

LE REFUS DE LA MÉTAPHYSIQUE DANS *MICROMÉGAS*

La conception qui se fait jour dans *Micromégas* s'affirme nettement en retrait et témoigne du dialogue persistant que Voltaire entretient avec Pascal, au gré des va-et-vient de sa sensibilité et de sa recherche constante d'une impossible acceptation du mal.

Entrés en relation avec les hommes, Micromégas et le Saturnien commencent par admirer leurs performances scientifiques en géométrie, astronomie et physique, avant d'être consternés par la sottise de leurs raisonnements métaphysiques. « Puisque vous savez si bien ce qui est hors de vous, sans doute vous savez encore mieux ce qui est dedans. Dites-moi ce que c'est que votre âme et comment vous formez vos idées » (l. 538-541), demande Micromégas. S'ensuit un véritable tintamarre, et tous d'avancer une autorité philosophique, Aristote, Descartes, Malebranche, Leibniz, Locke ou encore saint Thomas. Autrement dit, quand les hommes parlent de données scientifiques, l'accord s'établit facilement entre eux, mais dès qu'ils abordent le sujet de la condition humaine, c'est la dispute assurée. Voltaire distingue ici deux sortes de connaissances : celles qui s'appuient sur une analyse concrète de la réalité et peuvent créer le consensus et celles, en revanche, qui traitent de l'immatériel et n'engendrent que des discordes. Après cet épisode, Micromégas et son acolyte quittent la Terre en offrant aux hommes un livre censé contenir la vérité dernière des choses. Or, il s'agit d'un « livre tout blanc » (l. 615), comme si les voyageurs voulaient infliger une leçon de modestie aux présomptueux humains qui ne comprennent pas que la vérité absolue est hors de leur portée.

La sagesse à laquelle nous invite Voltaire dans ce conte est le relativisme : l'homme doit appréhender l'univers aussi largement que possible de manière à ce qu'il puisse se situer à sa juste place dans l'échelle de l'univers et ainsi définir convenablement sa nature, sans optimisme prétentieux ni pessimisme noir. L'homme n'est ni grand ni petit en soi, il fait partie d'une chaîne de créatures où chaque élément a sa place. Il n'est donc pas un absolu mais un intermédiaire relatif. En fait, par ce texte où la pensée n'appartient plus en propre aux Terriens, Voltaire s'attaque à la présomption de l'homme, notamment lorsqu'il cherche à sortir de sa condition et cède aux tentations de l'anthropocentrisme[1].

Néanmoins, si l'homme ne doit plus, tel « un petit animalcule en bonnet carré » (l. 595) du conte, s'exposer au ridicule de défendre sa prééminence dans l'univers et sa capacité à comprendre la totalité des phénomènes, il ne doit pas non plus se laisser aller au désespoir. Les abîmes intersidéraux qui provoquaient le vertige de Pascal, Voltaire en donne ici à admirer l'équilibre et l'harmonie. De plus, il tente, à partir de la description de l'homme dans l'univers, de le conduire à apprécier ses limites et ainsi à accepter sa condition. Autrement dit, puisque tout dans l'univers est à sa place, tout ne va pas si mal, à condition que chaque créature se contente du rôle qui lui est attribué. Remis à sa juste place, l'homme peut profiter plus sereinement de sa vie et trouver une certaine liberté.

Dans ce refus de l'orgueil comme du désespoir, dans cette morale de l'acceptation et de la modération, un certain optimisme se dégage de *Micromégas*, qui tranche avec la sagesse inquiète et désabusée du *Monde comme il va* et plus encore avec le pessimisme qui prévaudra dans *Candide*.

GROUPEMENT DE TEXTES : JUGEMENTS CRITIQUES

TEXTE 11 • Madame de Staël, *De la littérature* (1800)

Il se trouve un résultat philosophique à la fin des contes de Voltaire, mais l'agrément et la tournure du récit sont tels, que vous ne vous apercevez du but que lorsqu'il est atteint.

1. *Anthropocentrisme :* attitude qui consiste à faire de l'homme le centre de l'univers.

L'art de Voltaire dans les quatre contes vous semble-t-il défini de façon exacte dans ce jugement ? Vous justifierez votre réponse en étudiant précisément l'argumentation indirecte et l'art de conter en choisissant l'un des quatre récits.

TEXTE 12 • Roland Barthes, « Le dernier des écrivains heureux » (1967)

Essais critiques, Seuil, 1964.

Qu'avons-nous de commun, aujourd'hui, avec Voltaire ? Du point de vue moderne, sa philosophie est démodée. Il est possible de croire à la fixité des essences et au désordre de l'histoire, mais ce n'est plus de la même façon que Voltaire. En tout cas, les athées ne se jettent plus aux pieds des déistes, qui n'existent d'ailleurs plus. La dialectique a tué le manichéisme, et l'on discute rarement de la Providence. [...]

En somme, ce qui nous sépare peut-être de Voltaire, c'est qu'il fut un écrivain heureux. Nul mieux que lui n'a donné au combat de la Raison l'allure d'une fête.

1. Qu'admire Barthes chez Voltaire ?

2. Pensez-vous, comme Barthes, que Voltaire est un écrivain « démodé » ? Dans les textes étudiés, cherchez des éléments qui soutiennent l'opinion adverse.

TEXTE 13 • Gustave Lanson, *Voltaire* (1906)

C'est un lieu commun de dire qu'il n'y a pas de psychologie dans Voltaire. On a raison si, par psychologie, on entend l'invention de Racine ou de Marivaux. Voltaire, comme Lesage, est moraliste plus que psychologue. Il utilise la psychologie faite pour construire les bonshommes composés de sentiments moyens ou possédés de manies intenses dont ses thèses ont besoin.

1. Quelles sont les composantes du personnage de conte, selon Lanson ?

2. Étudiez les personnages de Babouc, Micromégas, Amazan et Amaside : dites en quoi ils se ressemblent et en quoi ils diffèrent.

3. Lanson dit que Voltaire est un moraliste plus qu'un psychologue, montrez-le à propos du conte de votre choix.

SUJETS

INVENTION ET ARGUMENTATION

Sujet 1

Aujourd'hui, quels sont les lieux de nos grandes villes qui mériteraient une critique virulente ? Choisissez-en un et imaginez une courte scène : que voit Babouc, que lui arrive-t-il, quelles sont ses réactions ?

Sujet 2

Bien plus tard, des lettrés humains découvrent que le livre donné par Micromégas n'est pas vierge, mais couvert de paroles écrites si petit que l'on ne les avait pas distinguées. Imaginez ce qu'ils y lisent.

*Sujet 3 : lecture d'image (***La Princesse de Babylone***, page 251)*

Ce type d'illustration vous semble-t-il convenir à l'esprit du conte ?

*Sujet 4 : lecture d'image (***Le Taureau blanc***, page 251)*

Peut-on dire que cette gravure contribue au double éloignement dont joue Voltaire ?

COMMENTAIRES

Sujet 5

TEXTE 14 • ***Le Monde comme il va***

Après dîner [...] de tant se fâcher.

PAGES 15-16, LIGNES 221-262

Après avoir répondu aux questions, vous commenterez cet extrait en étudiant le jeu du spectacle et de la réalité.

1. Quelles scènes de la vie courante du Paris du XVIIIe siècle ce récit évoque-t-il ? Au travers de quelles périphrases ?

2. Comment la présence du conteur dans le récit se manifeste-t-elle ?

3. Dégagez la leçon de cet épisode à partir du geste et de la réflexion de Babouc.

« Formosante jeta un cri de douleur qui retentit dans toute la maison », illustration de Moreau le Jeune pour *La Princesse de Babylone* de Voltaire, gravure, 1787.
ph © Collection Viollet

Illustration pour *Le Taureau blanc* de Voltaire, gravure, XIXe siècle.
ph © Collection Kharbine-Tapabor

Sujet 6

TEXTE 15 • *Le Taureau blanc*, chapitre III

J'éprouve, madame […] choses utiles au genre humain.

PAGES 165-166, LIGNES 303-323

Après avoir répondu aux questions, faites le commentaire de ce texte en montrant notamment comment, derrière l'apparence plaisante du conte, se cache une réflexion subversive.

1. Relevez les périphrases et les questions oratoires : quel est leur rôle ?

2. Comment le serpent pose-t-il le problème du mal sur la Terre ?

3. Indiquez à quoi servent les nombreuses flatteries qui parcourent le texte.

Sujet 7

TEXTE 16 • *Le Taureau blanc*, chapitre XI

Amasis, roi de Tanis […] qui n'est plus bœuf.

PAGES 195-197, LIGNES 998-1074

Après avoir répondu aux questions, vous commenterez ce texte en étudiant les modalités du dénouement.

1. Quels aspects du dénouement traditionnel retrouve-t-on ici ?

2. Définissez le registre du texte et justifiez ce choix.

Sujet 8

TEXTE 17 • *La Princesse de Babylone*, chapitre I

Comme on allait commencer […] vous disputer Formosante.

PAGES 62-63, LIGNES 116-159

Après avoir répondu aux questions, vous commenterez ce texte en déterminant les fonctions du discours parodique.

1. Qu'est-ce qui fait d'Amazan la figure de l'amant parfait ?

2. Indiquez à quoi sert la référence aux mages.

3. Quelle image Voltaire donne-t-il des femmes ?

DISSERTATIONS

Sujet 9

Dans son étude sur Voltaire, Jean Van den Heuvel[1] écrit :

> La mobilité des personnages apparaît comme un élément dominant du conte voltairien : Zadig parcourt une longue boucle à travers le Moyen-Orient avant de revenir régner à Babylone. Micromégas, lui, se transporte de planète en planète pour échouer finalement sur notre terre un peu étroite. L'Ingénu a quitté le Canada pour l'Angleterre, d'où il passe en Bretagne avant de se retrouver à la Bastille.

En quoi le motif du voyage est-il, dans les quatre contes, un motif dominant ?

Indications pour traiter le sujet

Vous vous demanderez comment se situe Voltaire dans le vaste ensemble de la littérature de voyage afin d'en cerner la spécificité. Vous réfléchirez à la fonction structurante du voyage dans des intrigues plutôt désordonnées. Vous pouvez ensuite envisager la signification de ces voyages en vous attachant au choix et à la diversité des lieux et en les mettant en rapport avec la pensée profonde de Voltaire.

Sujet 10

En vous appuyant sur votre lecture des quatre contes étudiés, vous répondrez à la question suivante : doit-on toujours attendre d'une œuvre littéraire qu'elle nous donne une leçon ?

Indications pour traiter le sujet

Vous devez conduire votre devoir en réfléchissant aux fonctions du texte littéraire, notamment celles de l'apologue. Il faut aussi envisager le projet de l'écrivain dans la mesure où une œuvre littéraire transmet toujours une vision du monde. Vous chercherez également à définir quelle est la fonction du texte littéraire selon les différents publics auxquels il s'adresse. Le sujet est large : si l'on vous recommande de choisir principalement vos exemples dans le corpus de contes étudiés, vous pourrez faire appel à d'autres textes comme les fables, les œuvres réalistes, les pièces de théâtre…

1. *Voltaire dans ses contes*, Slatkine Reprints, 1998.

BIBLIOGRAPHIE

Éditions des Contes

VOLTAIRE, *Romans et Contes*, édition de F. Deloffre et J. Van den Heuvel, Paris, Gallimard, « Bibliothèque de la Pléiade », 1986.

VOLTAIRE, *Romans et Contes*, édition de R. Pomeau, Paris, GF-Flammarion, 1966.

VOLTAIRE, *Romans et Contes en vers et en prose*, édition de E. Guitton, « La Pochothèque », Paris, Le Livre de Poche, 1994.

À propos de Voltaire

BARTHES Roland, « Le dernier des écrivains heureux », *Essais critiques*, Paris, Seuil, 1964, pp. 94 à 100.

GOLDZINK Roland, *Voltaire de A à V*, Paris, Hachette, 1994.

GOLDZINK Roland, *Voltaire, la légende de saint Arouet*, coll. « Découvertes », Paris, Gallimard, 1989.

GOULEMOT Jean, MAGNAN André, MASSEAU Didier, *Inventaire Voltaire*, coll. « Quarto », Paris, Gallimard, 1995.

POMEAU René, *Voltaire par lui-même*, Paris, Seuil, 1965.

Sur le conte philosophique

Le Conte philosophique voltairien, coll. « Analyses et réflexions sur... », Paris, Ellipses, 1995.

CAMBOU Pierre, *Le Traitement voltairien du conte*, Paris, Champion, 2000.

COULET Henri, *Le Roman jusqu'à la Révolution*, Paris, Armand Colin, 1967.

DUMESTRE Marie-Hélène, *Le Conte philosophique voltairien*, Paris, Hatier, 1995.

VAN DEN HEUVEL Jean, *Voltaire dans ses contes*, Genève, Slatkine reprints, 1998.

6 Abbé Prévost
Manon Lescaut

41 Balzac
Le Chef-d'œuvre inconnu
Sarrasine

47 Balzac
Le Colonel Chabert

53 Balzac
La Femme de trente ans

11 Balzac
Histoire des Treize
(Ferragus - La Duchesse de Langeais - La Fille aux yeux d'or)

3 Balzac
La Peau de chagrin

34 Balzac
Le Père Goriot

42 Barbey d'Aurevilly
Les Diaboliques

20 Baudelaire
Les Fleurs du mal

55 Beaumarchais
Le Barbier de Séville

15 Beaumarchais
Le Mariage de Figaro

51 Corneille
Le Cid

2 Corneille
L'Illusion comique

38 Diderot
Jacques le Fataliste

17 Flaubert
Madame Bovary

44 Flaubert
Trois Contes

4 Hugo
Le Dernier Jour d'un condamné

21 Hugo
Ruy Blas

8 Jarry
Ubu roi

36 La Bruyère
Les Caractères
(De la ville - De la cour Des grands - Du souverain ou de la république)

5 Laclos
Les Liaisons dangereuses

14 Lafayette (Mme de)
La Princesse de Clèves

50 Marivaux
La Double Inconstance

46 Marivaux
L'Île des Esclaves

12 Marivaux
Le Jeu de l'amour et du hasard

30 Maupassant
Bel-Ami

52 Maupassant
Le Horla et autres nouvelles fantastiques

18 Maupassant
Nouvelles

27 Maupassant
Pierre et Jean

40 Maupassant
Une vie

48 Mérimée
Carmen - Les Âmes du purgatoire

1 Molière
Dom Juan

19 Molière
L'École des femmes

25 Molière
Le Misanthrope

9 Molière
Le Tartuffe

45 Montesquieu
Lettres persanes

10 Musset
Lorenzaccio

54 Musset
On ne badine pas avec l'amour

58 Perrault
Contes en vers et en prose

57 Proust
Un amour de Swann

35 **La poésie française au XIXe siècle**

26 Rabelais
Pantagruel - Gargantua

31 Racine
Andromaque

22 Racine
Bérénice

23 Racine
Britannicus

7 Racine
Phèdre

37 Rostand
Cyrano de Bergerac

16 Rousseau
Les Confessions

32 Stendhal
Le Rouge et le Noir

39 Verne
Le Château des Carpathes

13 Voltaire
Candide

24 Voltaire
L'Ingénu

56 Voltaire
Micromégas et autres contes

33 Voltaire
Zadig

10 Zola
L'Assommoir

49 Zola
La Curée

28 Zola
Germinal

43 Zola
Thérèse Raquin

PAPIER À BASE DE FIBRES CERTIFIÉES

Hatier s'engage pour l'environnement en réduisant l'empreinte carbone de ses livres. Celle de cet exemplaire est de :
550 g éq. CO_2
Rendez-vous sur www.hatier-durable.fr

IMPRIM'VERT

Achevé d'imprimer par Grafica Veneta à Trebaseleghe - Italie
Dépôt légal : 96313-1/05- Juin 2016